1. Ein Schneemorgen

Charles Henstock erwachte mit einem Ruck. Er mußte verschlafen haben, denn im Schlafzimmer war es bereits hell. Er blickte zum Wecker auf dem Nachttisch. Gott sei Dank, die Zeiger standen auf zwanzig nach sieben.

Schlaftrunken sah er sich um, genoß sein warmes Bett und die eleganten Stuckverzierungen der pfarrhäuslichen Zimmerdecke. Das sind mal geschickte Arbeiter gewesen, damals vor zweihundert Jahren, die haben noch wirklich gewußt, was eine Augenweide ist, dachte der heutige Bewohner des Pfarrhauses von Lulling.

Lulling war jedoch nicht seine einzige Pfarre. Ungefähr eine Meile nördlich lag seine alte Gemeinde Thrush Green, und hinter diesem entzückenden Fleckchen kamen Nidden und Lulling-Forst. Es war ein ausgedehnter Bezirk, um den Charles Henstock sich zu kümmern hatte, mit vier prächtigen Kirchen, und er betete unaufhörlich darum, daß er seinen seelsorgerlichen Pflichten auch nachkommen konnte.

Neben ihm hatte sich seine Frau Dimity zusammengekuschelt und schlief noch tief und fest. Sie hatten ihre Ehe in Thrush Green in einem trostlosen viktorianischen Gemäuer begonnen, das vor zwei Jahren völlig ausgebrannt war. Der Brand war nach allgemeiner Meinung ein verkapptes Geschenk. Das häßliche Gebäude war unter den schönen Häusern aus Cotswold-Stein rings um den Dorfplatz ein ständiger Dorn im Auge gewesen.

Charles jedoch trauerte noch immer um sein früheres Heim. Ihm war dort ein großes Glück zugefallen, und selbst jetzt noch ertrug er es kaum, die leere Stelle anzusehen, wo einst sein Heim gestanden hatte.

Allmählich begann die Decke rosig zu leuchten. Die Sonne ging auf, aber trotzdem war es im Zimmer noch immer so sonderbar hell, eine Helligkeit, die ihn geweckt hatte. Jetzt wurde der gute Pfarrer richtig wach und setzte sich auf, sah sich dabei jedoch vor, daß er seine schlafende Gattin nicht weckte.

So konnte er auch die uralte Zeder sehen, deren ausladende Äste einen dicken Pelz aus Schnee trugen. Die Telefonleitung hing unter ihrer Schneelast durch, und auch die Fensterbank war dick verschneit.

Äußerst behutsam schlüpfte der Pfarrer aus dem Bett, ging zum Fenster und betrachtete die kalte Februarszenerie. Seit frühester Kindheit hatte er sich über Schnee gefreut. Und als er jetzt seinen verwandelten Garten betrachtete, schlug sein Herz schneller, denn die vertraute Aufregung von früher hatte ihn gepackt.

Der Schnee deckte alles zu – die Wege, die Blumenbeete, die winzigen Schneeglöckchen, die erst kürzlich dem bitterkalten Wind getrotzt und ihre kleinen Glöckchen unter den Hecken hatten sprießen lassen. Er lag als weiches Kissen vor der Tür des Gartenhauses und vor der hohen Eibenhecke.

Jenseits des Gartens glitzerte das Kirchendach von St. John's unter einer Schneehaube vor einer rosigen Wolke, und hoch oben auf dem Kirchturm fing der goldene Wetterhahn die ersten Strahlen der Wintersonne ein.

Charles war hingerissen von all der Schönheit ringsum. Der Atem wollte ihm vor lauter Staunen stocken, er vergaß das kühle Schlafzimmer und seine eiskalten Füße. So viel Zauber! So viel Reinheit! Ein Wunder über Nacht!

»Charles«, sagte Dimity, »ist was?«

»Es hat geschneit«, sagte ihr Mann und begrüßte sie mit einem Lächeln. »Der Schnee liegt schon ziemlich hoch.«

»Oje«, sagte Dimity und stieg aus dem Bett. »Wie gut, daß ich gestern abend den Spaten mit ins Haus genommen habe! Wir werden uns wohl ausgraben müssen.«

Dimity war immer die Praktischere von beiden gewesen.

Charles Henstocks Ernennung zum Pfarrer von Lulling und den dazugehörenden Gemeinden war von fast allen, die ihn kannten, begrüßt worden.

Er war in der Gegend wegen seiner Bescheidenheit, seiner Warmherzigkeit und seiner verantwortungsvollen Seelsorge sehr beliebt. Der Brand in Thrush Green hatte das Dorf entsetzt, und man brachte Dimity und Charles viel Mitgefühl entgegen. Und so fanden alle, er hätte es wirklich verdient, in einem wunderschönen Queen-Anne-Haus zu wohnen und sich an einer gefälligen Umgebung zu erfreuen.

Trotzdem gab es einige wenige Leute in Lulling, die ihrem neuen Pfarrer mit Zurückhaltung begegneten.

Charles war Nachfolger seines alten Freundes Anthony Bull, der beinahe zwanzig Jahre lang Pfarrer in Lulling gewesen war und die Gemeinde geprägt hatte.

Denn Anthony war das genaue Gegenteil von Charles Henstock, hochgewachsen und gut aussehend, mit einer dichten Mähne, die er sich gekonnt wie ein Schauspieler aus der edlen Stirn warf. Charles hingegen war gedrungen, rundlich und kahl, und auf der Kanzel gingen ihm jegliche theatralischen Fähigkeiten ab.

Unter Anthonys Jüngern gab es nicht wenige, die unverhohlen zugaben, daß sie nicht nur wegen des High-Church-Gottesdienstes, für den St. John's berühmt war, zur Kirche gingen, sondern auch wegen der eloquenten Predigten ihres Pfarrers. Anthony Bulls prächtige Gewänder wurden von allen bewundert, vor allem von den Handarbeiterinnen seiner Gemeinde. Und die Tatsache, daß er das Glück hatte, eine wohlhabende Frau zu haben, die ihn abgöttisch liebte und mit ihrem Geld großzügig umging, blieb in der Gemeinde auch nicht unbemerkt. Nie war das Pfarrhaus so schön möbliert gewesen oder der Garten so tadellos gepflegt. Man wußte, daß Mrs. Bull ihrer Haushaltshilfe bereitwillig doppelt soviel für die Stunde zahlte, wie allgemein üblich war, und so gab es denn eine ganze Reihe erboster Hausfrauen, die ihre eigene Hilfe mit Verdruß in Richtung Pfarrhaus entschwinden sahen oder aber einen Lohn zahlen mußten, den sie sich kaum leisten konnten.

Jetzt war das Pfarrhaus mit den wenigen Möbeln, die man bei dem katastrophalen Brand in Thrush Green hatte retten können, spärlich eingerichtet, dazu gesellten sich ein paar bescheidene, kürzlich erworbene Stücke. Die prächtigen Orientteppiche der Bulls hatten auf der Diele ziemlich abgetretenen Vorlegern Platz machen müssen. Die unbezahlbare chinesische Vase, in der jahrein, jahraus exotische Blumen gestanden hatten, war durch einen handfesten Tonkrug ersetzt worden, in dem Gartenblumen oder während der Wintermonate die Silbermonde der Mondviolen standen.

Trotzdem blitzte das wunderschöne alte Haus, auch wenn Dimity nur zweimal morgens eine Hilfe hatte, und nichts lenkte das Auge von den herrlichen Proportionen der Räume ab, deren große Fenster auf eine der schönsten Ecken von Lulling gingen.

Niemand erwartete von den Henstocks, daß sie ebenso Hof hielten wie ihr Vorgänger. Materielle Dinge waren ihnen weniger wichtig als ihm, und selbst wenn sie das Haus ebenso kostbar hätten möblieren wollen, ihre bescheidenen Verhältnisse hätten es ihnen nicht erlaubt.

Doch alle, selbst die, die Anthony Bulls prächtigen Auftritten in der Kirche nachtrauerten, waren sich darin einig, daß man heutzutage im Pfarrhaus noch herzlicher aufgenommen wurde. Es war gut, so versicherte man sich gegenseitig, daß man in Lulling ein so warmherziges Paar hatte.

An der High Street, eine Viertelmeile von dem Pfarrhaus entfernt, betrachteten die drei Misses Lovelock den Schnee von ihrem Schlafzimmerfenster aus.

Die alten Damen waren noch im Nachtgewand. Sie hatten die Kragen ihrer warmen Flanellnachthemden züchtig am hageren Hals zugeknöpft. Miss Bertha und Miss Ada hatten sich obendrein noch in uralte, kamelfarbene Morgenmäntel von Jaeger gehüllt und Miss Violet in ein stoffreiches, kariertes Gewand, das sie vor ungefähr zwanzig Jahren bei einem Besuch der Shetland-Inseln erstanden hatte. Die knochigen Füße steckten in Hausschuhen aus Schaffell, dennoch fröstelten die alten Damen, als sie die verschneite High Street betrachteten.

»So unerwartet«, sagte Miss Bertha.

»Und kein Sterbenswörtchen in der Wettervorhersage«, sagte Miss Ada streng.

»Aber sehr hübsch«, sagte Miss Violet. »Seht doch nur, wie schön sich der Schnee auf dem Geländer ausmacht!«

Sie musterten den Schnee auf dem Geländer vor der methodistischen Kapelle gegenüber. Der dicke, weiße Pelz verschönerte es, nackt und kahl, wie es sonst war, und gab ihm etwas durchaus Anziehendes. Ja, die ganze Straße lag im Morgensonnenschein wie verwandelt.

Auf den Dächern glitzerte der Schnee wie Zuckerguß. Türschwellen verbargen sich unter weichen Polstern, und dunkle Bänder zeigten, wo der Verkehr vorbeigeschlittert war, und betonten um so mehr das strahlende Weiß allüberall. Die gekappten Linden entlang der Straße trugen dicke Schneehauben, und der dunkelrote Briefkasten vor dem *Fuchsienbusch*, der Teestube nebenan, war gleichermaßen bekrönt.

Ein kleiner schwarz-weißer Terrier kam aus einem nahegelegenen Haus gestürmt, bellte wie wild und wirbelte vor lauter Aufregung viel Schnee hoch. Ab und an machte er Pause, reckte den Kopf, hechelte mit rosiger Zunge, streckte die zitternden Beine, ehe er sich wieder begeistert tobend diesem fremden Element hingab.

»Wirklich«, sagte Miss Bertha, »so geht das nicht. Wir müssen uns anziehen und uns um unsere Arbeit kümmern.«

»Wie wäre es mit Porridge zum Frühstück?« sagte Miss Violet. »Wenn ich ihn mit Wasser und nicht zu dick koche, brauchen wir auch nicht viel Milch.«

»Und ich hätte meinen gern leicht gesalzen«, sagte Miss Bertha. »Salz ist so viel billiger als Zucker.«

»Und wer zuerst unten ist«, rief Miss Ada hinter ihren Schwestern her, »stellt den elektrischen Ofen im Speisezimmer an. Nur auf eins natürlich, aber ich finde, es ist so kalt, daß wir uns heute morgen ein bißchen verwöhnen können.«

Die Misses Lovelock waren für ihre völlig unnötige Knauserei berüchtigt.

Eine Meile nördlich begrüßten die Einwohner von Thrush Green den Schnee genauso überrascht. Die Jüngeren waren ebenso begeistert wie Charles Henstock. Die Älteren betrachteten ihn mit einiger Besorgnis.

Miss Watson und Miss Fogerty, Schulleiterin und zweite Lehrerin der Dorfschule, besprachen diese unerwartete Wetterkapriole, während sie ihre gekochten Eier aßen.

»Hoffentlich hat Betty daran gedacht, die Eingangshalle mit Zeitungspapier auszulegen«, sagte Miss Watson. »Das erspart uns viel Schweinerei.«

»Aber sicher doch«, entgegnete Miss Fogerty. »Ich möchte nur hoffen, daß die Kinder auf dem Pausenhof keine Rutschbahn anlegen, bevor wir in der Schule sind. Ist so gefährlich.«

Miss Watson seufzte.

»An einem Morgen wie diesem bedaure ich, daß wir hier geblieben sind«, bekannte sie. »Ich darf gar nicht daran denken, daß wir jetzt glücklich und zufrieden im guten alten Barton wohnen könnten. Da gibt es wahrscheinlich überhaupt keinen Schnee!«

Miss Fogerty bemühte sich, ihre alte Freundin aufzumuntern.

»Es hat nicht sollen sein, liebe Dorothy. Davon bin ich überzeugt. Und schließlich haben wir es im Schulhaus sehr behaglich.«

»Schon möglich, schon möglich«, bestätigte ihre Schulleiterin, »aber ich denke noch immer daran, wie es wäre, wenn wir uns, wie geplant, hätten pensionieren lassen können. Diese Enttäuschung.«

Selbst Miss Fogerty, die fest daran glaubte, daß man in allen menschlichen Angelegenheiten Gottes Hand spüren konnte, mußte das bestätigen.

Die beiden alten Freundinnen hatten gehofft, zusammen ein Häuschen in Barton-on-Sea beziehen zu können. Doch solche Häuser, wie sie es haben wollten, waren teuer und selten. Anscheinend wollten viele Leute in dieser gefälligen Gegend leben. Und die wollten wie sie ein kleines, leicht zu bewirtschaftendes Haus mit einem pflegeleichten Garten.

Die beiden Damen hatten während ihrer Ferien mehrere Wochen nach einem künftigen Heim Ausschau gehalten. Mehr als einmal hatten sie gedacht, sie hätten eins gefunden, doch jedesmal gab es einen Haken. Zuweilen hatte die Überprüfung kaputte Regenrinnen, bröckelnde Grundmauern, unerklärliches Absacken, Trockenfäule, Naßfäule oder schlicht schlechte Bausubstanz ergeben. In anderen Fällen hatten es sich die Eigentümer im letzten Augenblick anders überlegt, da diese entweder das Anwesen, das sie wiederum zu kaufen hofften, nicht bekamen oder auf einmal ihr eigenes plötzlich vom Markt nahmen.

Mittlerweile hatte sich Agnes Fogertys Arthritis verschlimmert, und der Dorfarzt von Thrush Green, John Lovell, hatte ihr zu einer Behandlung geraten, die sich über Monate erstrecken würde. Obendrein übte das zuständige Schulamt Druck auf Dorothy Watson aus, ihre Pensionierung hinauszuschieben.

So kam eins zum anderen, und die beiden arg bedrängten Damen entschieden sich dafür, erst einmal zu bleiben, und ihre alten Freunde in Thrush Green atmeten auf.

Im großen und ganzen waren sie nach ihrer frustrierenden Haussuche über diesen Aufschub erleichtert gewesen. Beide unterrichteten gern und konnten zufrieden feststellen, daß ihre Bemühungen gewürdigt wurden. Die echte Freude von Eltern und Freunden darüber, daß sie vorläufig blieben, entschädigte für vieles und milderte auch die Enttäuschung darüber, daß sie kein Haus gefunden hatten.

Doch an diesem verschneiten Morgen und bei der Erinnerung an andere verschneite Winter in der Dorfschule wußten die beiden Freundinnen, daß sie all die wehmütigen Was-wäre-Wenn vergessen mußten und sich der Realität von schnee-begeisterten Kindern, nassen Dielen, trocknender Kleidung auf den Ofenschirmen und, im schlimmsten Fall, keiner Aussicht auf eine Pause auf dem Schulhof stellen mußten. Die Comic-Hefte mit den Eselsohren, die abgenutzten Holzpuzzles, Ludo und Leiterspiele mußten aus dem Schrank geholt werden, in dem das Material für nasse Tage lag, und dann konnte man nur noch um rasches Tauwetter beten.

Dorothy Watson faltete forsch ihre Serviette.

»Dann wollen wir mal«, sagte sie und stand auf. »Und wenn es in der Pause nicht zu matschig ist, lassen wir die Kinder einen Schneemann bauen.«

»Aber nur die mit Gummistiefeln«, mahnte Miss Fogerty.

Unter dieser Bedingung sahen die beiden Freundinnen dem Tag getrost entgegen.

Nebenan, in einem der schönsten Häuser des Dorfes, saßen auch Harold und Isobel Shoosmith beim Frühstück.

Doch im Gegensatz zu den beiden Lehrerinnen ließen sie sich dabei viel Zeit, denn Harold war seit mehreren Jahren in Pension und genoß es, beim Frühstückskaffee zu trödeln.

Isobel hatte ihn bei einem ihrer Besuche in Thrush Green kennengelernt. Sie war mit der kleinen Agnes Fogerty im Internat gewesen, und ihre Freundschaft hatte viele Jahre überdauert. Jetzt standen sie in den mittleren Jahren und freuten sich, daß sie Nachbarn geworden waren.

Kindergeschrei lockte Harold, mit der Kaffeetasse in der Hand, ans Fenster.

»Donnerwetter«, rutschte es ihm heraus, »sie haben eine tolle Rutschbahn über den ganzen Pausenhof angelegt.«

»Das dürfte Agnes und Dorothy nicht gefallen«, meinte seine Frau.

»Aber sicherlich sind sie keine Spielverderber und legen sie lahm«, sagte Harold. »Ich hätte nicht übel Lust, sie selber auszuprobieren. Sie halten sie prima in Schuß!«

Isobel stellte sich zu ihm ans Fenster, das auf den Pausenhof ging. Wirklich, der Anblick war eine Freude. Ungefähr ein Dutzend Schulkinder mit flatternden Schals und aufgelösten Haaren jagten sich auf der sechs Meter langen Rutschbahn. Ihr Atem wölkte in der frostigen Luft, ihre Gesichter glühten wie die Wintersonne, und sie machten einen entsetzlichen Krach.

Längs der Rutschbahn standen kleinere, schüchternere

Kinder und trugen mit ihrem Jubelgeschrei noch zum allgemeinen Lärm bei. Kein Zweifel, die Rutschbahn war ein Riesenerfolg.

Mit einem Lächeln musterte Harold den Dorfplatz. Das Denkmal von Nathaniel Patten, einem eifrigen Missionar aus dem letzten Jahrhundert, den Harold sehr verehrt hatte, und bei dessen Ehrung zu seinem hundertsten Geburtstag er mitgeholfen hatte, zeigte viele Schneetupfer. Die weiße Mütze auf seinem Kopf und der Schneeschal auf seinen Schultern waren ein Werk des Himmels, doch der Gehrock mit den Schneeflecken war eindeutig das Ergebnis gut gezielter Schneebälle.

Die Lehrerinnen der Dorfschule dürften es an diesem Wintermorgen mit ungewöhnlich lebhaften Kindern zu tun haben, dachte Isobel.

In diesem Augenblick tauchte Betty Bell auf, sie schob ihr Fahrrad mit einiger Mühe den Gartenweg hoch. In der Schule nebenan war sie mit der Arbeit fertig, und sie hatte auch nicht vergessen, die Eingangshalle mit Zeitungspapier auszulegen, was Agnes ihr sowieso zugetraut hatte. Obendrein hatte sie auch um die Ofenschirme vor den Kohleöfen weiteres Zeitungspapier ausgebreitet, das die Tropfen aus der nassen Kleidung auffangen sollte. Jetzt hatte sie ihre Pflicht dort getan und näherte sich dem Haus der Shoosmiths.

»Guter Gott!« ächzte sie, als sie mit einem Stoß kalter Luft in die Küche gefegt kam. »Das iss'n Wetter, was? Ihr Weg muß tüchtig geschaufelt werden, soviel steht fest.«

»Ich wollte mich gerade an die Arbeit machen«, versicherte ihr Harold, stellte seine Tasse ab und begab sich auf die Suche nach seiner größten Schaufel.

Andere waren schon an der Arbeit, als Harold aus dem Haus trat. Mr. Jones, der Wirt der *Zwei Fasane* gleich neben der Dorfschule, schaufelte bereits eifrig seine Tür frei.

Sein Nachbar, Albert Piggott, sah ihm dabei griesgrämig zu und stützte sich derweil auf seinen umgedrehten Besen.

»Wird langsam Zeit, daß du dein Grundstück freischippst«, meinte Mr. Jones, dem Alberts Zuschauen allmählich auf die Nerven ging.

»Ich doch nicht«, knurrte Albert. »Bloß ein bißchen um meine Tür rum. Soll doch der faule Bengel, dieser Cooke, die Kirche ausbuddeln. Der hat jüngere Arme.«

»Sieht so aus, als ob der junge Bob Cooke jetzt 'ne ganze Menge tut«, antwortete der Wirt und richtete den schmerzenden Rücken einen Augenblick gerade. »Keine Ahnung, wofür du dein Geld kriegst, Albert.«

Albert verkniff sich eine Antwort, schlurfte auf seine Haustür zu und wedelte dabei mit dem Besen mal hierhin, mal dahin.

Mr. Jones brummelte etwas wenig Schmeichelhaftes in seinen Bart, griff wieder zur Schippe und machte sich mit Elan an die Arbeit. Als Nachbar war Albert Piggott eine Plage, und er bedauerte bereits, daß er den elendigen, alten Küster von St. Andrew's gebeten hatte, ihm abends bei den Bierkästen zu helfen. Die Hälfte der Zeit tauchte er nicht auf, die andere war er zu angesäuselt, um anständige Arbeit zu leisten.

Ja, ja! Wie hatte seine Mutter immer so richtig gesagt: »Diese Lappalien sind uns als Anfechtung gesandt.«

Eines stand jedoch fest. Albert Piggott war der unbeliebteste Mann von ganz Thrush Green.

Mr. Jones schippte die letzte Schaufel voll, lud sie ordentlich auf einen Haufen in der Ecke ab, winkte Harold zu und ging ins Haus. Jetzt konnte der Pub aufmachen.

Die entfernten Geräusche von anderen schippenden Einwohnern wehten klar und deutlich bis zu Harold auf der anderen Seite des Dorfplatzes. Ella Bembridge grub sich einen Weg von ihrem Reetdachhäuschen zur Gartenpforte. Dort hatte sie jahrelang mit Dimity Henstock gelebt, bis Charles diese ins Pfarrhaus gegenüber entführt hatte und jetzt in das schöne Pfarrhaus in Lulling. Ella hatte sich eine Zigarette in den Mund geklemmt, und deren blauer Rauch vermischte sich mit ihren Atemwolken.

Irgendwo in der Nähe, auf dem Grundstück des prächtigsten Hauses von ganz Thrush Green, konnte Harold fröhliches Kindergeschrei hören. Wahrscheinlich hatte Paul Young Winterferien, und es hörte sich an, als ob er einen Freund dabei hätte. Man hörte das wilde Klappern der Schneeschaufel und noch mehr Gelächter. Die Zufahrt der Youngs freizuschaufeln dürfte ein Weilchen dauern, dachte Harold, doch ganz sicher schien es Spaß zu machen.

Er reckte den schmerzenden Rücken und musterte erfreut den klaren, blauen Himmel. Er bot einen atemberaubend schönen Hintergrund zu der Schneelandschaft und den graugoldenen Häusern rings um den Platz. Ein nettes Fleckchen zum Leben, sagte sich Harold zum x-ten Mal. Er bekam von diesem Ort nie genug.

Denn er war zu jeder Jahreszeit schön, am schönsten möglicherweise im Herbst, wenn die Kastanienallee dunkelrot leuchtete und Berge von zusammengewehten, goldenen Blättern unter den Füßen knisterten und raschelten, während der Wind mit ihnen spielte.

Trotzdem, so schnell übertraf nichts diesen morgendlichen Anblick von Thrush Green. Selbst das ungepflegte Grundstück, das nach dem schrecklichen Brand von Charles' Pfarrhaus übriggeblieben war, sah glatt und schön aus, und die scharfen Umrisse der Grabsteine auf dem Friedhof von St. Andrew's wurden durch ihre Schneehauben etwas gemildert.

Noch drei Meter, dachte Harold und prüfte dabei seine Fortschritte, dann kann ich ins Haus gehen und die wohlverdiente Tasse Kaffee trinken.

2. Der Pfarrer widmet sich seinen Pflichten

Später, am sonnigen Nachmittag, machte sich der neue Pfarrer von Lulling, besser als Pfarrer von Thrush Green, Lulling-Forst und Nidden bekannt, nach Thrush Green auf.

All diese bedeutsamen Persönlichkeiten, wie Pu der Bär

sagen würde, vereinten sich in der rundlichen Gestalt von Charles Henstock. Vorsichtig fuhr er mit seinem schäbigen Auto die High Street entlang und winkte dabei einer Reihe seiner Schäflein zu. Gelegentlich tutete ein entgegenkommendes Auto oder blinkte ihn an, doch Charles Henstock begnügte sich mit einem Heben der Hand.

»Weil ich nämlich«, so erläuterte er der neben ihm sitzenden Dimity, »nie so recht weiß, was das Anblinken bedeutet. Zu diesem Thema hat es vor einiger Zeit einen ausgezeichneten Leserbrief in der Zeitung gegeben.«

»Da ist Bertha Lovelock!« rief Dimity. Charles winkte pflichtschuldigst, fuhr aber dennoch fort:

»Der Schreiber sagte – übrigens auch ein Geistlicher –, daß er nie wüßte, ob er seine Scheinwerfer angelassen hätte, oder ob man ihn vor einer Polizeikontrolle oder vor einem Unfall oder einer Überschwemmung oder einer anderen Katastrophe warnen ...«

»Eine Polizeikontrolle ist keine Katastrophe«, wandte Dimity ein. »Vorsicht, eine Taube!«

»Oder ob«, so fuhr ihr Mann ungerührt fort, »der Fahrer einfach ›Guten Morgen, Herr Pfarrer‹ sagen wollte.«

»Schon wieder eine Taube«, sagte Dimity. »Manchmal kommen sie mir noch tollkühner als Fasane vor, so wie die die Straße überqueren.«

Der Pfarrer legte einen niedrigeren Gang ein, denn jetzt mußte er den kurzen, steilen Hügel nach Thrush Green hochfahren. Oben angekommen, hielt er am Bordstein, damit Dimity aussteigen konnte. Sie wollte ihre alte Freundin Ella Bembridge besuchen, während Charles bei einigen Pfarrkindern Krankenbesuche machte.

Vorsichtig tippelte Dimity über die verschneite Straße, Charles sah, wie sie ihr früheres Heim betrat, dann fuhr er weiter.

Links erhob sich St. Andrew's über dem verschneiten Friedhof. Die *Zwei Fasane* hatten geschlossen, und Charles vermutete, daß der Wirt in dem behaglichen Wohnzimmer hinter dem Lokal ein wohlverdientes Nickerchen machte.

Aus den meisten Schornsteinen kräuselte sich Rauch, und dabei malte Charles sich die fröhlichen Kaminfeuer seiner Freunde aus. Gern hätte er bei Harold und Isobel oder Frank und Phyllida Hurst vorbeigeschaut, aber er mußte sich um die Kranken kümmern, und sein erster Besuch galt dem schönsten Haus von ganz Thrush Green, in dem die Youngs wohnten. Hier mußte er sich nach Joan Youngs Vater erkundigen, der mit seiner Frau in den umgebauten Stallungen wohnte. Charles befürchtete, daß es mit dem alten Mann zu Ende ging, und wollte lieber erst bei seiner Tochter nachfragen, ob er Besucher empfangen könnte.

Er seufzte, als er in die Einfahrt der Youngs einbog. Als überzeugter Christ zweifelte er nicht daran, daß sein alter Freund im nächsten Leben glücklich sein würde. Doch wie würde er den Hinterbliebenen fehlen!

Mittlerweile saß Dimity an Ellas Kamin und bekam den neuesten Dorfklatsch zu hören. Das traurigste Thema war Robert Bassetts schlechter Gesundheitszustand, von dem Dimity aber bereits wußte.

»Und es sieht ganz danach aus, als ob Percy Hodges neue Frau nicht so richtig glücklich ist«, sagte Ella und paffte dabei eine der Zigaretten, die sie sich selbst unachtsam drehte.

»Erzähl mir mehr davon«, sagte Dimity. Es war ein Genuß, sich den neuesten Tratsch anzuhören. Zwar war Charles ein wahres Prachtstück von Ehemann, aber er weigerte sich strikt, ihr auch nur das kleinste bißchen über seine Schäflein zu erzählen. Ella wußte alles immer als erste und freute sich, wenn sie ihr Wissen weitergeben konnte. Dimity merkte, wie sehr ihr diese Vertraulichkeiten fehlten.

»Liegt wohl an Percy. Er soll ihr immerzu die Tugenden seiner ersten Frau unter die Nase reiben – vor allem ihre Kochkünste.«

»Nein, wie ungerecht!« rief Dimity. »Ich meine, wir wissen doch alle, daß Gertie eine wunderbare Köchin war, aber wie dumm von Percy, daß er das auch von Doris erwartet.«

»Das soll ihm, soviel ich weiß, auch John Lovell gesagt haben, als er zum Ohrenspülen in die Sprechstunde gekommen ist. ›Vergleichen ist abscheulich‹ hat der zitiert, aber ich denke mal, Percy hat das nicht kapiert. Wenn er nicht aufpaßt, läßt ihn seine Doris noch sitzen, so wie es Albert Piggotts Nelly gemacht hat.«

»Oh, hoffentlich nicht«, sagte Dimity ernst.

»Ich danke Gott, daß ich eine alte Jungfer bin«, entgegnete Ella. »Ist ja nicht auszuhalten, wenn man tagein, tagaus auf die zarte Seele von so einem Mann Rücksicht nehmen muß. Ganz zu schweigen davon, daß man für ihn kochen und saubermachen muß. So kann ich mir als Essen ein gekochtes Ei und eine Scheibe Toast leisten und muß nicht den größten Teil des Morgens mit Gemüse und Fleisch rumhantieren.«

»Also, ich koche recht gern«, sage Dimity, »wie du sicher noch weißt, und für Charles zu kochen, ist eine reine Freude, er ist ja so dankbar.«

»Und das mit Recht«, bestätigte Ella, »nach dem gräßlichen Fraß, den ihm seine schottische Haushälterin aufgetischt hat. Ich werd nie vergessen, wie sie ihm eklige, graue Innereien, garniert mit grauen, getrockneten Erbsen, vorgesetzt hat, und alles hat in grauem, flüssigen Fett geschwommen. So was hat sie dem armen Charles zum Lunch gekocht. Er hat mir in der Seele leidgetan.«

»Weißt du, daß sie geheiratet hat, nachdem Charles ihr gekündigt hatte?«

»O Gott, der arme Ehemann«, sagte Ella. »Der hat echt Grund zum Klagen, soviel steht fest. Ach übrigens, auf unserem letzten Flohmarkt habe ich ein Kochbuch erstanden.«

»Steht was Nützliches drin?«

»Kaum was, was wir nicht schon ausprobiert hätten, und die Erklärungen sind sehr verworren – für meinen Geschmack zu sehr frei nach Schnauze. Du kennst das ja: ›Geben Sie eine Handvoll gehackte Walnüsse dazu‹, und ›Und dann noch einen Spritzer Tabasco, einen Spritzer Worcester Sauce, Curry oder was Ihnen sonst noch schmeckt‹. Ich möchte gern genauer wissen, wie viel von jedem genau. Dieses ganze überkandidelte Getue ärgert mich.«

»Mich auch«, meinte Dimity. »Schließlich kann eine Handvoll von Mensch zu Mensch sehr verschieden sein, und was ist überhaupt ein Spritzer? Ein Teelöffel oder drei Tropfen?«

»Und dann sind alle Rezepte auch noch in diesen widerlichen Gramm angegeben – ich krieg eine Gänsehaut, wenn ich sehe, wie die netten Margarinestücke von früher, die immer ein halbes christliches, englisches Pfund gewogen haben, jetzt mit zweihundertfünfzig Gramm ausgezeichnet sind.«

»Darum ist das Kochbuch wohl auch auf dem Flohmarkt gelandet«, meinte Dimity weise. »Ehrlich gesagt, ich koche noch immer nach meinen alten Rezepten, die allesamt so schön in Unzen angegeben sind.«

»Ein alter Hund lernt keine neuen Sprünge«, bestätigte Ella. »Ich muß schon sagen, ich bin stolz darauf, daß ich auch noch immer unseren alten blau-weißen Krug mit britischköniglichen Pinten verwende. Da weiß ich, wo ich bin.«

In diesem Augenblick klopfte es an der Tür, und ehe Ella reagieren konnte, rief eine Stimme:

»Darf ich reinkommen? Ich zieh auch die Gummistiefel aus.«

»Connie mit der Ziegenmilch«, rief Ella und lief in die Diele. »Komm zu uns an den Kamin. Ich hätte nicht gedacht, daß du dich durch diesen Schnee pflügst.«

Connie trat ein und begrüßte Dimity mit einem Kuß.

»Mein Gott, ein Feuer, tut das gut«, rief sie und hielt die Hände an die Glut. »Ich habe mir gedacht, ich komm vorbei, solange es noch geht. Laut Wetterfrosch soll's noch mehr schneien.«

»Der weiß auch nicht mehr als wir«, sagte Ella unverblümt, »trotz der ganzen Satellitenbilder, ohne die sie nicht mehr können, und ihrem übrigen Spielkram. Da gibt unser Albert Piggott wahrscheinlich einen besseren Wetterpropheten ab. Seine Brust und seine Gelenke können das Wetter bestens vorhersagen.«

»Wie geht es Dotty?« erkundigte sich Dimity.

»Gott sei Dank sehr gut. Solange sie keine Dummheiten

macht und in den Schnee rausgeht, um nachzusehen, ob mit Dulcie alles stimmt oder solche Sachen, ist sie gut beisammen. Aber ihr kennt ja die gute, alte Tante Dot – die hat ihren eigenen Kopf, und für mich heißt das aufpassen.«

»Und das tust du hervorragend, Connie«, sagte Ella. »Was für ein Glück, daß sie dich hat.«

Und dann erzählte Ella Connie das Neuste aus Thrush Green und wie die Bewohner jeweils mit dem Schnee fertig wurden. Dimity lehnte sich in dem alten, vertrauten Sessel zurück und musterte Dottie Harmers Nichte.

Nein, hübsch konnte man Connie beim besten Willen nicht nennen, aber sie hatte schöne Augen und volles, kastanienbraunes Haar mit ein ganz klein wenig Grau durchsetzt. Sie durfte jetzt um die Vierzig sein, war kräftig gebaut und hatte mit ihrem kantigen Kinn etwas Entschlossenes. Und Charakterstärke braucht sie auch, wenn sie mit ihrer eigensinnigen Tante fertigwerden will, dachte Dimity. Es zeugte für ihr liebenswertes Naturell, daß sie die schwierige, alte Dame offensichtlich mochte und ihr eigenes Haus aufgegeben hatte, um ihr behilflich zu sein. Hoffentlich wußte Dottie Connie zu würdigen, aber die arme Dotty war im Laufe der Jahre immer wirrer und exzentrischer geworden, und manchmal fragte sich Dimity, ob ihre alte Freundin wirklich noch mitbekam, was um sie herum vorging.

»Und wie läuft es in deinem Haus bei dem ganzen Schnee?« fragte sie.

»Oh, wir haben es recht gemütlich«, antwortete Connie. »Als Isolierung geht doch nichts über ein gutes Reetdach und dicke Mauern. Gott sei Dank hat Dottie außen herum alles gut in Schuß gehalten. Innen, na ja, das steht auf einem anderen Blatt, doch so langsam bekomme ich die Sache in den Griff. Es freut euch sicherlich, wenn ich euch erzähle, daß ich in der Vorratskammer einen gewaltigen Frühjahrsputz gemacht habe.«

»Wurde aber auch Zeit«, sagte Ella geradeheraus. »Ich weiß gar nicht, wieso Dottie nicht schon vor Jahren an Lebensmittelvergiftung eingegangen ist. Dieser Hexentrank, ihr hausgemachter Wein, und ihr Eingemachtes aus zweifelhaften Pflanzen, das war doch wirklich grauslich. Dim und ich rühren Dotties Gebräue ums Verrecken nicht an, aber die Ärzte in der Umgebung kennen sich ziemlich gut aus mit einer hiesigen Krankheit, die ›Dotties Flotter‹ heißt und alle erwischt, die sich nicht in acht genommen haben und von dem Gesöff deiner Tante gekostet haben.«

Connie lachte, und Dimity dachte, wie anziehend sie doch ist, wenn sie sich freut. Dabei merkt man, wie jung sie eigentlich noch ist.

»Als erstes haben wir ein halbes Dutzend verdächtig aussehende Gläser rausgeworfen, in denen Pilze in einer trüben Flüssigkeit schwammen«, erzählte sie. »Der Himmel mag wissen, was das für Pilze waren. Ich habe sie lieber nach Lulling-Forst gebracht und den Inhalt in ein tiefes Loch geschüttet, als Tante Dot ein Nickerchen gemacht hat. Das Zeug im Garten zu vergraben, habe ich mich nicht getraut, die Hühner hätten es auskratzen können.«

»Ja, ein Glas hat sie mir geschenkt«, sagte Ella. »Das ist sofort in die Mülltonne gewandert, aber sie hat, glaube ich, auch einige an den Kirchenbasar in Lulling geschickt. Glücklicherweise hat Mrs. Bull Bescheid gewußt und sie mit Sicherheit weggeschüttet.«

»Ich kann euch sagen, man bekommt wirklich ungewöhnliche Dinge, wenn die Kirche Geld aufbringen muß«, bemerkte Dimity dazu. »Lady Mary hat doch tatsächlich sechs rosa Korsetts geschickt, obendrein allesamt ziemlich schmuddelig und natürlich viel zu groß. Wir haben nicht recht gewußt, was wir damit anfangen sollten.«

Connie stand auf und wollte gehen, und Ella brachte sie zur Tür.

»Wo wir gerade bei unerwünschten Geschenken sind«, sagte Ella, als sie zurückkam, »ob dein verwöhntes Katzenvieh Hase mag?«

»Nichts frißt Tabitha lieber«, antwortete Dimity. »Als wir noch hier gewohnt haben, hat sie öfter welchen bekommen, aber ich weiß auch nicht, am Haustürknauf des Pfarrhauses in

Lulling läßt keiner einen netten Hasen hängen so wie in Thrush Green.«

»Percy Hodge hat sich selbst übertroffen«, sagte Ella, »seiner war abgezogen, zerteilt und in einer Plastiktüte. Reicht für eine große Familie, also, Dim, such dir was aus.«

»Tut mir leid, daß Percy nicht glücklich ist«, sagte Dimity, als Ella ihrer Freundin ein großes Stück von der großherzigen Gabe des Landwirts einwickelte.

»Vielleicht fügt es sich ja wieder. Willst du für dich und Charles auch was davon zum Kochen?«

»Aber gerne! Das wird ein Festschmaus.«

»Gut. Allein hätte ich nicht mal ein Drittel geschafft. Trinken wir jetzt eine Tasse Tee, oder warten wir auf Charles?«

»Charles hat inzwischen mindestens sechs Tassen intus«, versicherte Dimity ihrer alten Freundin. »Laß uns Wasser aufsetzen.«

Charles saß gerade neben seinem alten Freund Robert Bassett und hatte alle Erfrischungen abgelehnt, die die gastfreundliche Milly Bassett ihm aufdrängen wollte.

Robert saß im Morgenmantel mit einer Decke auf den Knien am Fenster. Draußen war ein Vogelhäuschen am Fensterbrett angebracht worden, und Blaumeisen und Grünfinken zankten sich um ein Netz mit Erdnüssen, das man aufgehängt hatte, während ein Rotkehlchen mit blanken Äuglein den Aufruhr ignorierte und eifrig in Küchenabfällen herumpickte.

»Die sind sicherlich dankbar für das Futter«, meinte Charles.

»Nicht halb so dankbar wie ich ihnen«, antwortete Robert. »Sie sind eine ständige Freude. Länger zu lesen fällt mir neuerdings schwer, und Fernsehen ermüdet nach einiger Zeit die Augen, aber diesen kleinen Schönheiten kann ich stundenlang zusehen. Sag, Charles, wie gefällt dir deine neue Umgebung?«

Der Pfarrer merkte, daß Robert mit dieser Nachfrage absichtlich von seinen eigenen Problemen ablenken wollte, und erzählte dem Kranken, wie sehr er und Dimity ihr neues Haus genossen, und erläuterte ihre bescheidenen Pläne für den Garten.

Milly entschuldigte sich und eilte in die Küche zurück, wo sie einen prächtigen Dundee-Kuchen im Ofen hatte. Charles erriet ganz richtig, daß sie erleichtert war, weil ihr Mann sich so munter unterhielt und sie für kurze Zeit ihrer ängstlichen Fürsorge enthoben war.

Denn es konnte kein Zweifel daran bestehen, das wußte Charles, während er vorsichtig über seine eigenen Angelegenheiten plauderte, daß Robert nur noch wenig Zeit blieb. Er hatte viel an Gewicht verloren. Sein Gesicht war so wachsbleich wie bei einem Sterbenskranken, und die Knochen seiner Finger waren deutlich zu sehen, als er matt an der Decke zupfte. Doch sein Lächeln war so strahlend wie eh und je, und er hörte Charles so höflich wie immer zu.

Schließlich blickte dieser auf seine Uhr und stand auf.

»Ich muß los, Robert, ich habe noch ein, zwei Freunde zu besuchen, und es wird immer noch so verflixt früh dunkel. Ich komme wieder, wenn ich darf.«

»Ich habe noch etwas für dich, ehe du gehst«, sagte Robert und zeigte auf einen großen Umschlag auf seinem Schreibtisch.

Charles brachte ihn, und sein alter Freund zog einen wunderschönen, in Leder gebundenen Gedichtband heraus, den er dem Pfarrer gab.

»James Elroy Flecker«, sagte Robert. »Ein Dichter, den ich immer sehr gemocht habe und der sein Vaterland liebt wie du und ich. Ich möchte, daß du es bekommst.«

Charles war tief gerührt.

»Ich werde es hüten wie meinen Augapfel«, versicherte er dem Kranken. »Als Kind habe ich ›Die alten Schiffe‹ auswendig gelernt und kann noch immer einiges davon aufsagen. Ich teile deine Bewunderung, Robert, du hättest mir nichts Kostbareres schenken können.«

Er hielt die magere Hand einen Augenblick. Sie fühlte sich so zerbrechlich wie ein Vogelskelett an.

»Ich möchte mich noch von Milly verabschieden, ehe ich gehe«, sagte er und wandte sich zur Tür. »Ich komme wieder, Robert.«

»Dann komm aber bald«, rief Robert hinter dem Pfarrer her, als dieser zur Küche ging und sich dabei die Tränen fortzwinkerte, damit Milly sie nicht sah.

Es war bereits nach sechs, als der Pfarrer zu Ellas Cottage fuhr, wo Dimity auf ihn wartete.

Er war, wie sie gemutmaßt hatte, abgefüllt mit Tee und hatte leichtes Magendrücken. Neben ihm lag das schöne Abschiedsgeschenk von Robert und ein großer Beutel mit Kochäpfeln, die man ihm bei seinem letzten Besuch in Nidden aufgedrängt hatte.

Irgendwie ist es auch ein trauriger Nachmittag gewesen, dachte der gute Pfarrer und verlangsamte das Tempo, damit ein Fasan majestätisch über den Feldweg stolzieren konnte, aber auch schön. Ihm fiel Roberts liebevoller Blick ein, als er ihm das Buch schenkte, und wie freundlich man ihn in den Häusern begrüßt hatte, in denen er einen Besuch machte.

Allmählich näherte er sich Thrush Green. Die Sonne war untergegangen, Dämmerung legte sich über die winterliche Landschaft.

»Es umwölkt sich«, sagte der Pfarrer laut, »zum dampfenden Wald erhebt die Kräh den Flug.«

Er kostete den wohltönenden Satz richtig aus. Es ist doch ein großer Trost, wenn man ein gutes Gedächtnis hat! Aber, so schalt er sich, in praktischen Dingen ist mein Gedächtnis wie ein Sieb. Das hat Dimity schon oft gesagt. Wo, verflixt noch mal, habe ich den Schlüssel zur Sakristei hingelegt? Und wo ist der Zettel von der Reinigung abgeblieben, den mir Dimity erst morgens gegeben hat?

Trotzdem, so tröstete er sich, ist es immer wieder eine Freude, wenn einem ein hübscher Satz einfällt, der einem das Alltagsleben verschönt.

Beifällig musterte er die weiße Landschaft vor dem dunkler werdenden Himmel. In der Ferne konnte er vor einem stahlgrauen Hintergrund soeben noch Lulling-Forst ausmachen.

»Dampfend! So könnte man sagen«, sagte der Pfarrer laut. Wem anders als Shakespeare wäre sowas eingefallen, eine Krähe, die den Flug dem dampfenden Wald zuschwingt.

Vor Ellas Cottage bremste er. Licht drang aus den Fenstern, leuchtete ihm zur Begrüßung, und der gute Pfarrer saß einen Augenblick still da und ließ sich den Nachmittag durch den Kopf gehen.

In ein, zwei Tagen würde er Robert erneut besuchen. Inzwischen, so nahm er sich vor, wollte er einige der Gedichte, die sie beide liebten, noch heute abend vor dem Schlafengehen lesen. Sein alter Freund sollte wissen, wie viel ihm sein Geschenk bedeutete.

Doch jetzt warteten andere Pflichten. Er stieg aus. Es dämmerte schon und war kalt, als er den Gartenweg entlangeilte, um seine Frau abzuholen.

3. Im *Fuchsienbusch* nicht bekannt

Der Schnee hielt sich eine volle Woche. Die nächsten drei Tage entzückte das jungfräuliche Weiß, das Charles Henstock so verzaubert hatte, auch die meisten Einwohner von Lulling und Thrush Green. Bäume glitzerten im frostigen Sonnenschein. Mauern und Hecken mit ihren weißen Hauben warfen die Strahlen des klaren Himmels zurück. Unter den Füßen knirschte der gefrorene Schnee, und auf den überschwemmten Wiesen am Pleshey und auf den Teichen im Ort wimmelte es von Schlittschuhläufern.

Doch über Nacht änderte sich das Wetter, und am vierten Tag fing es allmählich an zu tauen.

Schnee fiel in weichen Klumpen und unter Schneegestöber von den ausgestreckten Ästen der pfarrhäuslichen Zeder. Er rutschte mit viel Getöse von den Dächern der Häuser an der High Street von Lulling, und Passanten, die in Geschäften unterwegs waren, schüttelten sich und regten sich auf. Zwei ehrbare Damen, denen nach einer morgendlichen Tasse Kaffee war und die gerade den *Fuchsienbusch* betreten wollten, gerieten unter eine kleine Lawine, die von der Dachrinne herabrauschte, und mußten danach ihre Kaffeepause hut- und mantellos zubringen, denn diese Kleidungsstücke trockneten vor der Heizung der Teestube.

In Thrush Green wurde Mr. Jones' betagter Spaniel, der friedlich in seiner Hundehütte gedöst hatte, vollkommen begraben und mußte aus einem Meter Schnee, der von einem Nebengebäude heruntergekommen war, ausgegraben werden.

Auf dem Pausenhof nebenan bildeten sich Bächlein unter dem Schneematsch, was die Kinder mächtig freute, ihre Lehrerinnen jedoch weniger. Schuhe und Strümpfe waren auf der Stelle naß, und verstockte Sünder von sechs, sieben Jahren mußten ins Gebet genommen werden, weil sie jüngere Schulkameraden mit Schneebällen beworfen hatten.

Nathaniel Pattens Umhang geriet ins Rutschen. Die Kastanien warfen ihre Last ab, und Autos schleuderten im Vorbeifahren Fontänen von Schneematsch hoch.

Es war, wie der Wirt der *Zwei Fasane* seinem Nachbar gegenüber äußerte, »so 'n richtiges Sauwetter«.

»Könnte überfrieren«, entgegnete Albert verdrießlich, »sollte mich nicht wundern, wenn wir uns dann allesamt die Knochen brechen.«

»Hast recht!« meinte Mr. Jones. »Das wird ein Heidenspaß!«

Und mit diesen Worten enteilte er in sein behagliches Lokal.

An ebendiesem Morgen wollte Charles Henstock Robert Bassett besuchen, meinte aber, es wäre besser, erst Joan Young anzurufen, ob der Kranke überhaupt Besuch empfangen könne. Ein paar Tage zuvor war er ihm so gebrechlich vorgekommen, daß sich der Pfarrer dann doch fragte, ob der Arzt etwas gegen aufregende Besuche einzuwenden hätte.

Das Telefon schien unendlich lange zu läuten, und den guten Pfarrer überfielen schon die üblichen Bedenken seines

Berufsstandes. Sollte er lieber auflegen? Doch wenn er das tat, würde Joan Young mit Sicherheit atemlos aus dem Garten angehetzt kommen, gerade, wenn das Telefon wieder schwieg.

Andererseits lag die junge Frau vielleicht mit rasenden Kopfschmerzen im Bett und beschwor den Krach mit den Händen auf den Ohren, daß er endlich aufhörte. Ehrlich, dachte Charles, selbst das Einfachste wird schwierig, wenn man sich sorgt, und das macht verständlich, warum nervöse Menschen seelische Anspannung so schlecht aushalten.

Er wollte gerade auflegen, als Joan abnahm.

»Meine Liebe«, sagte der Pfarrer, »hoffentlich habe ich Sie nicht aus dem Garten geholt?«

»Nein, gar nicht«, antwortete sie, hörte sich aber trotzdem atemlos an. »Ich wollte Sie auch gerade anrufen. Wegen Vater.«

Charles lief es plötzlich kalt den Rücken hinunter.

»Wie geht es ihm?«

»Ach, Charles, er ist eingeschlafen. Mutter hat ihn gerade vor zehn Minuten gefunden.«

Der Pfarrer sprach ihr sein Beileid aus.

»Gegen sechs hat er noch mit Mutter geredet, als sie ihm Tee gebracht hat, er hat gesagt, daß er weiterschlafen will.«

Auf einmal brach Joan Youngs beherrschte Stimme.

»Ich lege auf«, sagte Charles und ergriff damit die Initiative. »Sie haben jetzt genug um die Ohren, aber ich möchte Ihnen gern behilflich sein. Wer ist bei Ihnen?«

»Ben und Molly haben alles in die Hand genommen«, antwortete Joan, »sie holen John.«

»Ich rufe später wieder an«, sagte der Pfarrer und sprach ihr noch einmal sein Beileid aus.

Er stellte fest, daß seine Beine ungewöhnlich wacklig waren, als er in sein Arbeitszimmer ging. Die arme Milly, die arme Familie! Wie Robert ihnen fehlen würde! Und wie bedauerlich, daß er seinen alten Freund gestern nicht besucht hatte! Aber so ging es immer wieder. Der bekannte, traurige Aufschrei »Zu spät, zu spät!«, mit dem sich die meisten Leidtragenden geißelten, galt auch für ihn, wie ihm schmerzlich bewußt wurde.

Doch was sollte die Reue. Er mußte sich jetzt um die Lebenden kümmern, die so viel zu tun hatten, und das gerade in der ersten Trauerzeit. Gott sei Dank, dachte Charles, daß die jungen Curdles mit im Haus leben! Beide, Molly und Ben, würden in praktischen Dingen helfen und den Youngs ein unschätzbarer Trost sein, auch Joans Schwester Ruth, die mit Doktor Lovell verheiratet war und in der Nähe lebte.

Es hat doch viel für sich, wenn man in einem kleinen Gemeinwesen lebt, überlegte der gute Pfarrer. Manchmal war es zwar ärgerlich, weil man so gut wie keine Privatsphäre hatte, doch bei Todes- oder Unglücksfällen war es tröstlich, Freunde und Verwandte in der Nähe zu haben.

Aufseufzend suchte Charles nach Dimity, um ihr die traurige Kunde zu überbringen.

Binnen weniger Stunden wußte das ganze Dorf, daß Robert Bassett gestorben war. Er hatte zwar seit einigen Jahren gekränkelt, trotzdem war die Nachricht von seinem Ableben für Thrush Green und Lulling ein Schock.

Die Gleichaltrigen erinnerten sich noch gut an ihn als jungen Mann in Thrush Green. Joan und Edward Youngs schönes Haus hatte ursprünglich ihm gehört, doch Robert wohnte lieber in Ealing, wo er ein Möbelgeschäft besaß, und besuchte seine Töchter und sein hübsches Haus in den Cotswolds nur zwei-, dreimal im Jahr.

Als er schließlich gezwungen war, in den Ruhestand zu gehen, wollten er und seine Frau die Youngs nicht hinauswerfen, und ein Riesenhaus wollten sie sich auch nicht aufhalsen. Da hatte Edward, ein guter Architekt, die alte Remise im Garten sehr gefällig zu einem hübschen Bungalow umgebaut, und dort hatten Milly und Robert die letzten Jahre sehr glücklich gelebt.

Winnie Bailey war eine der ersten, die davon hörte. Sie war die Witwe von Donald Bailey, der Seniorpartner in der Praxis gewesen war, als der junge John Lovell nach Thrush Green kam, wo er sich niederließ und später Ruth Bassett zur Frau nahm.

Es war John, der Winnie die Nachricht überbrachte, als er aus der Sprechstunde über den Dorfplatz zu seinem Schwiegervater laufen wollte. Winnie blickte ihm mit schwerem Herzen nach. Eins war am Altwerden wirklich traurig, nämlich der unvermeidliche Verlust von gleichaltrigen Freunden. Da war es doch ein Trost zu wissen, daß Roberts Witwe in dieser leidvollen Zeit ihre Familie um sich hatte. Doch nichts, das wußte Winnie aus eigener Erfahrung, konnte die Einsamkeit nach dem Verlust des Partners lindern.

Sie ging in die Küche und erzählte es Jenny, ihrer Haushaltshilfe und Freundin, die bei ihr im Haus wohnte. Jenny zerteilte gerade am Ausguß einen schönen Blumenkohl in Rosetten, als sie die Nachricht hörte.

Doch zu Winnies Schreck brach ihre stets gelassene Jenny, die so schnell nichts aus der Fassung brachte, in Tränen aus und ließ sich auf den Küchenstuhl sinken.

»Aber, Jenny«, sagt Winnie echt bestürzt, »wir haben doch alle gewußt, daß die Tage des armen Mannes gezählt waren. Warum regst du dich so auf?«

Jenny hob das tränenüberströmte und betrübte Gesicht.

»Er ist mal nett zu mir gewesen. Wie ich als kleines Mädchen nach Lulling gekommen bin. Ich sollte etwas in der Villa ausrichten, aber ich war ein bißchen verschüchtert. Mr. Bassett ist an die Tür gekommen, hat wohl gesehen, daß ich mich gefürchtet hab, hat mich im Garten rumgeführt und mich gefragt, wo ich denn wohne und so.«

Sie hickste heftig, und Winnie klopfte ihr den Rücken wie einem Baby, das Bäuerchen machen soll.

»Und dann hat er einen Blumenstrauß gepflückt – Bartnelken und Rosen, das weiß ich noch –, den sollte ich den alten Leuten bringen, und mir hat er einen Schilling geschenkt. So reich war ich meiner Lebtag nicht gewesen. Aber das beste daran war, daß ich Pa und Ma mal was schenken konnte. Wegen der Blumen haben sie nie was auf Mr. Bassett kommen lassen, und ich auch nicht, niemals.«

Ein mächtiger Schniefer beschloß die Geschichte, aber Winnie merkte, daß Jennys Kummer nachließ und daß sie allmählich ihre gewohnte Gelassenheit zurückgewann.

»Eine sehr gute Erinnerung an einen sehr guten Menschen«, sagte sie leise. »Und typisch für den lieben Robert.«

Jenny stand auf und wischte sich heftig das Gesicht.

»Na, dann will ich mal wieder und mich ums Essen kümmern. Der arme, alte Herr, aber – es wird Zeit, daß ich das Gemüse aufsetze.«

Bei diesen Worten fiel Winnie, die an ihre eigene Arbeit zurückkehrte, eine Eintragung im Tagebuch von James Woodforde ein, das sie einmal gelesen hatte:

»Fand den alten Herrn, der fast in den letzten Zügen lag. Nicht mehr bei Bewußtsein, der Atem rasselte. Zu Mittag heute gekochtes Rindfleisch und gebratenes Kaninchen.«

Das Leben ist nun einmal eine bunte Mischung aus Tragödie und Alltagsdingen. Robert selbst hätte es gut gefunden, daß die Nachricht von seinem Tod in die gleiche Stunde fiel, in der Jenny Blumenkohl putzte.

Ein Woche später war die Beerdigung in St. Andrew's. Es war ein stiller Tag, mild und grau, mit ein paar Schneeflecken unter den Hecken, welche die Leidtragenden an das bitterkalte Wetter erinnerten.

Der Pfarrer segnete seinen alten Freund aus und hielt eine kurze und schlichte Ansprache. Die beiden Lieder, die die Familie ausgesucht hatte, waren Roberts Lieblingslieder: »Jesu geh voran« und »In dir ist Freude«.

Nach dem Gottesdienst, als die Gemeinde nach Hause gegangen war und Robert allein unter einem Hügel bunter Blumen ruhte, gingen Charles und Dimity zu Ella in ihr nahegelegenes Cottage und tranken dort Tee. Dotty Harmer und ihre Nichte Connie hatte man überredet, sich dazu zu gesellen.

Naturgemäß waren die meisten Anwesenden gedämpfter Stimmung und bei diesem traurigen Anlaß dankbar für das tröstlich helle Feuer und eine Tasse Tee unter Freunden.

Dotty bildete die Ausnahme. Sie war ungewöhnlich munter, plauderte über Robert in jüngeren Jahren und verstreute Kuchenkrümel, während sie mit Klauenhänden fuchtelte.

»Er hatte ein ganz gräßliches Fahrrad, das er in der Remise unterstellte. Weißt du noch, Connie? Es hatte eine Acetylenlampe. Die hat vielleicht gestunken. Nein, natürlich Liebes, das war vor deiner Zeit. Einmal ist er damit in Vaters Blumenbeet gefahren. Vater hat sich furchtbar aufgeregt.«

»O weh!« bemerkte Dimity bänglich. Der alte Mr. Harmer war ein gestrenger, von allen gefürchteter Schulmeister gewesen, und die Begebenheit dürfte schlimmste Folgen gehabt haben.

»Aber«, so fuhr Dotty munter fort, »Robert hatte so reizende Manieren, war ein so reuiger Sünder, daß Vater ihm nur einen kleinen Tritt ans Schienenbein versetzt hat. Sehr nett von Vater, haben wir alle gedacht.«

Charles fing Ellas Blick auf und schaute hastig weg.

»Die Lieder haben mir gefallen, euch auch?« fuhr Dotty munter fort und wischte sich die Finger am Rocksaum ab. »Er war immer so musikalisch, und ich bin froh, daß er sich nicht ›Bleib bei mir, Herr‹ gewünscht hat, das ist so düster, findet ihr nicht auch? Ich meine, wenn jemand direkt in den Himmel kommt, dann doch wohl der liebe Robert, warum also nicht was Fröhliches, was ihm Beine macht?«

»Kann ich noch eine Tasse Tee haben, Ella?« fragte Charles und sah dabei ein wenig rosiger aus als gewöhnlich.

»Ich für meinen Teil«, plauderte Dotty unaufhaltsam weiter, »würde gern das ›Halleluja‹ haben, obwohl es ganz schön lange dauert, bis sie damit durch sind, und man dazu einen kompletten Chor braucht. Aber es ist so erhebend, nicht wahr? Triumphierend und trotzdem so heiligmäßig. Denk daran, meine liebe Connie. Oder wenn das nicht geht, dann lieber ein so hübsches Liedchen wie ›Fröhlich soll mein Herze springen‹, aber andererseits, wenn man tot daliegt, wie man es vermutlich tut, falls sich die Ärzte auf ihren Kram verstehen, mag es unter den Umständen ein bißchen viel verlangt sein, wenn das Herze springen soll, oder was meinst du, lieber Charles?«

Der Pfarrer stellte seine Tasse hin.

»Ich meine, daß du dich friedlich zurücklehnen und Ellas ausgezeichneten Tee genießen solltest. Wir haben alle einen traurigen Nachmittag hinter uns und brauchen eindeutig ein wenig Ruhe.«

»Na schön«, sagte Dotty, »ich jedenfalls bin munter wie ein Fisch im Wasser, aber deine Worte haben durchaus etwas für sich.«

Und nach Charles' sanfter Ermahnung lehnte sie sich zurück und trank zur großen Erleichterung ihrer Freunde wie ein artiges Kind ihren Tee.

Der Februar blieb weiterhin still und grau. Der Himmel war bedeckt. An den kahlen Bäumen rührte sich kein Zweiglein. Es schien, als schliefe die ganze Natur.

Die Straßen waren feucht. An den Hecken hingen winzige Tropfen, und sogar die Vögel schwiegen.

Das Pflaster der Lulling High Street glänzte naß. An den gekappten Bäumen mit ihren stachligen, kahlen Zweigen liefen Rinnsale hinunter. Die Luft war schwer, und die Einwohner blickten zur Flußaue des Pleshey hinüber und sehnten sich danach, daß sich die drückende Luft hob.

»Ist doch unnatürlich«, sagte eine Kellnerin im *Fuchsienbusch* zur anderen. »Gar nicht wie Frühling. Und diese Tische blankzupolieren, ist verlorene Liebesmüh, sag ich dir.«

»Macht nichts«, antwortete ihre Kollegin Gloria Williams, die eifrig Küchlein mit Zuckerguß in der Glasvitrine anordnete und sich von Zeit zu Zeit laut die Finger ablutschte. »In ein, zwei Tagen haben wir März, er kommt mit aller Macht und mit ihm sicher all die alten Muttchen, die sich beklagen, daß ihre Haare durcheinander sind.«

Ihre Kollegin Rosa wedelte träge mit dem Staubtuch über einen Strauß nicht zusammengehörender Plastikblumen, Narzissen mit roten Geranien und ein paar leuchtenden Herbstblättern, alles zufällig in einem Topf angeordnet, der einmal Margarine enthalten hatte.

»Ich überleg, ob ich die Fenster putzen soll«, sagte sie gähnend. »Aber wo die alte Mrs. Peters heute nicht kommt, wieso sich die ganze Mühe machen.«

Mrs. Peters war die augenblickliche Besitzerin des *Fuchsienbusches* und hatte eine Energie, die jede noch so bockige Angestellte auf Trab bringen konnte. Wenn sie im Laden war, wurden sogar die lethargischen Kellnerinnen halbwegs lebendig. War sie nicht da, verfielen sie wieder in ihre gewohnte Apathie.

»Laß das lieber«, meinte ihre Kollegin. »Nicht bei diesem Wetter. Werden ja doch wieder schmierig, was? Mach halblang. Gleich ist zweites Frühstück, da machen uns die Leute Beine.«

Die beiden setzten sich an einen Tisch hinten in dem leeren Lokal, und Rosa fing an, Gloria von der Disco zu erzählen, in der sie letzten Abend gewesen war, als die Türglocke laut klingelte und ein älterer Mann hereinkam. Rosa seufzte.

»Geht schon los. Den übernehm ich. Du den nächsten.«

Sie gestattete dem Fremden, an einem der Tische am Fenster Platz zu nehmen, von wo man einen guten Blick auf die High Street hatte, und in der Zeit, die er mit dem Lesen der Speisekarte zubrachte, polierte sie sich die Nägel an der Schürze.

Dann näherte sie sich bedächtig.

»Was kann ich Ihnen bringen?«

»Kaffee bitte. Ach ja, und einen von den Kuchen mit Glasur.«

»Mit Milch oder schwarz?«

Der Fremde blickte ratlos.

»Sie bringen mir doch sicherlich ein Kännchen Kaffee und einen Krug heiße Milch?«

»Normalerweise nur eine Tasse.«

»Dann bringen Sie heute ausnahmsweise ein Kännchen von jedem, wie ich Sie gebeten habe.«

Seine Augen waren sehr blau, fiel Rosa auf, und sie funkelten, wenn er böse war. Ein richtiger, alter Schulmeister, dachte sie. Ein General oder ein Admiral oder sonstwas Strenges und daran gewöhnt, daß alles nach seiner Nase geht.

»Das kostet aber extra«, sagte sie achselzuckend.
»Ich denke, ich kann mir die Ausgabe leisten«, sagte er kurz angebunden. »Und ich habe es eilig, also machen Sie schon.«
Rosa schlenderte nach hinten in die Küche.
»Der ist mir der Richtige«, teilte sie dem Küchenpersonal mit. »Will eine Kanne Kaffee und einen Krug heiße Milch. Hat man so was schon gesehen!«
Sie verdrehte die Augen, als erwarte sie vom Himmel göttliche Hilfe bei so viel Aufsässigkeit.
Die alte Mrs. Jefferson, seit vielen Jahren erste Köchin im *Fuchsienbusch* und eine heftige Befürworterin lang vergessener Dienstleistungsprinzipien, rümpfte die Nase, wofür sie berühmt war.
»Dann bring ihm, was er haben will. Es gehört sich nicht, an der Bestellung eines Gastes rumzumäkeln. Tu, was man dir sagt und halt den Mund.«
»Du mußt dich ja auch nicht mit den Gästen rumschlagen«, murrte Rosa.
»Hab ich früher auch getan«, erinnerte sie Mrs. Jefferson, »und das zur Zufriedenheit, mein Mädchen, was eine Menge mehr ist, als man von dir sagen kann. Und jetzt mach das Tablett fertig und bemüh dich, deine Leichenbittermiene mal zu einem Lächeln zu verziehen. Bei dem Anblick wird ja selbst die Milch sauer.«
Eifrig lief sie vom Herd zum Tisch in der Mitte und wieder zurück, denn sie war trotz ihrer beträchtlichen Fülle flink auf den Beinen.
Wortlos nahm Rosa das Tablett, doch wenn Blicke töten könnten, Mrs. Jefferson hätte eine stattliche Leiche auf dem Fußboden abgegeben.
Ungefähr eine halbe Stunde später trat der Fremde aus dem *Fuchsienbusch* in die feucht-neblige Luft der High Street von Lulling.
Jetzt waren die Käufer unterwegs, und die hochgewachsene Gestalt mußte einen Bogen um Kinderwägen, angeleinte Hunde und, ganz schlimm, um zwei Damen machen, die ein

ausgedehntes Schwätzchen hielten und mit ihren Einkaufswagen den ganzen Bürgersteig versperrten.

»Entschuldigen Sie!« sagte der Mann resolut und schob einen der Wagen mit einem blank gewienerten Halbschuh beiseite.

»Also, ehrlich!« platzte eine der Damen heraus. »Ist es die Möglichkeit! Darf man heutzutage nicht mehr stehenbleiben und mit einer Freundin ein paar nette Worte wechseln?«

Sie wartete jedoch, bis der Fremde außer Hörweite war, erst dann begehrte sie auf.

Ihre Freundin blickte hinter der aufrechten Gestalt her, die jetzt die leichte Steigung zum Marktplatz in Angriff nahm.

»Den habe ich, glaube ich, schon mal gesehen«, überlegte sie. »Vor Jahren.«

»Also, auf die Bekanntschaft kann ich verzichten«, entgegnete ihre Freundin. »Ein aufdringliches Individuum.«

Sie nahmen ihre früheren Plätze wieder ein und führten ihren unterbrochenen Plausch fort.

Miss Violet Lovelock war auf dem Markt und verglich an allen Gemüseständen die Preise für Porree.

Wirklich unerhört, wie teuer heutzutage selbst das gewöhnlichste Gemüse ist, dachte sie. Vielleicht ergaben drei von Dawsons dicken Porreestangen ja zwei Mahlzeiten für drei Personen. Mit reichlich Wasser natürlich und etwas Salz und Pfeffer konnte man das Ganze strecken.

Sie legte das Bündel gerade in ihren Korb und bemühte sich, die Augen von der Seite drei der Zeitung loszureißen, in die die Porreestangen eingewickelt waren – nein aber auch, wie schlecht doch die Welt war – als ihr die Gestalt auffiel, die auf der anderen Straßenseite munter bergauf schritt.

Miss Violet schenkte ihr ihre gesammelte Aufmerksamkeit. Diesen Gang kannte sie. Wer war das? Wenn ihre Augen doch nur nicht so nachgelassen hätten, ihre Schwestern hatten ganz recht, wenn sie sie drängten, sich neue Brillengläser verschreiben zu lassen. Nun versperrte ihr ein Lastwagen die

Sicht. Jetzt blieb er stehen, betrachtete Barlows Schaufenster und kehrte ihr dabei den Rücken zu. Wenn sie ihn doch nur unterbringen könnte! Irgend etwas an dem aufrechten Rükken kam ihr bekannt vor. Also, wer mochte das sein?

Die Gestalt ging weiter und machte plötzlich die Tür zum Büro von Twitter & Venables auf. Im Nu war sie in dem dämmrigen Inneren verschwunden und überließ Miss Violet ihren Grübeleien.

Vielleicht hatte sie sich geirrt. Vielleicht war es ein völlig Fremder, der geschäftlich im Büro des lieben Justin Venables zu tun hatte. Ihre Augen wurden wirklich schlechter, da täuschte man sich leicht einmal, wenn Leute nicht sehr nahe waren. Sie würde nicht weiter darüber nachdenken.

Und trotzdem – da war etwas! Und dieses Etwas hatte sie angenehm durchrieselt, so als erinnerte es sie an ein lang vergessenes Glück an einem stillen, grauen Morgen auf der feuchten Straße in Lulling.

4. Gerüchte in Thrush Green

Der März kam, doch er kam nicht mit aller Macht.

Er kam mit der gleichen grauen Stille, die Lulling und Thrush Green noch immer einhüllte. Und die gleiche Lustlosigkeit war bei den Menschen zu spüren. Jeder sehnte sich danach, daß die Wolken verschwanden und ein tüchtiger Wind stürmisch durch die Bäume fuhr, die Straßen trocknete und die Gemüter aufleben ließ.

Im Pfarrhaus von Lulling führte Charles ein höchst unangenehmes Gespräch mit einem seiner bigottesten Gemeindemitglieder. Mrs. Thurgood war die Witwe eines wohlhabenden Großhändlers, der viele erstklassige Lebensmittelhändler in den Cotswolds mit so exotischen Artikeln wie Kaffeebohnen, Tee, Gewürzen, Trockenfrüchten und eingemachtem Obst, Gläsern mit Ingwer, leckeren Pasteten und einer Unmenge anderer modischer Lebensmittel beliefert hatte.

Seine Flotte dunkelblauer Lieferwagen mit der zurückhaltend goldenen Beschriftung waren überall in der Gegend zu sehen, und Mrs. Thurgood, die die Tradition ihres Mannes fortführte, spendete der Kirche großzügig und rühmte sich damit, daß sie noch keinen Gottesdienst ausgelassen hätte.

Anthony hatte ihrer Vorstellung von einem idealen Pfarrer entsprochen. »Die Art Mann«, so hatte man sie sagen hören, »die man getrost zu sich einladen kann, ganz egal, wer sonst noch zu Besuch ist.« Sein vornehmes Aussehen, seine bezaubernden Manieren und der Inhalt seiner Predigten fanden ihre Billigung. Sie mochte die Liturgie, die Gewänder, die Kniegebete, die wohltönenden Gesänge, die Unmengen von Melodien und das siebenfache Amen. In ihren Augen leistete er absolut zufriedenstellende Dienste, und sie trauerte ihm nach, als er als Pfarrer an eine Gemeinde in Kensington berufen wurde.

Und sie stellte gerade klar, daß Charles Henstock seinem Vorgänger in keiner Weise das Wasser reichen konnte.

»Ich mag einfach nicht glauben«, sagte sie zu Charles. »daß der liebe Mr. Bull nichts über die Sache mit den Kniekissen für die Marienkapelle gesagt haben soll.«

»Er hatte viel zu bedenken«, sagte Charles, »damals, vor seinem Umzug. Wahrscheinlich ist es ihm entfallen.«

»Das möchte ich bezweifeln«, entgegnete Mrs. Thurgood. »Ich habe mich noch ein paar Wochen vor seinem Aufbruch mit ihm unterhalten und ihn darauf hingewiesen, daß wir völlig neue Kniekissen brauchen. Er hat, soweit ich mich erinnern kann, gesagt, daß er es an Sie weitergeben würde, da Sie ja nun für die in Angriff zu nehmende Arbeit verantwortlich wären.«

Und wer kann es Anthony Bull verdenken, daß er mir den Schwarzen Peter zugeschoben hat, dachte Charles. Aber jetzt haben wir den Salat, nun ist es mein Problem.

»Brauchen wir denn wirklich neue Kniekissen?« setzte Charles an. »Die jetzigen erscheinen mir sehr hübsch, und außerdem sollten wir uns vor unnötigen Ausgaben hüten.«

»Aber natürlich brauchen wir welche! Und ich habe Mr. Bull von Anfang an klar und deutlich gesagt, daß ich gern für das Material aufkomme. Man muß nur noch den Mütterkreis und den Frauenkreis und den Blumendamenkreis dazu bringen, daß sie die Arbeit angehen – ein Kniekissen pro Nase, mehr ist nicht erforderlich – und dazu brauche ich Ihre Erlaubnis.«

Bei der Erwähnung aller eventuellen Kniekissenstickerinnen, von denen Charles viele schrecklich furchteinflößend fand, fielen ihm Midas und seine Gäste ein, die überall herumschnüffelten.

»Und natürlich«, fuhr seine tatkräftige Besucherin fort, »wäre es besser, wenn wir jemanden hätten, der mit gutem Beispiel vorangeht.«

Wie ein Bulldozer, dachte Charles unglücklich.

»Die ganze Sache koordiniert«, sagte Mrs. Thurgood. »Schließlich müssen wir uns Entwurf und Farbe überlegen.«

»Aber sicherlich darf jede Dame ihr eigenes Muster wählen?«

»Du liebe Zeit, nein! Die Grundfarbe muß naturgemäß Blau sein. Die Polster einer Marienkapelle sind traditionell in Blau. Und die Kniekissen müssen die gleiche Größe haben. Und, ehrlich gesagt, finde ich, daß sie alle das gleiche Muster haben sollten. Glücklicherweise hat meine Tochter Janet, ein ungemein begabtes Mädchen, an der Kunsthochschule Design, Paramentenstickerei und Sticken studiert und hat bereits ein reizendes Muster auf Karopapier entworfen, das sie für das Projekt zur Verfügung stellt.«

Charles spürte, wie sich der Belagerungsring zuzog. Die Vorgefechte waren vorbei. Jetzt wurde das schwere Geschütz aufgefahren.

Er blickte hinaus in den nebligen Garten, sah das betaute Gras und die Zeder, die in der Feuchtigkeit noch dunkler wirkte. Dieser Blick auf die beschauliche, unveränderliche Natur verlieh ihm die Kraft für den Gegenangriff.

»Mir ist klar, daß Sie der Angelegenheit viele Überlegungen gewidmet haben«, sagte Charles freundlich. »Und ich finde es sehr großzügig von Ihnen, daß Sie die Materialkosten übernehmen wollen. Ich werde die Sache mit Dimity durchsprechen – sie ist immer so praktisch – und mich mit dem Kirchenvorstand darüber unterhalten. Kann ich Sie in ein, zwei Tagen anrufen?«

Selbst die furchteinflößende Mrs. Thurgood merkte, daß sie sich bis zum äußersten Punkt vorgewagt hatte. Jetzt hieß es innehalten und Kraft für künftige Angriffe sammeln.

»Das paßt mir gut«, lenkte sie ein und erhob sich vom pfarrhäuslichen Sofa. »Alles ist bereit, Sie müssen nur ja sagen. Ich weiß«, so fügte sie bedeutungsschwer hinzu, während sie vor dem Pfarrer die Diele betrat, »daß diese Angelegenheit Mr. Bull sehr am Herzen gelegen hat. Ach, wie er uns fehlt!«

Charles parierte diesen letzten Schuß erfolgreich mit seinem angeborenen liebenswürdigen Lächeln.

»Ja, so ist es, Mrs. Thurgood«, sagte er. »Aber Lullings Verlust ist Kensingtons Gewinn, und wie ich höre, fühlt er sich in seiner neuen Gemeinde mehr als wohl.«

Er sah hinter Mrs. Thurgood her. Sie wirkte, als hätte sie einen Besen verschluckt, als sie die Zufahrt entlangging, und er seufzte.

Der Mütterkreis! Der Frauenkreis! Der Blumendamenkreis!

Gab es überhaupt noch Hoffnung, sich gegen diese fürchterliche Frauenphalanx durchzusetzen?

Ausgerechnet Ella Bembridge, Dottys alte Freundin, entdeckte als erste, wer der hochgewachsene Fremde aus Lulling war.

Wie viele alleinstehende Frauen hatte auch Ella ein besonders feines Gespür für Dorfklatsch, und sie behielt ihn obendrein noch für sich. Nicht etwa, daß sie mit ihren Informationen hausieren gegangen wäre wie andere Einwohnerinnen von Thrush Green und Lulling. Diese Klatschbasen waren im Dorf wohlbekannt, und wer ihnen begegnete, war auf der Hut vor ihren Lästerzungen.

Ella jedoch beschäftigte sich vorwiegend mit ihren vielen Künsten, klapperte mit dem Handwebrahmen, strickte oder häkelte mit unglaublicher Schnelligkeit oder drehte sich schlicht eine ihrer nachlässigen Zigaretten und wirkte daher auf die Kleinhändler im Nachrichtenwesen, als konzentrierte sie sich hauptsächlich auf die vor ihr liegende Arbeit. Folglich wurde ihr viel mitgeteilt, und ihr gutes Gedächtnis speicherte es.

»Habt ihr gewußt, daß die Venables Besuch haben?« fragte sie Charles und Dimity, als sie eines schönen Morgens wegen des Gemeindeblattes bei ihnen vorbeischaute.

»Jemanden, den wir kennen?« fragte Dimity.

»Wohl kaum. Er ist die meiste Zeit in Übersee gewesen, aber er ist hier geboren und aufgewachsen und ist auf das Gymnasium gegangen, an dem Dottys Vater Direktor war.«

»Der Ärmste!« rutschte es Dimity heraus. Mr. Harmers Vorstellungen von körperlicher Züchtigung hätten ihn heutzutage wegen Körperverletzung vor Gericht gebracht, wenn nicht sogar wegen schwerer Körperverletzung, und bei den Geschichten alt gewordener Jungs, auch wenn sie verständlicherweise übertrieben, konnte einem das Blut in den Adern stocken.

»Kit Armitage. So heißt er jedenfalls«, fuhr Ella fort und stopfte dabei das Gemeindeblatt in ihren ziemlich schiefen Korb aus eigener Herstellung zwischen einen Sellerie und ein Büchereibuch. »Dotty dürfte sich noch an ihn erinnern und natürlich die Lovelocks, aber das war vor unserer Zeit.«

»Bleibt er lange?«

»Glaub ich nicht. Er sieht sich nach einem eigenen Haus um, jetzt, wo er pensioniert ist. Justin hat sich immer um die Rechtssachen der Familie gekümmert, sie sind die ganzen Jahre über in Kontakt geblieben. Soviel ich weiß, will er nur eine Woche bei ihnen wohnen, dann will er sich etwas suchen.«

»Natürlich, Justin ist ja auch im Ruhestand und dürfte viel Zeit für Gäste haben«, meinte der Pfarrer. »Manchmal frage ich mich, ob er nicht im Kirchenvorstand mitmachen möchte. Er wäre ein Gewinn mit seiner Kenntnis von Recht und Finanzen.«

»Probier's doch«, riet Ella. »Der gibt dir vielleicht Rückendeckung bei so verzwickten Problemen wie den neuen Kniekissen.«

»Woher weißt du denn von den neuen Kniekissen?« fragte Charles und sah bestürzt Dimity an.

»Nicht von deiner Frau«, entgegnete Ella sofort. »Die ist ein Ausbund an Verschwiegenheit. Aber Frances Thurgood hat mich diese Woche beim Metzger zu fassen gekriegt und der Hoffnung Ausdruck verliehen, ich würde ›ihr einen guten Dienst erweisen‹ und dich zu einem Ja bewegen.«

»Nein, wirklich!« sagte der Pfarrer heftig.

»Keine Bange«, meinte Ella. »Ich unterstütze kein einziges Projekt von Frances Thurgood, schon aus Prinzip nicht. Von allen selbstherrlichen, verschlagenen, bigotten Gewitterhexen ist sie einsame Spitze.«

»Ella, bitte«, protestierte Charles und hob eine mollige Hand. »Ich mag es nicht, wenn du jemanden so schlechtmachst.«

»Tust du natürlich nicht«, bestätigte Ella. »Du bist viel zu tolerant. Und falls ich sie echt mal schlechtmachen sollte, so war das erst der Anfang.«

»Nicht jetzt«, fuhr Dimity dazwischen. »Setz dich, liebe Ella, und rauche eine Zigarette.«

Ella ließ sich überreden, nahm Platz und holte die verbeulte Tabakdose hervor, in der sich ihre private Zigarettenfabrik befand.

»Gib bloß nicht nach, Charles«, sagte sie, als die erste Zigarette brannte und sie in bläulichen Rauch hüllte. »Wenn sie diese Runde gewinnt, haut sie dich jedesmal von neuem in die Pfanne. Und was den gräßlichen Plan mit Janets scheußlichem Muster angeht, so kann ich dir nur raten, erstick ihn im Keim. Hast du schon mal Arbeiten von der jungen Frau gesehen?«

»Nein«, sagten Charles und Dimity unisono.

»Dann ist euch ein ganz fürchterliches Erlebnis erspart geblieben. Sie hatte letzten Herbst eine Ausstellung von Zeichnungen und Gemälden in der Getreidebörse. Das kalte Gruseln konnte einen ankommen, das könnt ihr mir glauben. Die Hälfte der Zeit hat man sich gewundert, ob die Bilder richtig herum aufgehängt worden sind, und die andere Hälfte hat es einen gedauert, daß sie überhaupt aufgehängt worden sind. Und dann all diese hochgestochenen Titel! Die Abrechnung, Meditation, Hohes Ziel, Zeit für Schönheit, Transzendentales Erwachen – lauter so 'n Quatsch mit Soße. Und keins unter achtzig Pfund! Wie ihr euch denken könnt, gab es verdammt wenig rote Punkte für ›Verkauft‹.«

»Soviel ich weiß, ist sie auf einer Kunstakademie gewesen«, warf Dimity schüchtern ein.

»Das ist eher eine Ausrede als eine Empfehlung«, antwortete Ella. »Nein, Charles. Paß bloß auf! Schick sie zur Hölle oder wohin auch immer, ehe sie das mit dir macht. Und wenn Justin Venables dir zu Hilfe kommen will, dann schlachte das nach besten Kräften aus. Oder vielleicht stellt sich ja dieser neue Kerl, dieser Christopher Armitage, als eine Säule der Kirche heraus, wenn er hier erst mal was gefunden hat.«

»Ihr wißt gar nicht, wie mir Harold Shoosmith als Rückendeckung fehlt«, gestand der Pfarrer. »Er ist mir in Thrush Green zwar noch immer eine große Hilfe, aber in Lulling habe ich bislang noch keine solche Unterstützung gefunden.«

»Gib die Hoffnung nicht auf«, sagte Ella, drückte ihre schlampige Zigarette aus und kramte ihre Sachen zusammen. »Dann will ich mal. Ich hab versprochen, heute nachmittag bei Dotty aufzupassen, Connie will sich eine Dauerwelle machen lassen.«

Auf der Schwelle blieb sie stehen und musterte den Himmel.

»Es riecht so anders, Charles. Hat der Wind gedreht?«

Beide blickten zum Wetterhahn von St. John's hoch.

»Ja, hat er«, rief der Pfarrer. »Hoffentlich ändert sich jetzt auch dieses bedrückende Wetter. Wir brauchen etwas, was uns aufleben läßt.«

»Laß die Ohren nicht hängen, Charles«, sagte Ella und schlug ihm dabei so kräftig auf die Schulter, daß es ihm weh tat. »Du siegst bei jedem Wetter. Aber hüte dich vor Frances Thurgood!«

Damit machte sie sich auf den Weg nach Thrush Green und stampfte in Richtung High Street davon. Der liebe, gute Charles! Hoffentlich wurde er bei diesen verdammten Kniekissen nicht weich. Denn ums Verrecken würde sie diesem geradezu heiligen Mann nicht die gemeinen, überheblichen, grausamen Äußerungen weitergeben, die diese Zicke Frances Thurgood in Hörweite über ihn gemacht hatte.

Binnen vierundzwanzig Stunden waren die grauen Wolken verschwunden, und die herbeigesehnte Sonne schien wieder, während der Märzwind durch die Straßen von Lulling pfiff.

Tote Blätter wirbelten durch die Rinnsteine wie kleine Kätzchen. Wirtshausschilder knarrten, junge Bäume schwankten, und die Hausfrauen in Lulling und Thrush Green sahen aufatmend zu, wie die Wäsche im Garten flatterte und knatterte.

In der Dorfschule schüttelte man die Lethargie der letzten paar Wochen ab, statt dessen verbreitete sich dank des Frühlingswindes ausgelassene, gute Laune. Die kleine Miss Fogerty und ihre Schulleiterin waren zwar dankbar für den Wetterwechsel, hatten jedoch auch ihre Probleme damit.

Die Kinder waren laut und aufregt. Türen knallten, Papiere flatterten vom Pult, Fenster sprangen plötzlich auf, und überall herrschte Unordnung. In der Pause stürmten die Kinder schreiend auf den Pausenhof und schubsten und tobten wie wild gewordene kleine Hunde, während ihnen der Wind die Kleider an den Leib drückte und ihre Haare flattern ließ.

Miss Fogerty hatte sich einigermaßen an dieses Benehmen gewöhnt. Als Pausenaufsicht auf dem Pausenhof beobachtete sie mit dem Teebecher in der Hand das Getobe rings um sie mit nachsichtigem Blick, paßte jedoch gut auf, daß kein allzu Übermütiger einen anderen verletzte. John Todd beispielsweise, der gerade ein Flugzeug war, mußte nicht unbedingt so bedrohlich um die arglosen Kleinen in seiner Nähe herumsausen. Mit ausgestreckten Armen, irre funkelndem Blick und schrecklichen Brummgeräuschen stellte er auch für die Gleichaltrigen eine gewisse Gefahr dar, so daß Agnes Fogerty zu ihm gehen und ihn ermahnen mußte.

Da sie ihre Aufmerksamkeit auf John Todd und die anderen Übeltäter richtete, die das Märzfieber gepackt hatte, bemerkte sie die beiden Männer nicht, die das leere Grundstück durchmaßen, wo einst das Pfarrhaus von Thrush Green gestanden hatte und wo Charles und Dimity so glücklich gewesen waren.

Nur ihre Kollegin Dorothy Watson gewahrte ihr Tun und erwähnte es nach Schulschluß, als sich die beiden Freundinnen im Schulhaus an einer Tasse Tee und Mürbegebäck labten.

Sogar hier spürte man den Wind, er sang im Schlüsselloch und bewegte die Vorhänge. Doch verglichen mit dem Tumult in der Schule war es bemerkenswert friedlich und angenehm, sich die wild schaukelnden Zweige im Garten und das Gras anzusehen, das silbern aufschimmerte, wo der Wind es durchkämmte.

»Das dürften Landvermesser gewesen sein«, meinte Dorothy. »Sie hatten so einen großen Zollstock im Lederetui dabei. Einer arbeitet, glaube ich, auf dem Bauamt. Komisch, daß wir nichts davon gehört haben.«

»Das kommt schon noch«, prophezeite Agnes. »Du kennst doch Thrush Green. Die Nachricht spricht sich in Null Komma nichts herum. Und falls du sie gesehen hast, liebe Dorothy, haben auch andere sie gesehen. Möchtest du noch Mürbegebäck?«

Miss Fogerty behielt recht. Albert Piggott und sein Nachbar Mr. Jones, der Wirt der *Zwei Fasane*, hatten die Männer auch arbeiten sehen.

»Kommen vom Bauamt, die Jungs«, sagte Mr. Jones. »Von Perce hab ich übrigens gehört, daß die Stadt das Grundstück gekauft hat.«

»Für was denn?« fragte Albert und spielte mit seinem kleinen Bier. »Und woher weiß Perce das? Der kommt doch nirgendwo hin. Den hat seine Alte unterm Pantoffel, soviel ich so hör.«

»Nimm deine Zunge in acht, was Percys Doris angeht«, ermahnte ihn der Wirt. »Tut nicht gut, sich bei Ehepaaren einzumischen. Ich find, das ist jedem seine Privatsache.«

»Was ist denn los mit dir, seit wann tuste so ehrpusselig?« fragte Albert. »Bist doch der erste gewesen, wo über meine Nelly geklatscht hat, als sie mich wegen diesem vermuckten Heizölkerl verlassen hat. Der hat, glaub ich, sicher schon gemerkt, daß er einen Fehler gemacht hat. Und außerdem ist in Thrush Green nichts Privatsache, das weißte so gut wie ich. Also los, erzähl schon, was Perce über das Bauamt gesagt hat.«

Mr. Jones polierte sorgsam ein großes Glas, hauchte hinein und polierte nach, ehe er antwortete.

»Wollen Seniorenwohnungen hinsetzen, hat er gesagt. Hat es von seiner Kusine gehört, die da die Büros saubermacht.«

Albert verdaute die Neuigkeit mit einem Schluck Bier, denn auf diese Weise konnte er sich mit ihr anfreunden.

»Ach! Wer hätte das gedacht! Wenn's mit rechten Dingen zuginge, müßte da ein neues Pfarrhaus hin. Ist doch Kirchenland, oder?«

»Jetzt nicht mehr, alter Junge. Die Kirche hat es ans Bauamt verkauft, und wetten, daß sie sich jetzt schon Pläne ansehen und den billigsten Kostenvoranschlag aussuchen. Wetten, daß Mr. Young auch einen Plan eingereicht hat. Er hat das alte Gemäuer nicht ausstehen können und hat immer gesagt, er hätte dort gern was stehen, was das Ansehen lohnt.«

»Wetten, daß auch das in den Augen weh tut, wenn man nach seinem neuen Bürohaus gehen kann. Das hätte selbst ich besser hingekriegt. Kaum ein Dach und Fenster, die direkt unter der Regenrinne hängen, und kohlrabenschwarze Ziegel. Verschandelt die ganze High Street, sind ich«, sagte Albert griesgrämig.

In diesem Augenblick trat sein Schwiegersohn Ben Curdle mit einem Korb voll leerer Flaschen ein.

»Guten Morgen, Dad«, sagte er und nickte. »Worum geht's?«

Albert wurde munterer und schob ihm sein leeres Glas hin.

»Wir reden über diese neuen Wohnungen, die das Bauamt da drüben hinsetzen will«, sagte er. »Ich frag mich, wer in so was wohnen will.«

»Na, du zum Beispiel«, sagt Ben.

Albert stellte die Stacheln auf.

»Wozu brauch ich so 'ne Altenwohnung?« fragte er entrüstet. »Wo ich mein eigenes hübsches Häuschen hab und die Kirche die Miete bezahlt. So alt bin ich noch lange nicht!«

»Aber bald«, entgegnete Ben, dessen Ruhe Albert aufbrachte. »Und nächstens macht der junge Cooke die ganze Arbeit in der Kirche – soweit ich sehen kann, macht er das jetzt schon. Und dann braucht er eine Wohnung. Deine kommt ihm eines Tages gut zupaß.«

Albert wurde zornesrot und fing an zu schäumen.

»Hör mir mal gut zu, Ben, ich tu noch meine Arbeit. Ja, erst gestern hab ich alle Matten hochgehoben und das Mittelschiff gewischt. Hat mich fast zwei Stunden gekostet.«

»Genau das meine ich«, sagt Ben. »Das dürfte höchstens eine halbe Stunde dauern. Du schaffst es nicht mehr, Dad, das mußt du doch einsehen. Wenn du eine von den neuen Wohnungen kriegen kannst, hättest du was für dein Geld. Wetten, daß sie eine Hausdame haben, die sich um dich kümmert. Dann muß sich Molly nicht mehr für dich krumm und lahm arbeiten.«

Er griff nach seinem leeren Korb, grüßte den Wirt freundlich und ging.

»Das haut einen um!« schnob Albert angewidert. »Wie der redet, was? Sagt mir, daß ich zu alt zum Arbeiten bin und gibt mein Haus praktisch an den jungen Faulpelz Cooke weiter. Ich und in einem Altenwohnheim wohnen, ha! Nicht mit mir!«

Mr. Jones ließ ihn weiter schimpfen. Er wischte die Theke mit einem rotkarierten Tuch und beugte sich mit Verschwörermiene vor.

»Laß man, Albert. Du bist zu weit in die Zukunft. Noch hat niemand was davon gesagt, daß man dir dein Haus wegnimmt, und solange du arbeitest, gehört es dir.«

Albert wirkte etwas besänftigt.

»Und außerdem«, sagte sein Kumpel und hängte das feuchte Tuch zum Trocknen über die Bierhähne, »weiß niemand so genau, ob sie da überhaupt Altenwohnungen hinsetzen. Jemand anders hat gesagt, es wird ein Ärztezentrum oder so.«

»Oder eine Brauerei?« erkundigte sich Albert. »Also, das wär mal 'ne richtig gute Idee, was?«

Er schluckte den Rest aus seinem Glas und humpelte recht flott zur Tür.

5. Ein Besuch bei Tom Hardy

Eines schönen blauweißen Tages gegen Ende März machte sich der Pfarrer zu einem abgelegenen Haus am Pleshey auf.

Er schlug den Weg am Fluß ein und mußte immer wieder seinen Hut festhalten, den ihm der böige Wind vom Kopf reißen wollte.

Das sanfte Plätschern des Wassers ging im Tosen des Windes unter. Die gekappten Weiden längs des Ufers hatten frische Zweige bekommen, und schon wollten sich goldgrüne Blätter entrollen.

Hier und da ließ eine alte Weide, die von den Holzfällern in Ruhe gelassen worden war, ihre Äste ins Wasser hängen. Wenn der Wind sie peitschte, erzeugten ihre hängenden Zweige Strudel und Wirbel.

Ein Moorhuhn flüchtete krächzend, als der Pfarrer vorbeiging, und seine Füße machten auf der Wasseroberfläche kleine Wellen. Eine Wasserwühlmaus lief ihm über den Weg und hinterließ im Wasser eine pfeilförmige Bugwelle, als sie auf das rettende Ufer zuschwamm.

Der Pfarrer hatte ein gutes Auge für solche Einzelheiten. Sie trugen noch zu seiner Freude an diesem Spaziergang bei, den er genau zu diesem Zweck unternahm. Er brauchte ein wenig Einsamkeit und Zeit, um sich an der Natur ringsum zu erfreuen, wobei ihn keine Mitmenschen störten.

Er bemerkte die runzlige Borke der Weidenstämme, das

Kreuzmuster der graugrünen Flechten, er roch den herben Duft der Wasserminze, die in dem verschlammten Ufer am Rand des Pleshey wuchs. Er hörte den Platsch, mit dem sich kleine Tiere im Wasser in Sicherheit brachten, wenn er sich näherte, und er sah weiße Wolken wie große Galeonen stattlich an einem blauen Himmel über die Flußauen segeln und spürte den Wind im Gesicht.

Er genoß mit allen Sinnen den Reichtum ringsum und dankte Gott, daß er noch die Gesundheit und Kraft hatte, sich an allen fünfen zu erfreuen. Dieser Morgenspaziergang war Balsam auf Charles' Seele, denn trotz seines gelassenen Äußeren und seiner sanften, höflichen Art im Umgang mit jedermann war er insgeheim immer in Sorge, und augenblicklich gab es reichlich Anlaß dazu.

Er war erst ein paar Monate in Lulling, und schon jetzt war ihm klar, daß er auf vielerlei Art den Erwartungen seiner neuen Gemeindeglieder nicht gerecht wurde. Das betrübte ihn.

Es betrübte ihn, nicht, weil er eitel war und um die Anerkennung seiner Mitmenschen buhlte, sondern, weil er anscheinend bei anderen Besorgnis auslöste. Mrs. Thurgoods eindeutige Verachtung war da noch am ehesten zu ertragen. Charles besaß genügend Einsicht und wußte, daß er bei jemandem, der Anthony Bull vergötterte, nichts zu gewinnen hatte. Doch sie stand mit ihrer Kritik nicht allein da. Und das beunruhigte ihn.

Er hatte von Anfang an gewußt, daß er es als Nachfolger eines so charismatischen und ungewöhnlichen Menschen wie Anthony Bull nicht leicht haben würde. Der hatte starke Gefühle ausgelöst, vor allem bei Frauen. Charles hatte gemerkt, daß man seinem Vorgänger die Treue hielt, und das war bei seinen Schäflein eine an sich lobenswerte Eigenschaft. Schwer zu ertragen war dagegen die Tatsache, daß jeder, der Anthonys Nachfolge antrat, zwangsläufig anders sein mußte, und genau das übersahen einige seiner Anhänger.

Ihm waren Äußerungen über seine Unzulänglichkeit zu Ohren gekommen, einige absichtlich kränkend. Etliche fromme Damen hatten ihm vorsichtig vorgeworfen, daß sein Gottesdienst, verglichen mit der aufwendigeren Liturgie unter Anthonys Herrschaft, zu schlicht sei. Und dabei gab er sein Bestes in der Glaubensauslegung. Vergleiche mochten zwar hinken, aber man mußte sich ihnen stellen. Denn trotz aller Nadelstiche, trotz der kleinlichen Demütigungen, der unnötigen Ungerechtigkeit ihm gegenüber wankte Charles nie in seiner Bewunderung für Anthony Bull und auch nicht in der Nachsicht, mit der er diese Kritik aufnahm.

Besonders unglücklich war er darüber, daß sich bereits mindestens drei Familien einer benachbarten Gemeinde angeschlossen hatten. Das beunruhigte ihn zutiefst. Vor gerade einer halben Stunde war er vor dem *Fuchsienbusch* einem der Deserteure, Albert Beverley, in die Arme gelaufen.

»Ich hatte schon gehofft, daß ich Sie treffen würde«, hatte der Pfarrer munter gesagt. »Wir haben uns letztens nicht viel gesehen.«

Albert Beverley blickte sich verlegen um.

»Na ja. Sie wissen doch, wie das so ist. Die Zeit läuft einem davon, nicht wahr?«

»Ja, sie fliegt nur so dahin«, bestätigte der Pfarrer. »Vielleicht sehe ich Sie und Ihre Familie –«

»Oh!« sagte Albert hastig, »ich muß weiter. Ich habe meiner Frau versprochen, mich mit ihr hier drinnen zu treffen. Ist leider spät geworden. War nett, Sie zu sehen.«

Und schon machte er einen Satz in Richtung des sicheren Hafens namens *Fuchsienbusch*, wo ganz eindeutig keine Ehefrau auf ihn wartete.

Gerade diese Zwischenfälle waren so betrüblich. *Die Pfeil und Schleudern des wütenden Geschicks erdulden*, das konnte er, doch ihm ging es um die Kirche an sich.

Auf einmal blieb Charles wie angewurzelt stehen und blickte über den Fluß.

»Genau da liegt der Hase im Pfeffer«, sagte er laut, zur Überraschung einer Drossel, die sich auf einem handlichen Feuerstein eine Schnecke aus dem Haus pickte. »Es geht um die Kirche! Ich werde der Kirche nicht gerecht!«

Er seufzte tief, hielt seinen Hut fest und ging weiter zu seinem Besuchstermin.

Die Drossel verschlang ihr fettes Frühstück und begab sich ihrerseits an ihre Alltagsgeschäfte.

An ebendiesem Märzmorgen saß Justin Venables an seinem gewohnten Platz hinter dem arg abgenutzten Schreibtisch im Büro von Twitter & Venables.

Er hatte zwar seinen siebzigsten Geburtstag hinter sich, hieß aber trotzdem in Lulling noch immer der »junge Mr. Venables«, im Unterschied nämlich zu seinem berühmten Vater Harvey Venables, der die Firma mit Basil Twitter zusammen gegründet hatte, als die beiden jungen Männer aus dem Ersten Weltkrieg zurückgekehrt waren.

Die Firma hatte so gut floriert, daß man noch einen dritten Partner namens Adrian Treadgold aufgenommen hatte. Doch schon bald wurde deutlich, daß der Neue nicht so solide arbeitete wie Basil Twitter und Harvey Venables, und dann ruinierte er auch noch seine weiße Weste, indem er mit der Frau eines wohlhabenden Landwirts durchbrannte, der zudem ein angesehener Klient der Firma war, und so hatte man Adrian Treadgolds Namen vom Messingschild und von den Briefköpfen getilgt.

Der junge Justin hatte unter seinem Vater gearbeitet, bis dieser starb. Im Alter von siebzig stellte er klar, daß er in Pension gehen wolle. Ganz Lulling bedauerte sein Ausscheiden, und im Büro selbst bat man ihn, nicht ganz aufzuhören. Er ließ sich dazu überreden, ein paar wenige sehr alte und lieb gewonnene Klienten weiterzubetreuen, und zu diesem Zweck kam er jeden Dienstag ins Büro.

»Erwarten Sie aber nicht, daß ich öfter komme«, hatte er sein Personal streng ermahnt. »Ihr Jungs seid jetzt in den Vierzigern und Fünfzigern und alt genug, daß ihr allein klarkommt. Ich möchte Zeit zum Angeln haben.«

An diesem besonderen Dienstagmorgen bewunderte er gerade einen Aschenbecher aus Gußeisen mit der Inschrift *Lang lebe Victoria 1837–1897* und einen mächtigen Schreibtischaufsatz mit Tintenbehälter und einer silbernen Scheibe, die der ganzen Welt verkündete, daß er Harvey Venables anläßlich seiner Silberhochzeit geschenkt worden war.

Justin hatte sich an diese historischen Gegenstände so sehr gewöhnt, daß er sie kaum noch wahrnahm. Ihn interessierte eher die Wanduhr, die zehn vor elf verkündete. Sein Klient hatte sich bereits um fünf Minuten verspätet, und Justin hielt auf Pünktlichkeit.

Zu den wenigen bevorzugten, alt gewordenen Klienten, um die sich Justin noch immer kümmerte, gehörte auch Dotty Harmer. Vor einigen Jahren hatte er sie erfolgreich vertreten, als man sie des unvorsichtigen Fahrens bezichtigt hatte. Er mochte seine exzentrische, alte Freundin und war froh, daß er dazu beitragen konnte, bei dieser Gelegenheit ihre Unschuld zu beweisen. Trotzdem hätten ihn keine zehn Pferde in irgendein Fahrzeug gebracht, das Dotty fuhr. Zu seiner Erleichterung hörte er, daß sie jetzt kein Auto mehr hatte und daß ihre Nichte Connie Chauffeur spielte, wenn es erforderlich war.

Und auf Connie wartete er jetzt. Wenn sie eintraf, würde er Muriel im Vorzimmer bitten, ihnen Kaffee zu bringen. Er war froh, daß er sich hatte überreden lassen, einen Tag in der Woche auf seinem alten Stuhl zu sitzen. Er gab gern zu, daß ihm der Büroalltag fehlte, desgleichen die Gesellschaft seiner Mitarbeiter und vor allem die getreue Muriel, die fast so viele Jahre in der Firma war wie er und genau wußte, wie er seinen Tee und seinen Kaffee mochte, und ihn mit Mürbeteigkeksen aus eigener Herstellung verwöhnte. Ja, schoß es ihm durch den Kopf, die mußte sie im Laufe der Jahre zentnerweise gebacken haben! Daran hatte er noch nie gedacht. Er durfte nicht vergessen, es ihr gegenüber zu erwähnen. Diese Aufmerksamkeit würde das gute, alte Mädchen sicherlich freuen.

Und es war auch eine Erleichterung, so gestand er sich insgeheim ein, regelmäßig unter einem legitimen Vorwand aus dem Haus zu kommen. Zwar wußte er seine neue Freiheit und seine Ungebundenheit von Uhr und Terminkalender zu schätzen, doch so ein Morgen zu Hause hatte etwas Zielloses an sich, und das wurde für ihn, der einen strikten Tagesablauf gewohnt war, allmählich zu einem Problem.

Und ganz offensichtlich störte er seine Frau irgendwie. Sie war daran gewöhnt, das Haus jeden Morgen ab Viertel vor neun für sich zu haben. Die Zeitung hatte ihr gehört, wenn sie um neun durch den Schlitz geschoben wurde. Jetzt schnappte er sie sich, als ob sie ihm gehörte, und das hatte sie ihm gerade erst diese Woche unter die Nase gerieben.

Dazu kamen die Nachbarinnen, die kurz vorbeischauten, und die vielen Tassen Kaffee, die ihm lästig waren. Natürlich mußte man im Ruhestand Zugeständnisse machen, und er gab gerne zu, daß seine liebe Frau wahrscheinlich genauso große Schwierigkeiten mit der neuen Situation hatte wie er. Gott sei Dank gibt es die Dienstage, dachte er dankbaren Herzens!

Die Zeiger der Uhr standen jetzt auf fünf vor elf, und Justin wollte Connie Harmers Termin gerade bei Muriel überprüfen, als die Tür aufging und Connie, rosig und außer Atem, mit Muriel auf der Schwelle stand.

»Ach, Mr. Venables, es tut mir ja so leid, daß ich zu spät –« wollte sie gerade ansetzen.

»Macht nichts«, unterbrach Justin sie. »Kommen Sie herein, und nehmen Sie Platz, meine liebe Miss Harmer. Muriel, bitte Kaffee.«

Zwei Meilen entfernt wartete Charles Henstock vor der Tür von Tom Hardys Häuschen und bewunderte den gut gepflegten, kleinen Garten.

Das Haus hatte einmal einem Gewässerwirt gehört und Tom war eingezogen, als das Wasserwirtschaftsamt den Besitz verkaufen wollte. Nur wenige Mieter waren mit den Annehmlichkeiten, die es bot, zufrieden gewesen, und das Wasserwirtschaftsamt meinte, es koste zuviel, funktionierende Leitungen für Wasser und Elektrizität zu legen, und auch sonst Reparaturen an dem Gebäude vorzunehmen. Der Gewässerwirt, der sich um den folgenden Teil des Flusses kümmerte, besaß ein Auto und war froh, für etwas mehr Geld auch diesen Teil übernehmen zu können. Tom Hardy, ein

Witwer, der auf die Sechzig zuging, hatte sich gefreut, daß er das Anwesen recht billig kaufen konnte.

Früher hatte er eine Transportfirma betrieben, doch die hatte er verkauft, als er in das Häuschen des Gewässerwirts gezogen war. Er war ein Hansdampf in allen Gassen, hielt Kontakt zu vielen seiner Geschäftsfreunde, war immer bereit, ein schweres Fahrzeug zu fahren, zu streichen, zu dekorieren, hier und da zu gärtnern und im Frühsommer sogar bei der Schafschur zu helfen.

Bei den guten Leuten von Lulling und Thrush Green stand er in hohem Ansehen, sie wußten seine altmodischen Tugenden – Geduld, Ehrlichkeit und Hilfsbereitschaft – zu schätzen. Zu seinen vielen Tätigkeiten kamen noch Bäume fällen und zersägen, und Charles hatte ihn daher als Lieferanten von Kaminholz kennengelernt.

Jetzt hörte er Schritte um das Haus herumkommen, und dann tauchte Tom mit einem toten Kaninchen auf, das er an den Hinterläufen hielt.

»Kommen Sie hinten rein, Sir«, sagte Tom. »Ich hab gemeint, hier vorn ist jemand. Meine alte Polly hat geknurrt, aber heutzutage bewegt sie sich nicht mehr gern.«

»Ich weiß auch nicht, warum ich vorn angeklopft habe«, antwortete der Pfarrer. »In der Regel gehe ich zur Hintertür, aber ich war mit meinen Gedanken woanders.«

»Bei der Sonntagspredigt vermutlich?« Tom lächelte und schaute seinen Besucher aus blauen Augen von der Seite an.

Er führte ihn in die Küche und deutete auf den robusten Holzstuhl am Tisch.

»Ein Glas von meinem selbstgebrauten Bier?« fragte Tom.

»Ja, danke. Ein kleines wäre mir sehr recht.«

Tom verschwand in einer Vorratskammer, die über die ganze Breite des Zimmers ging, und der Pfarrer sah sich um.

Es war unverkennbar das Zimmer eines Mannes, daran konnte kein Zweifel bestehen. Über dem Bord oberhalb des Herdes waren drei Gewehre angebracht. Neben den Kamin hingen am Mantelhaken Patronengurte, eine Reitpeitsche, Teile eines Ledergeschirrs und ein Fischhaken, und in der Ecke standen ein Schäferstab und ein daumendicker Stecken aus einem jungen, schönen Haselstrauch.

Auf dem Bord selbst standen eine Tabakdose, eine große Streichholzdose, eine Dose mit der Aufschrift TEE und eine andere mit ZUCKER, und auf der danebenstehenden Anrichte stand ein altmodischer, runder Messerschleifer, eine Holzdose mit der Aufschrift SALZ und ein Korb mit Eiern.

Keine Blume, keine Pflanze war zu sehen, nicht einmal ein Bund Kräuter, das zum Trocknen aufgehängt war. Der Küchentisch war leer, aber blitzblank geschrubbt. Eine Frau, dachte der Pfarrer, hätte vermutlich eine Decke aufgelegt und darauf wahrscheinlich eine Pflanze gestellt, doch dieser karg möblierte, männliche Raum hatte durchaus etwas für sich. Das kam wohl daher, daß alles, was man sehen konnte, rein funktionell, nützlich und schnörkellos war. Hier wurde gearbeitet, alles war so ehrlich und unaufdringlich wie der Besitzer.

Charles dachte an sein eigenes Wohnzimmer im Pfarrhaus von Lulling. Es war ein bezaubernder Raum, wunderbar proportioniert und voller Gegenstände, die ihm und Dimity ans Herz gewachsen waren. Es gab Kissen, Schabracken, Porzellangegenstände, Messing und Silber. Und dazu Vasen voller Blumen, Bilder, einen bestickten Ofenschirm und zahlreiche Vorleger.

Es war ein reizendes Zimmer, das Zimmer einer Frau, und er liebte es. Doch hier, in dieser kargen Umgebung, auf dem harten Holzstuhl, dessen abgenutzte Lehnen man streicheln konnte, und angesichts des einzigen Bildes aus dem Kalender eines Getreidehändlers neben der Tür kam ihm sein eigenes Wohnzimmer vollgestopft mit Firlefanz vor. Die schlichte Umgebung hier paßte besser zu seiner augenblicklichen Stimmung.

Tom kam mit zwei Bierkrügen zurück.

»Möchten Sie lieber mit in die Stube kommen?« fragte er, als ob er sich auf einmal seiner Küche bewußt werden würde.

»Nein, danke, Tom«, sagte der Pfarrer. »Dieses Zimmer gefällt mir sehr.«

»Hier wohne ich auch meistens«, sagte Tom. »Die Stube putze ich ab und an und lüfte durch. Aber sie ist voller Schnickschnack, der Glasschrank mit Margarets gutem Porzellan, dann der Vogelkäfig, in dem sie Wellensittiche gehalten hat, und die Familienbibel – der ganze Sonntagskram eben.«

»Sonntagskram?«

»Na ja, so ein paar Bücher. Solche Dinge, die man sich sonntags nach der Kirche ansieht.«

Er lachte ziemlich verlegen.

»Nicht, daß ich noch viel hingehen würde, wie Sie ja wissen. Ich gehöre zwar zur Church of England, falls mich jemand nach meinem Bekenntnis fragt, aber ich bin ein lauer Christ. Ich könnte Ihnen zwar auch jetzt noch das Glaubensbekenntnis aufsagen und den dreiundzwanzigsten Psalm und die gebräuchlichsten Kirchenlieder singen, wenn es denn sein muß. Ich hab nur nicht mehr das Bedürfnis, viel zur Kirche zu gehen. Mit Margaret bin ich immer hin. Sie hat Mr. Bulls Gottesdienst so genossen, aber mir ist er, ehrlich gesagt, immer ein bißchen zu überkandidelt gewesen, wenn Sie wissen, was ich meine.«

Dabei ging dem Pfarrer das Herz auf, und vor lauter Freude schlug es gleich schneller. Und genauso schnell schalt er sich, weil ihn das unwillkürlich getröstet hatte.

»Ich weiß, daß er vielen fehlt«, sagte Charles bestimmt. Er stellte seinen Bierkrug behutsam auf dem nackten Tisch ab. »Und ich muß zugeben, mir fehlt er auch. Aber deswegen bin ich nicht gekommen, Tom, ich wollte Kaminholz bestellen und Sie fragen, wie viel wir wohl brauchen. Ich nehme doch an, daß Sie auch Mr. Bull beliefert haben?«

»Na ja, die haben immer viele Kamine angehabt, aber sie hatten ja auch zwei Hausmädchen im Haus, und die hatten auch einen Kamin. Und in der Diele hatten sie bei richtig kaltem Wetter auch einen in Gang. Ich glaub nicht, daß Sie so viel brauchen wie Mr. Bull. Ich würde mal sagen, mit zwei anständigen Fuhren kommen Sie durch den Winter.«

»Für das alte Pfarrhaus in Thrush Green haben Sie, wenn ich mich recht entsinne, auch zwei Fuhren geliefert. Unser neues Haus ist aber viel größer.«
»Und viel wärmer, Sir. In dem alten Haus war es doch immer saukalt, das hat doch jeden Wind eingefangen, den Gott wehen ließ, vor allem den aus Nordwest. Nein, Ihr jetziges Haus ist besser gebaut und steht auch geschützter. Die Kirche hält Ihnen rein wettermäßig viel vom Hals. Funktioniert sozusagen als Windschutz.«
Charles wurde schon wieder warm ums Herz. Er stand auf und wollte gehen.
»Ich befolge Ihren Rat, Tom. Zwei Fuhren, wann immer Sie die bereit haben, die alte Remise wartet auf das Holz. Ich habe sie gestern selbst gefegt.«
»Abgemacht!« sagte Tom und begleitete seinen Gast zur Hintertür. »Und falls es nötig sein sollte, bring ich Ihnen nach Weihnachten Nachschub.«
Ein Welsh Collie, grau um die Schnauze und mit einem blinden Auge, beschnüffelte die Knöchel des Pfarrers, als der sich auf den Weg machte. Der Pfarrer streichelte ihm die seidigen Flanken.
»Ein gutes altes Mädchen«, sagte Tom liebevoll. »Leistet mir Gesellschaft! Macht zwar nicht mehr viel her, genauso wie ich und das Haus, aber sie paßt zu mir.«
»Das allein zählt«, versicherte ihm der Pfarrer.

Auf dem Heimweg hatte er den Wind im Rücken, und der schob ihn so heftig, daß er immer wieder ins Laufen geriet.
Aber er merkte, daß ihm der stürmische Wind Spaß machte. Seine gedrückte Stimmung vom Hinweg hatte sich gebessert. Waren es die sportliche Betätigung und die frische Luft, die dieses kleine Wunder bewirkt hatten? Oder waren es der gute Kumpel, der redliche Tom, und der Einblick in seinen schlichten und einfachen Lebensstil, die seine Sorgen relativiert hatten?
Wie auch immer, Charles hatte das Gefühl, daß er seinen Problemen besser gewachsen war. Er fühlte sich darin bestä-

tigt, an seinen Prinzipien festzuhalten, nach besten Kräften für seine Schäflein zu sorgen, Geduld und Nachsicht zu üben und die Nadelstiche der hämischen Kleinmütigen zu ignorieren.

Plötzlich fiel ihm jemand ein – wahrscheinlich A. P. Herbert, gesegnet sei sein Andenken –, der gesagt hatte, daß ihn vier Worte am Leben erhalten hätten:

Fürchte nichts! Danke Gott!

Die ersten beiden Worte wiesen in die unbekannte Zukunft. Die beiden letzten dankten für erwiesene Gnade.

Der Pfarrer ließ sich die Worte durch den Kopf gehen, und sie trösteten und stärkten auch ihn.

In Justins Büro wollte Connie gerade aufbrechen. Dottys Angelegenheit bezüglich der Übertragung des Häuschens am Lulling-Forst war geregelt, der Kaffee getrunken, und so brachte Justin sie zur Tür.

»Kennen Sie eigentlich Christopher Armitage?« fragte er sie. »Kit, wie er normalerweise gerufen wird. Ihre Tante wird sich sicherlich an ihn erinnern. Er ist zur Zeit ihres Vaters hier zur Schule gegangen.«

»Und hat überlebt?« fragte Connie lachend.

»Ja, in der Tat. Ein widerstandsfähiger Bursche und ein guter Gesellschafter. Er hat sich gerade pensionieren lassen und sieht sich hier nach einem Haus um.«

»Nein, leider sind wir uns noch nicht über den Weg gelaufen.«

»Er wohnt ein Weilchen bei uns, besucht aber, ehe er sich ernsthaft auf Haussuche begibt, Verwandte und alte Freunde. Wir erwarten ihn in ein, zwei Wochen zurück. Ich könnte mir denken, daß er bald auch Ihre Tante aufsuchen wird.«

»Das wäre nett«, sagte Connie.

Sie hatten jetzt die geöffnete Haustür erreicht. Der Wind hatte ein paar welke Lindenblätter hereingeweht. Die flitzten wie kleine Krebse über den gefliesten Boden.

»Noch einmal vielen Dank«, sagte Connie und schüttelte ihm die Hand. »Kommen Sie uns besuchen, wann es Ihnen paßt. Wir beide freuen uns immer über Besucher.«

Justin sah ihr nach, als sie die Straße entlangeilte, eine schlanke, sportliche Gestalt. Dotty hat Glück, daß sie sie hat, dachte er.

Er bückte sich und hob die welken Blätter auf, die er sorgsam in den Papierkorb warf, ehe er in sein Büro zurückkehrte.

Auf einmal fielen ihm die Mürbeteigkekse ein, und er klingelte nach Muriel.

»Ja, Mr. Venables?« fragte sie ehrerbietig.

»Muriel, ich habe etwas auf dem Herzen, was ich schon vor Jahren hätte sagen müssen. Ihr Mürbegebäck ist einfach köstlich. Miss Harmer hat mir aufgetragen, Ihnen auszurichten, wie gut es ihr heute morgen geschmeckt hat, und das hat es auch mir mehr als hundert Mal. Sehr, sehr gut, Muriel, das können Sie mir glauben.«

»Oh, Sir!« Muriel geriet ins Stocken und errötete zart. »Danke. Ich bin ja so froh –«

Sie hielt inne, verließ eilig den Raum und ging direkt auf die Personaltoilette, wo sie in aller Heimlichkeit ihre Tränen trocknen konnte.

Wie kommt das nur, dachte sie, daß man jede Menge Schimpfe und Kritik mühelos erträgt und bei ein paar netten Worten in Tränen ausbricht?

Sie zupfte sich das Haar zurecht, schob das feuchte Taschentuch in den Ärmel und kehrte nach einem mächtigen Schniefer frohgemut an ihre Arbeit zurück.

6. Frühlingsfieber

Die Misses Lovelock waren entzückt, als sie hörten, daß Kit Armitage zurückgekehrt war.

»Ich habe gedacht, den Rücken kenne ich doch«, sagte Violet triumphierend. »So kerzengerade und noch immer aufrecht wie ein Soldat! Er hatte schon immer eine sehr eindrucksvolle Haltung.«

Miss Ada betrachtete ihre jüngere Schwester etwas mißbilligend.

»Ich kann mich nicht erinnern, daß sich Kits Rücken irgendwie von den Rücken anderer junger Männer unterschieden hätte.«

»Ach, und ich habe seine Haltung beim Tennisspielen so bewundert«, sagte Violet. »Und wie er beim Aufschlag den Ball immer so wahnsinnig hoch geworfen hat. Weißt du noch, Bertha?«

Bertha nickte. Mit dem Bleistift in der Hand war sie in ein Kreuzworträtsel vertieft, doch ihre Wangen waren leicht gerötet. Kein Zweifel, ausgerechnet in diesem Haus sorgte die Rückkehr von Christopher Armitage für einiges Aufsehen.

»Er war immer so sportlich«, meinte Ada. »War er auf dem Gymnasium nicht in einem Jahr überhaupt der Beste in Sport? Und hat er nicht mal bei einem Tennismatch bei uns zwanzig Mal Rad geschlagen? Jemand – ich glaube Justin – hat gesagt, das schafft er nicht, und ich weiß noch, wie er sein Glas hingestellt, das Jacket ausgezogen und rund um den Rasen Rad geschlagen hat.«

»Und ich habe gedacht, er hat einfach zuviel Bowle intus. Falls ihr euch noch daran erinnert, wir haben das Mädchen, das wir damals hatten, eine zweite Portion machen lassen, und sie ist mit dem Gin sehr freigebig gewesen.«

»Kit hat Alkohol immer gut vertragen«, protestierte Miss Violet. »Er war damals einfach guter Laune.«

»Na ja, heutzutage wird er wohl kaum noch Rad schlagen«, sagte Bertha. »Und Dotty auch nicht mehr. Mein Gott, war das genierlich!«

»Sie hat nur zweimal«, bemerkte Ada, »und Kit hatte sie dazu angestiftet. Außerdem war ihr Schlüpfer einwandfrei und ging bis zum Knie, was unter diesen Umständen ein Segen war, muß ich schon sagen.«

»Ach ja, wie jung wir damals gewesen sind«, sagte Violet nachsichtig, »und was für Spaß wir in der guten alten Zeit gehabt haben! Wie schön, daß Kit zurückkommt, und wir glückliche Erinnerungen austauschen können.«

»Nach seiner Rückkehr müssen wir ihn zum Lunch einladen«, meinte Ada. »Wie schade, daß seine Frau schon so lange tot ist! Soweit ich mich erinnere, war sie ein hübsches Mädchen.«

»Ich habe sie immer ziemlich keck gefunden«, bemerkte Miss Bertha. »Eine typische Londonerin, und zum Gottesdienst ist sie doch wahrhaftig mal ohne Handschuhe gekommen.«

»Vielleicht hatte sie die vergessen«, sagte Violet.

»Eine Dame«, entgegnete Bertha streng, »vergißt nie ihre Handschuhe.«

Nach diesem Rüffel schwieg ihre Schwester.

Der Märzwind, den Shakespeares Narzissen so genossen, war bei Albert Piggott in Thrush Green nicht willkommen.

Zum einen wehte er unverhältnismäßig viele Blätter ins Portal von St. Andrew's, die Albert eigenhändig wegkehren mußte.

Als der junge Cooke die schwereren Arbeiten wie Gräberausheben, den Koksofen mit Koks füllen und so weiter übernommen hatte, war abgemacht worden, daß Albert für das Fegen der Kirche und des Portals zuständig war. Wenn der Wind einmal tüchtig blies, ganz gleich aus welcher Himmelsrichtung, dann türmten sich die Blätter vor der Kirchentür und unter den Steinbänken rechts und links neben der Tür zu Bergen und fanden manchmal den Weg selbst bis in die Kirche. Was Albert denn doch sehr ärgerte.

Der Märzwind verschlimmerte Alberts Husten. Seine Bronchien hatten noch nie gut funktioniert, das mußte sogar Doktor Lovell zugeben, und Albert, wehleidig wie er nun einmal war, übertrieb noch. Es war ihm nicht gegeben, still vor sich hinzuleiden, und so würde der Wirt der *Zwei Fasane* einen ausführlichen Bericht über seine Wehwehchen beim Atmen bekommen, sobald er zum Mittagessen hinüberging, zu Schweineauflauf, Mixed Pickles und Bier.

Doch das waren an diesem besonderen Morgen nicht seine einzigen Sorgen. Willie Marchant hatte ihm ausnahmsweise einen Brief gebracht. Er war mit der Hand geschrieben, und Albert machte ihn vorsichtig auf.

Die Botschaft war kurz und mit Charlie Wright unterschrieben. Albert verzog angewidert das Gesicht und schaute, wie gewohnt, beim Lesen verdrießlich drein.

Lieber Albert,
Nelly geht es schlecht. Sie liegt hier im Krankenhaus. Ich habe mir gedacht, Sie als ihr nächster Anverwandter sollten Bescheid wissen.
Charlie Wright

»›Anverwandter‹, daß ich nicht lache!« sagte Albert laut. »Komm mir bloß nicht damit!« Hat sie sich doch selbst aufgehalst. Mußte sich dieser vermuckte Heizölkerl, dieser Frauenräuber, nicht als erster um sie kümmern?

Er stopfte den Brief unwillig in die Tasche, ging zur Kirche hinüber und nahm es mit den toten Blättern auf, die genauso lästig waren wie Nelly selbst. Er verspürte kein Mitleid mit seiner erkrankten Frau. Wie man sich bettet, so liegt man, oder etwa nicht? Sollte sie ruhig das Bett hüten. Damit mußte dieser Charlie klarkommen. Das ging ihn nichts an. Er würde den Brief ignorieren.

Doch dann stellte er fest, daß er die Sache nicht völlig übergehen konnte. Während er verdrießlich fegte, gelegentlich hustete und ab und an auf den Steinbänken im Portal eine Pause einlegte, wollte ihm Charlies Nachricht nicht aus dem Kopf gehen. Bedeutete die Tatsache, daß er ihn als nächsten Anverwandten benachrichtigt hatte, daß Nelly drauf und dran war, den Löffel abzugeben? Und wenn, bedeutete das dann, daß ihre gesamte Habe an ihn fiel?

Dem Heizölkerl, der mir meine Nelly abspenstig gemacht hat, die Verantwortung aufzuhalsen, sich *in guten und in schlechten Tagen* um sie zu kümmern, wie es in der Trauformel so schön heißt, das ist die eine Sache – obwohl sich Nelly und dieser Charlie mit derlei Nebensächlichkeiten nicht abgegeben hatten –, aber es steht auf einem anderen Blatt, wenn der vermuckte Kerl Nellys Habseligkeiten erbt, nur, weil ich den Brief nicht beantwortet habe, wie es ein Ehemann tun soll, dachte er mißmutig.

Im Sitzen, den Kopf auf den Besenstiel gestützt, überdachte Albert dieses Problem. Klar, viel besaß Nelly nicht, aber da gab es eine goldene Armbanduhr und eine Brosche aus Italien, die sie liebte, und, richtig, ja, ein Postsparbuch, das sie immer in der Handtasche versteckt hatte.

Falls es andererseits bedeutete, daß er die lange Reise nach Brighton antreten mußte, wenn er sie im Krankenhaus besuchen wollte, dann verzichtete er lieber auf ihre Habe und überließ es dem Pärchen, mit seinen Problemen selbst klarzukommen. Warum sollte er sich ihretwegen die Mühe machen? Hatten die sich etwa schon mal um ihn gekümmert? Die doch nicht.

Er schob eine Spinne vom Knie und fegte sie zusammen mit den Blättern in die Ecke des Portals. Er redete sich zwar ein, daß er auf den Brief nicht reagieren müsse, trotzdem verspürte er nagende Zweifel.

Vielleicht konnte ihm der alte Jones einen Rat geben? Zwei Köpfe waren besser als einer, so wurde behauptet. Während seines Mittagessens im Pub würde er die Sache dem Wirt gegenüber beiläufig erwähnen und sehen, was dabei herauskam. Bloß nichts übereilen, und wenn er dann doch schreiben mußte, konnte ihm Molly zur Hand gehen.

Etwas getröstet holte er Schaufel und Eimer, um die Blätter einzusammeln, und machte sogar tsss, tsss, als ein Rotkehlchen heranwippte und ihn bei seinem Tun beobachtete.

An dem Samstagmorgen, der dem Eintreffen von Charlies Brief folgte, lag die kleine Miss Fogerty auf dem Schlafzimmerfußboden und machte gewissenhaft die Übungen, die ihr Doktor Lovell verschrieben hatte.

Vor ein paar Monaten hatte er sich ihrer schmerzenden Gelenke erbarmt, hatte es sich aber verkniffen, ihr zu raten, ein paar Pfund Gewicht loszuwerden, wie er es bei dreiviertel seiner Patienten tat, was auch immer sie plagte, von Gicht bis hin zu Gallensteinen. Miss Fogerty, die kaum mehr als fünfzig Kilo wiegen mochte, war die Ausnahme von der Regel, ihr gab er schmerzlindernde Tabletten und ein Blatt Papier mit Anweisungen für ein paar einfache Übungen zur Kräftigung der Muskulatur.

Agnes Fogerty mochte ihrem medizinischen Berater nicht gestehen, daß ihr von den Tabletten schwindlig wurde und daß sie die Dosis insgeheim halbiert hatte. Die Übungen stärkten zweifellos ihre Beine, doch zugleich verschlimmerten sie anscheinend die Verspannungen im Rücken.

Sie nahm diese unerwünschten Nebenwirkungen jedoch gelassen hin, und nachdem sie ihre Baumwollstrümpfe zurechtgezogen hatte, blickte sie zur Decke und hob abwechselnd erst das rechte, dann das linke Bein.

Wirklich ungewöhnlich, aber der feuchte Fleck an der Decke ähnelte der Landkarte von Wales! Eine schöne Gegend, die sie gerne wiedergesehen hätte. Hoffentlich ging das, wenn Dorothy und sie endlich pensioniert waren. Sie zählte bis zehn und fuhr mit ihren Übungen fort.

Jammerschade, daß sie ihre Pensionierung hatten verschieben müssen! Die gute Seeluft in Barton hätte vielleicht all ihre Wehwehchen und Schmerzen gelindert.

Jetzt war Radfahren an der Reihe, und das war sehr anstrengend. Doktor Lovell hatte gut reden, der war halb so alt wie sie und sportlich, der lehnte sich in seiner Praxis im Sessel zurück und teilte gute Ratschläge aus, aber das hier war wirklich kein Spaß, wenn man über sechzig war und die Kniescheiben krachten wie Pistolenschüsse.

Schwer atmend ruhte sich die kleine Miss Fogerty aus und betrachtete den Teppich unter dem Bett. Betty Bell hielt alles wunderbar in Schuß – überhaupt kein Staub und nur die Haarklemme, die sie vor zwei Tagen verloren hatte. Wirklich interessant, sich die Welt einmal aus einem anderen Blickwinkel anzusehen und dabei angenehm weich auf einem Teppich zu liegen. Wäre vielleicht ganz nett, eine Katze zu sein!

Hastig riß sie sich zusammen und radelte noch zwei Minuten weiter, ehe sie die Übungen im Stehen in Angriff nahm.

Geschafft! Sie hielt sich am Bett fest, zog sich hoch und stand ganz still, bis sich in ihrem Kopf nichts mehr drehte. Dann stellte sie sich neben die Wand, stützte sich mit einer Hand ab und hob und senkte sich auf den Zehenspitzen. Doktor Lovell hatte allen Ernstes gesagt, sie müsse so beweglich wie möglich werden, damit sie wieder rennen könne.

Agnes hatte es sich verkniffen, dem netten Mann zu sagen, daß sie in den vergangenen zehn Jahren nirgendwohin gerannt wäre und auch nicht die Absicht hätte, es jemals wieder zu tun. Doch sie hatte ihn gern und mochte ihm seinen Kinderglauben nicht zerstören.

Sie machte ihre Übungen mit Feuereifer und betrachtete dabei ein Stilleben in Aquarellfarben, das eine von Dorothys Seminarfreundinnen gemalt hatte. Es stellte eine Schale mit Obst und danebenliegendem Gemüse dar, und Agnes konnte sich nicht recht damit anfreunden. Gewiß, die Weintrauben waren hervorragend getroffen, und die Bananen als solche erkennbar, so gelb und gebogen wie sie waren, bekam man sie immerhin zu kaufen, doch die Möhren wirkten blutarm, und die grünen Dinger, die Artischocken darstellen sollten, hatten nicht das richtige Grün.

Agnes hüpfte von einem Fuß auf den anderen und erinnerte sich dabei an ihre eigenen Bemühungen im Malen von Gemüse. Kohl, so entsann sie sich, war ihr mit einer Mischung aus Dunkelgrün, einem Tupfer Karmesinrot und ein wenig Chinaweiß hervorragend gelungen. Das hatte eine wunderbar weiche Farbe ergeben, und ihre Kunstlehrerin hatte sie beglückwünscht. Ach, war das erhebend gewesen.

Agnes fand, ihre Beine hätten nun genug gelitten, und fing an, sanft mit den Armen zu kreisen. Dabei ging sie zum Fenster und betrachtete beim Armekreisen Thrush Green.

Ein Fremder überquerte zielstrebig den Rasen in Richtung des Young'schen Hauses. Er war hochgewachsen und soldatisch, trug keinen Hut und hatte volles, silbergraues Haar.

»Das muß der Freund vom jungen Mr. Venables sein«, dachte Agnes, die jetzt abwechselnd die Schultern hob und senkte, wie es Übung sechs erforderte. »Was für ein nett aussehender Mann! Der hat mit Sicherheit keine Arthritis!«

Sie endete gewissenhaft mit dem zwanzigsten Schulternheben, faltete das Übungsblatt zusammen und legte es in eine Schublade, zupfte sich das Haar zurecht und ging nach unten, um Dorothy von dem Besucher der Youngs zu berichten.

Joan und Edward Young begrüßten Kit Armitage herzlich, und schon bald saß man vor gefüllten Sherrygläsern.

Nachdem man Neuigkeiten ausgetauscht hatte, sagte Kit, wie leid es ihm täte, daß Robert Bassett gestorben sei.

»Natürlich war er ein Stückchen älter als ich, aber ich bin oft zum Tennis hierher eingeladen worden, und er war immer ausnehmend nett. Und mit Lobs und Flugbällen kannte er sich bestens aus, wenn ich mich recht entsinne.«

»Er hat diese Spiele geliebt und war sehr flink auf den Beinen«, bestätigte Edward. »Ich habe mich immer davor gefürchtet, mit ihm zu spielen. Beim Tennis hat er mich vernichtend geschlagen. Dabei war er immer sehr rücksichtsvoll, aber ich habe große Minderwertigkeitskomplexe gehabt. Damals war ich hinter Joan her und habe nur zu deutlich gemerkt, was für ein schwaches Bild ich abgegeben habe.«

Joan lachte.

»Du hast mir so leid getan, und da Mitleid und Liebe Hand in Hand gehen, hat es deiner Werbung sicherlich geholfen.«

»Und Ihre Mutter?« fragte Kit.

»Ist ganz schön durcheinander. Sie weiß nicht so recht, ob sie lieber hier in dem kleinen Haus bleiben oder bei Ruth einziehen soll. Ich habe ihr gesagt, sie soll keine übereilten Entschlüsse treffen. Es ist noch zu früh nach Vaters Tod, um Pläne zu machen.«

»Sehr weise. Und jetzt hätte ich gern mehr über die anderen Freunde in Thrush Green gewußt. Vermutlich ist Dotty noch immer putzmunter.«

»So ganz genau weiß ich das nicht, aber ihre Nichte Connie kümmert sich rührend um sie. Schauen Sie doch mal bei ihnen vorbei. Dotty erinnert sich noch gut an Sie.«

»Darauf freue ich mich schon.«

Er erkundigte sich nach Albert Piggott, den Misses Lovelock und hörte von dem katastrophalen Brand, bei dem Charles und Dimity ihr Heim verloren hatten.

»Und was soll dort jetzt gebaut werden?« fragte er.

»Acht Seniorenwohnungen«, erzählte Edward. »Ich habe gerade meinen Plan eingereicht. Diesmal wollen wir etwas haben, was nicht in den Augen wehtut.«

»Ich könnte selbst eine Seniorenwohnung gebrauchen«, meinte Kit. »Lassen Sie mich wissen, wenn Sie von einem Häuschen in der Gegend von Lulling und Thrush Green hören. Ich bin allmählich ernstlich auf Haussuche.«

Sie führten ihn durch den Garten und zeigten ihm das reizende, kleine Haus, das Edward entworfen und aus den alten Stallungen gebaut hatte. Mrs. Bassett war ausgeflogen, daher versprach Kit, sie ein andermal zu besuchen.

»Und wem gehört der?« fragte er, als er den Zigeunerwagen sah, der einst Mrs. Curdle, Bens Großmutter, als Heim gedient hatte.

Joan berichtete vom Tod der alten Dame, vom betrüblichen aber notwendigen Verkauf des Jahrmarkts, und wie froh sie wären, daß Ben und Molly in der Wohnung über ihnen im Haus wohnten.

»Mrs. Curdle!« platzte Kit heraus. »Der 1. Mai! Du meine Güte, jetzt fällt es mir wieder ein. War das jedes Jahr ein Tag! Wochenlang haben wir uns auf den Jahrmarkt gefreut.«

»Haben wir alle«, sagte Joan. »Wie schön, daß wir den Wagen als Andenken hier haben. Manchmal trinken Bens Kinder und ihre Freunde darin Tee. Aber ich glaube nicht, daß Mrs. Curdle ihnen soviel Krach zugestanden hätte wie wir.«

Sie gingen zur Gartenpforte, und dabei blickte Kit auf seine Uhr.

»Dotty besuche ich lieber ein andermal, aber ob sich Winnie Bailey noch an mich erinnert?«

»Versuchen Sie's doch und besuchen Sie sie«, riet ihm Joan, und dann sahen sie hinter ihm her, während er über den Dorfplatz in Richtung Arztpraxis ging.

»Falls deine Mutter sich wirklich dazu entschließt, bei Ruth zu leben«, sagte Edward, als sie ins Haus gingen, »ob Kit dann das kleine Haus nehmen würde? Er wäre ein rücksichtsvoller Nachbar, so viel steht fest.«

»Daran hab ich auch schon gedacht«, sagte Joan, »aber ich finde, wir sollten es erst Ben und Molly anbieten. Die Wohnung war ideal für sie, als sie nur George hatten, aber mit zwei Kindern ist es doch ziemlich beengt. Außerdem brauchen sie einen eigenen Garten, und die Treppe ist ganz schön anstrengend, auch wenn sich Molly nie beklagt.«

»Du hast natürlich recht. Hoffentlich bleibt deine Mutter hier. Da wohnt sie nahe genug, daß wir ein Auge auf sie haben können, ist aber noch immer unabhängig in ihren eigenen Möbeln. Verschieben wir das Problem bis auf weiteres.«

Und das taten sie.

Kit traf Winnie Bailey im Garten beim Narzissenpflücken an, Blumen, die Ella Bembridge haben sollte, die gerade zu Besuch war.

Nachdem man sich bekannt gemacht hatte, versuchte Winnie, ihn ins Haus zu locken, aber er schützte Zeitmangel vor und versprach, sie später zu besuchen.

Sie begleiteten ihn zur Gartenpforte.

»Man hört, daß Sie sich hier niederlassen wollen«, sagte Winnie. »Wäre doch schön, wenn wir Sie hier bei uns haben könnten. Spielen Sie noch immer Bridge?«

»Ja, und noch genauso schlecht, aber ich bin gern der vierte Mann, wann immer Sie wollen. Nur gerade jetzt nicht. Ich bin eifrig auf der Suche nach einem kleinen Haus. Zwei Zimmer oben, zwei unten – na ja, vielleicht auch drei oben und drei unten, wenn ich's recht bedenke – aber etwas, womit ich allein zurechtkomme. Fällt Ihnen etwas ein?«

»Im Augenblick nichts«, sagte Winnie langsam. Sie wandte sich an Ella.

»Dicht bei den Cookes an der Straße nach Nidden gibt es etwas«, sagte Ella. »Aber ich könnte mir denken, daß Sie nicht in die Nähe dieser Familie ziehen möchten. Und jemand hat mir erzählt, daß es an der High Street von Lulling etwas über dem *Fuchsienbusch* zu mieten gibt.«

»Schrecklich laut«, meinte Winnie.

»Ich hätte, glaube ich, gern etwas mit einem kleinen Garten«, sagte Kit im selben Augenblick.
Jedenfalls versicherten ihm die beiden Damen, sie würden herumfragen und es ihn wissen lassen, falls sich etwas ergab.
»Ich habe mich natürlich bei mehreren Maklern vormerken lassen«, sagte Kit, »aber wetten, daß ich am Ende durch meine Freunde eher etwas bekomme.«
Sie winkten zum Abschied und kehrten ins Haus zurück, um die Narzissen zu holen, die sie im Schutz der Veranda abgelegt hatten.
»Weißt du was«, sagte Ella und äußerte damit einen ihrer Lieblingssätze, »ich erzähle es auch Charles und Dimity. Die beiden beackern vier Gemeinden, da freß ich einen Besen, wenn wir nicht was Passendes für diesen netten Mann auftreiben.«

Albert Piggott fand hinsichtlich Nellys Krankheit wenig Trost bei Mr. Jones.
Nachdem dieser den Brief gelesen hatte, der ziemlich zerknautscht aus Alberts Tasche kam, reagierte er frei von der Leber weg.
»Wenn Nelly im Krankenhaus ist, sollteste hinfahren und sie besuchen«, lautete sein Urteil. »Ja, ich weiß, sie hat dich sitzengelassen, und ihr habt andauernd Krach gehabt, aber das ist vorbei, Albert. Sie ist nämlich immer noch deine Frau. Du fährst jetzt zum Krankenhaus und besuchst sie. Es ist deine Pflicht, ihr beizustehen.«
Albert war völlig erschlagen von so viel Unverblümtheit.
»Keine Ahnung, was meine Pflicht ist«, entgegnete er ziemlich hitzig. »Und was ist mit ihrer Pflicht gegenüber ihrem rechtmäßig angetrauten Ehemann? Was mir Sorgen macht, ist dieser Charlie. Wetten, dasser schon ein Auge auf Nellys Habe geworfen hat, und wieso sollte der die kriegen?«
Mr. Jones blickte angewidert.
»Und du hast auch ein Auge auf sie geworfen, oder etwa nicht? Albert, du kotzt mich an, ja, das tuste. Da liegt nun dieses arme Menschenskind – dein eigen Fleisch und Blut –«

»Jede Menge«, warf Albert verdrießlich ein, denn ihm war der gewaltige Umfang seiner Ehefrau eingefallen.

»Fleisch und Blut«, fuhr der Wirt ungerührt fort, »liegt da im Sterben, wenn man nach dem Brief von diesem Kerl gehen kann, und du denkst bloß daran, waste dabei rausholen kannst. Trink dein Bier aus, Albert, und dann raus mit dir. Das Ganze stinkt mir. Du hast mich um Rat gefragt, und das isser. Ruf diesen Kerl an, find raus, wo Nelly ist, und dann fährste rucki, zucki hin und besuchst sie.«

In diesem Augenblick betraten zwei Männer das Lokal, und er bediente sie mit zornesrotem Kopf, denn Alberts Benehmen hatte ihn erbost.

Albert nutzte die Störung und schlich sich in sein Haus nebenan.

Das war zwar nur ein schwacher Trost, aber wenigstens netter als heute in den *Zwei Fasanen*.

7. Albert Piggott unter Druck

Die Angelegenheit mit den Kniekissen für die Marienkapelle verursachte dem guten Pfarrer noch immer Magendrücken, obwohl Mrs. Thurgood ihn nicht mehr direkt darauf angesprochen hatte.

Ob sie von der Sache Abstand genommen hatte? Kaum wahrscheinlich. Die Frau hatte etwas Skrupelloses und Hartnäckiges, womit sich Charles nur zu gut auskannte. Damit schüchterte sie ihn ein, und er schalt sich für seine Feigheit, doch diese Selbstkasteiung linderte seine Ängste auch nicht.

Er hatte das ungute Gefühl, daß Mrs. Thurgood einfach abwartete, ehe sie wieder zuschlug. Eines Nachmittags hatte er mit Dimity die Kniekissen einer genauen Prüfung unterzogen und alle beiseite getan, die allzu abgenutzt wirkten. Natürlich gehörte Mrs. Thurgoods Kniekissen zu den abgewetztesten, da sie so auffallend häufig zum Gottesdienst kam, und sechs bis acht andere mußten geflickt werden. Doch insgesamt, so fanden Dimity und Charles, tat der Rest es noch, und das für einige Jahre.

Diese Entdeckung war so tröstlich, daß Charles meinte, er könne dem Angriff der teigigen Mrs. Thurgood trotzen. Daher nervte es ihn ziemlich, als die Wochen ins Land gingen, ohne daß die Dame zur Attacke blies. Was verbarg sich hinter ihrem Schweigen? Hatte sie beschlossen, den Kampf aufzugeben? Hatte sie die Kniekissen schlicht vergessen? Bedauerte sie vielleicht auf einmal, daß sie angeboten hatte, das Material zu bezahlen?

Charles fragte sich schon, ob er auf diese Fragen jemals eine Antwort erhalten würde. Doch er mußte darauf nicht lange warten.

Eines schönen Morgens hob er die Briefe vom Abtreter auf und trug sie zum Frühstückstisch, wo Dimity schon ihren Toast mit Butter bestrich. Es war ein halbes Dutzend Umschläge, doch einer stach sofort wegen seiner hervorragenden Papierqualität und des eindrucksvollen Siegels auf der Rückseite ins Auge.

»Vom Bischof«, sagte Charles und öffnete ihn zuerst.

Dimity musterte ihn prüfend und sah, wie seine Miene von Freude zu Bestürzung wechselte. Nachdem er den bischöflichen Brief gelesen hatte, nahm er sich den beigefügten Brief vor, und jetzt wechselte seine Miene von Bestürzung zu Empörung.

»Also wirklich!« wetterte Charles und reichte Dimity die Briefe. »Wie findest du das?«

Dimity las rasch. Der kurze Brief des Bischofs war freundlich und kam gleich zur Sache. Er lautete, daß er den beigefügten Brief von Mrs. Thurgood erhalten und ihn beantwortet hätte. Der Bischof drückte sein Vertrauen in Charles' Entscheidung aus und beschwor ihn, sich wegen dieser wirklich sehr banalen Angelegenheit nicht unnötig graue Haare wachsen zu lassen. Er grüßte Dimity und drückte seine Hoffnung aus, sie beide bald zu sehen.

Frances Thurgoods Brief war im Vergleich dazu aggressiv. Sie schilderte ihre Großzügigkeit, ihre Besorgnis, die Marienkapelle »gottgerecht ausgestattet zu sehen«, und deutete an, welch bedauerliche Einstellung der Nachfolger von Anthony Bull zu Gottesdienst und Gemeindemitgliedern einnehme. Sie vertraue darauf, daß der Bischof es für geraten hielte, den augenblicklichen Amtsinhaber an seine Pflichten zu erinnern.

»Diese Ziege!« schäumte Dimity und feuerte den Brief auf den Tisch. »Und das alles hinter deinem Rücken! Das ist absolut unverzeihlich, Charles! Was machst du jetzt?«

»Nur nichts übereilen«, sagte ihr Mann gelassen. »Sonst sage ich vielleicht etwas, was ich später bedaure, und ich möchte nicht, daß man dem armen Bischof mit weiteren Beschwerden über mich in den Ohren liegt.«

»Du bist nicht nachtragend genug«, sagte Dimity.

»Das finde ich nicht.« Er griff zum Brief des Bischofs und las ihn noch einmal.

»Dimity, findest du es nicht auch ungewöhnlich nett, daß er mir so freundlich schreibt? Und dann auch noch mit eigener Hand!«

»Mit einer anderen könnte er das wohl kaum tun«, gab Dimity ungewohnt spitz zurück. Mrs. Thurgoods empörendes Verhalten schmerzte sie noch immer, und Charles' Respekt, ja, man konnte es fast als Ehrfurcht bezeichnen, mit der er den Brief des Bischofs aufnahm, ärgerte sie. Ihrer Meinung nach war Charles genausoviel wert wie der Bischof selbst. Wahrscheinlich war er sogar ein besserer Mensch, wenn man ihn an seiner Bescheidenheit und Selbstlosigkeit maß, und Dimity merkte, wie berechtigte Entrüstung und ehefrauliche Ergebenheit sie geradezu aufheizen.

»Ich kann nur hoffen, daß mir Frances Thurgood in den nächsten Tagen nicht über den Weg läuft«, platzte sie heraus. »Ein so abscheuliches Benehmen kann ich ihr, glaube ich, nicht wortlos durchgehen lassen.«

Der Pfarrer blickte bestürzt.

»Oh, Liebes, bitte nicht! Der Bischof hat vollkommen recht, wenn er das Ganze eine banale Angelegenheit nennt. Ich unterhalte mich noch vor dem Wochenende privat mit ihr, aber bitte, sag du nichts, falls du mich liebhast.«

Er sah so frisch und erregt aus, daß Dimitys Zorn verflog, sie sich über den Tisch beugte und ihm einen Kuß auf die Wange gab.

»Ich mache alles, was du sagst«, versprach sie.

Albert Piggott schlug sich in dieser Zeit mit eigenen Problemen herum.

Nach dem Rüffel von Mr. Jones, dem Wirt, hatte er sich fast dazu durchgerungen, Charlies Brief zu ignorieren und Nellys Zukunft dem lieben Gott anheimzustellen.

Doch er hatte die Rechnung ohne den Wirt, das heißt ohne die Buschtrommel der *Zwei Fasane* gemacht. Zufälligerweise schaute Ben Curdle auf ein Bierchen herein, kurz nachdem sein Schwiegervater gegangen war.

Der Wirt war noch immer entrüstet über Alberts Herzlosigkeit und erzählte Ben die Geschichte brühwarm. Ben kehrte in seine Wohnung oben im Haus der Youngs zurück, weil er sich mit Molly beraten wollte, und dann gingen die beiden noch am selben Abend gemeinsam zu dem alten Mann.

Der stellte sich verdrießlicher als üblich und noch dazu taub.

»Sie ist mir keine Ehefrau gewesen«, bekräftigte er erneut. »Warum sollte ich mir wegen ihr Beine ausreißen?«

»Laß das dumme Gerede!« sagte seine Tochter. »Die ganze Zeit, die sie hier war, hat sie sich um dich gekümmert und das Haus bestens in Schuß gehalten. Und super gekocht! Und was ist der Dank dafür?«

»Sie hat mich zur Gesellschaft gehabt. Und mein Geld«, knurrte Albert.

»Jetzt hör mir mal gut zu, Dad«, sagte Ben ruhig. »Falls es zum Schlimmsten kommt, bereust du's noch. Und außerdem wird das dir ganz Thrush Green um die Ohren hauen. Sie ist deine Frau, was auch immer sie getan hat. Du solltest so schnell wie möglich hinfahren.«

»Und wie, wenn ich mal fragen darf, soll ich nach Brighton kommen? Und wer zahlt für die Reise?«

»Darum haben wir uns schon gekümmert. Ich kann dich

mit deinem Koffer morgens in Lulling in den Bus setzen. Der fährt direkt bis zum Busbahnhof an der Victoria Station, und von da gehen jede Menge Busse direkt nach Brighton. Du könntest in ein paar Stunden bei Nelly sein.«

Damit hatte er Albert in die Enge getrieben, und das sah man ihm an.

»Und Ben und ich kommen für das Fahrgeld auf«, versprach Molly. »Das haben wir doch so besprochen, was, Ben?«

Ihr Mann nickte loyal, und Alberts Miene hellte sich auf.

»Vielleicht sollte ich es tun«, räumte er vorsichtig ein, »aber sie ist eine richtige alte Schlampe, und das wißt ihr genau, und ich finde, sie hat es nicht verdient, mich noch mal zu sehen.«

Molly dachte bei sich, daß man die Bemerkung ihres Vaters nach zwei Seiten auslegen könne, hielt aber wohlweislich den Mund.

»Also, abgemacht«, sagte Ben und stand auf. »Ich hol dich morgen um Viertel nach acht mit dem Lieferwagen ab, wenn ich zur Arbeit fahre. Der Bus geht um halb neun, den kriegst du also glatt.«

»Und ich komm heute abend noch rüber und pack dir ein paar Sachen zusammen«, setzte Molly rasch hinzu. »Vielleicht möchtest du ein Weilchen bleiben.«

»Das wär ja noch schöner«, meinte Albert bissig.

Doch er wußte, daß er geschlagen war.

Wie in allen kleinen Gemeinwesen verbreiteten sich Neuigkeiten auch in Thrush Green und Lulling mit der Schnelligkeit eines Buschfeuers.

Scharfe Augen hatten Albert an diesem Morgen an der Bushaltestelle warten sehen. Und das mit Schlips und dem dunkelblauen Sonntagsanzug, in dem er Nelly in St. Andrew's geheiratet hatte. Zu seinen Füßen stand ein kleiner Koffer.

Offensichtlich wollte er verreisen, aber wohin sollte die Reise gehen? Die Nachricht von Nellys Krankheit hatte bereits die Runde gemacht, und so mußten Beobachter nicht lange herumrätseln, was sein Ziel war.

Die Bushaltestelle befand sich direkt vor dem *Fuchsienbusch*, und Mrs. Peters, die Besitzerin dieses Lokals, bemerkte Albert, als sie vorfuhr, um die Teestube aufzuschließen. Zehn Minuten später traf Gloria Williams zu Fuß ein und bald nach ihr ihre Kollegin Rosa.

Der Bus hatte Verspätung, und Albert trat ungeduldig von einem Fuß auf den anderen.

»Nelly muß es wohl schlechter gehen«, argwöhnte Rosa. »Ich hab gehört, sie liegt auf der Intensivstation. Dahin kommt man, wenn's auf Messers Schneide steht«, erläuterte Rosa. »Dann schließen sie einen mit ganz viel Drähten an einen Fernseher an, und die Krankenschwestern gucken zu.«

»Und so schlecht geht's Nelly schon?« fragte Gloria, während sie einen Finger anleckte und eine Locke über der Augenbraue zurechtzupfte.

»Muß wohl«, sagte Rosa offensichtlich befriedigt. »Warum sollte der alte Miesepeter da draußen sich sonst die Mühe machen und sie besuchen, wenn sie in einem normalen Krankenzimmer liegen würde.«

»Meine Mum hat gesagt, wenn Menschen überall so verkabelt sind, wie du sagst, dann darf sie niemand besuchen.«

Rosa war etwas überrumpelt von soviel zur Schau gestelltem medizinischen Wissen bei einer Jüngeren.

»Ach! Du weißt aber auch alles, was?« sagte sie ungemein sarkastisch. »Vielleicht kannst du mir dann ja sagen –«

Doch in diesem Augenblick kam Mrs. Peters durch das Lokal geeilt, nachdem sie rasch die Küche überprüft hatte, und die beiden Kellnerinnen brachen ihre Unterhaltung ab, holten sich ihre Kittel und betätigten sich mit maßvollem Eifer.

»Kommt, Mädchen«, sagte ihre von Aktivität strotzende Arbeitgeberin. »Keine Zeit zum Schwatzen! Die Tische müssen abgewischt werden, und einer muß schnell zu Abbot's. Wir haben fast keine Butter mehr.«

Gloria warf ihrer Kollegin hinter Mrs. Peters Rücken einen resignierten Blick zu, und genau in diesem Augenblick hielt der Bus nach London mit gräßlich quietschenden Bremsen.

Die Türen öffneten sich automatisch. Albert hob seinen

Koffer hoch und stieg ein. Schon war er unterwegs, und die drei Damen hinter dem Fenster des *Fuchsienbusches* wußten wieder mal Bescheid.

Betty Bell genoß das Drama sichtlich, als sie in das Haus der Shoosmiths in Thrush Green platzte, um dort ›nach dem Rechten zu sehen‹.

»Das muß man sich mal vorstellen, unser Albert und so eine Reise! Wetten, daß er nicht gefahren wär, wenn man ihn in Ruhe gelassen hätte. Mr. Jones soll ihm ja ganz schön übers Maul gefahren sein, und Ben und Molly haben auch Druck gemacht. Ich wär zu gern eine Fliege an der Decke im Krankenhaus, wenn der seine Nelly besucht. Ob er ihr wohl Blumen mitbringt? Oder Weintrauben? Glaub ich nicht! Dieser miese, alte Geizknüppel! Soll ich mir Ihr Arbeitszimmer vornehmen?«

Harold warf seiner Frau einen hilflosen Blick zu. Wie immer eilte sie ihm zu Hilfe.

»Heute sind die Schlafzimmer dran, Betty. Das Arbeitszimmer habe ich gestern gemacht.«

»Klaro! Ich schlepp dann den Staubsauger hoch.«

Damit wollte sie in die Küche gehen, blieb aber an der Tür stehen.

»Es soll ihr ja ziemlich dreckig gehen. Kriegt kaum noch Luft. Na ja, kein Wunder bei dem ganzen Fett und ihrem kurzen Hals. Bei meiner Tante war's genauso. Wenn die mal 'ne Erkältung hatte, war's gleich Bronchitis. Doktor Lovell hat ihr Butter verboten, aber das hat auch nicht geholfen. Und jetzt dieser ganze Quatsch mit dem Ballast. Jedem, den sie heutzutage operiert haben, sagen sie, er soll Ballaststoffe essen. Letztes Jahr durfte man kein tierisches Eiweiß und das Jahr davor keinen Zucker. Und nächstes Jahr um diese Zeit mampfen wir alle wohl nur noch Heu und Silage. Komische Menschen, die Ärzte, wenn Sie mich fragen.«

»Wer hat Ihnen erzählt, daß Mrs. Piggott ernstlich erkrankt ist?« fragte Isobel, um dem Redefluß Einhalt zu gebieten und vom Thema Ärzte abzulenken.

»Na ja, Percy Hodge! Der ist gestern, als ich mit der Schule fertig war, gerade aus den *Zwei Fasanen* gekommen. Hat sich wohl Mut für seine Doris angetrunken. Die ist mir so eine. Springt ganz schön mit dem guten alten Perce um. Muß die Schuhe draußen vor der Hintertür ausziehen, und dann kriegt er eine Kleiderbürste in die Hand gedrückt, damit er sich das Stroh oder sonst was abbürstet. Kaum zu glauben, was? Und so was ist mal Kellnerin gewesen.«

»Aber Nelly –«, warf Isobel ein.

»Ach ja! Also Perce hat gesagt, daß Mr. Jones ihm gesagt hat, daß er einen Brief von Albert zu lesen gekriegt hat, in dem steht, daß sie aus dem letzten Loch pfeift.«

»Oje!«

»Wer glaubt schon, daß die nach Albert ruft, und wenn sie noch so krank ist. Und ich frag mich, was sie wohl sagt, wenn der alte Miesepeter neben ihrem Bett steht? Davon kann man ja glatt einen Rückschlag kriegen.«

»Ich glaube, es heißt ›Rückfall‹«, sagte Harold.

»Den auch noch, und das wär auch kein Wunder«, räumte Betty ein. »Ich hol jetzt den Staubsauger. Wenn ich hier rumsteh und Ihnen zuhör, davon wird die Arbeit nicht fertig.«

Sie verschwand, und die Shoosmiths blickten sich verständnisinnig an.

»Und ich könnte eine zweite Tasse Kaffee gebrauchen«, sagte Harold und streckte Isobel die Tasse hin.

»Ich auch«, sagte seine Frau.

Der April brachte Bilderbuchwetter, und Charles und Dimity genossen den ersten Frühling in ihrem neuen Heim in Lulling.

Eines schönen Aprilmorgens wachte Charles früh auf, lag still da und beobachtete, wie sich der Himmel veränderte. Langsam wich die erste aprikosenfarbene Wärme, wechselte allmählich zu Rosa und nahm dann einen zitronengelben Ton an.

Charles sah zu, wie sich die jungen Blätter vor dem wechselnden Hintergrund abzeichneten und flatterten. Eine

Taube gurrte. Eine Amsel sang ununterbrochen, und zu dem Morgenchor gesellte sich der metallische Ruf eines Zaunkönigs in der Nähe.

Während der Tag silbrig heraufdämmerte, wurden die Vögel lebhafter, kamen aus den Bäumen zur Erde geflattert und flogen auf der Suche nach Nahrung und Material zum Nestbauen von Hecke zu Hecke. Die Luft schien nur noch voller Geflatter und Flügelschlagen zu sein, und die unterschiedlichen Vogelrufe erweckten den Morgen zum Leben.

Charles lag neben seiner schlafenden Frau und genoß die Frühlingsfreuden. Wahrlich, das Schicksal hat mich an einen angenehmen Ort geführt, dachte er, während er zusah, wie die Sonne die östliche Seite der uralten Zeder vergoldete.

Wie gut, daß er ab und an Zeit zum Nachdenken hatte. Ihm fiel ein Sonett von Wordsworth ein, das er vor langer Zeit in der Schule gelernt hatte:

Von Welt ist stets zuviel um uns: von früh bis spät,
Gibt sie und nimmt, doch nutzen wir die Kräfte nicht:
Viel bietet die Natur, was uns gebricht;
Wir gaben unser Herzblut, doch es ward verschmäht.

Sein eigener Tag, wie Charles nur zu gut wußte, war eine Abfolge von Aktivitäten, die ihn geistig und körperlich auf Trab hielten. Irgendwie blickte er immer nach vorn, plante das Nächste, versuchte, Zeit zu sparen. Und in diesem ganzen Getriebe ging die Gegenwart unter. Das Gänseblümchen öffnete die Blüte, schloß sie und starb. Der Buchfink trat den letzten Fetzen Moos im Netz fest, ehe er anfing zu brüten. Die Sonne errreichte den höchsten Punkt am Himmel, wenn der Wetterhahn sich golden färbte. Und all diese Wunder gingen an ihm vorbei, ohne daß er sie bemerkte, weil die Uhr auf dem Kaminsims ihn streng daran mahnte, daß um halb vier Andacht war, daß er um fünf ein krankes Gemeindemitglied besuchen mußte und daß Punkt acht die Sitzung des Kirchenvorstands begann.

Charles Henstock war stets bereit, seine Pflichten Gott

und den Menschen gegenüber zu erfüllen. Aber es ist ein Segen, dachte er und dehnte und streckte sich genüßlich in der Wärme seines Bettes, daß ich diese wunderbaren Augenblicke erleben kann, wenn ich einfach nur bin, wenn ich mir bewußt mache, daß all diese anderen Leben mein eigenes beeinflussen, und wenn ich Zeit habe, für diese Erkenntnis zu danken.

Er setzte sich auf, achtete dabei darauf, daß er seine Frau nicht störte, und sah aus dem Fenster. Das war stark beschlagen und es sah eher aus nach September als nach April. Das Gras glänzte und glitzerte in den niedrigen Strahlen der aufgehenden Sonne. Charles wollte es so vorkommen, als ob jeder kleine Grashalm ein schimmerndes Tröpfchen trug. Wieviel tausend mögen es wohl sein, überlegte er, die sich unter den Bäumen häufen und sich weit und breit verteilt haben fast so wie unser christlicher Glaube?

Umgeben von Blättern! Alle Arten, Formen und Größen, groß und klein, grün und golden, glatt und rauh, einige duftend, andere nicht, aber alle atmende Wesen, soweit das Auge reichte!

Der Gedanke war eigenartig anrührend und tröstlich. Er relativierte sein eigenes Leben. Er machte ihm seinen eigenen bescheidenen Platz in dieser Überfülle von Lebendigem noch stärker bewußt. Die Bäume, die er jetzt betrachtete, würden noch immer dort stehen, wenn er längst dahin war. Und der kleine, glänzende Buchfink da mit der rosigen Brust und der blauen Haube, der ans Fenster flatterte, würde bereits ein Geflecht aus zierlichen, elfenbeinfarbenen Knöchelchen sein, ehe er selbst heimging.

Dimity bewegte sich.

»Ist was?« fragte sie schlaftrunken.

»Nein, alles in Ordnung«, versicherte Charles ihr wahrheitsgemäß.

Eines schönen, windigen Frühlingsnachmittags trat Connie aus Dottys Häuschen, die Milchkanne in der einen, Flossies Leine in der anderen Hand, und wollte sich nach Thrush

Green aufmachen, um Ellas tägliche Portion Ziegenmilch abzuliefern.

Albert Piggott hatte sich als überraschend gut im Umgang mit Dulcies reicher Produktion erwiesen, als ihre Tante krank daniederlag, doch seit sich Connie eingelebt hatte, kümmerte sie sich um die Tiere.

»Also, ich helf gern aus, wenn's mal dicke kommt«, hatte Albert gesagt. »Ist eine Abwechslung vom ewigen Besenschwingen in der Kirche und vom Friedhof Sauberhalten, und die alte Dulce und ich kommen ziemlich gut miteinander aus. Wenn Sie mich fragen, Ziegen haben mehr Grips als Menschen.«

Connie dankte ihm aufrichtig. Sie wußte, daß er von Natur aus ein Miesepeter war und daß er in seiner neuen Rolle als Tierpfleger eigenartig aufgeblüht war. Sie versicherte ihm, daß sie seine Hilfe im Notfall gern annehmen würde, und damit schien er sich zufriedenzugeben.

Wie gut, daß ich mich nicht für die tägliche Arbeit auf ihn verlassen habe, überlegte sie, während sie Flossie auf dem Fußweg folgte, denn gerade hatte sie von seiner Reise nach Brighton zu seiner Frau gehört. Im Augenblick ging es noch nicht über ihre Kraft, Dotty zu hüten und sich um die vielen Tiere zu kümmern, und es war schön, die alten Bekanntschaften in Thrush Green aufzufrischen. Nur gelegentlich, wenn die Sonne hinter Lulling-Forst unterging, in der schwermütigen Dämmerstunde zwischen Tag und den herankriechenden Schatten der Nacht, trauerte sie um ihr Haus, das sie in Somerset zurückgelassen hatte, trauerte um die vertrauten Umrisse der Hügel und Bäume ringsum. Doch das war eine vorübergehende Traurigkeit, und Connie schaffte es, sie tapfer abzuschütteln. Tante Dotty war immer gut zu ihr gewesen, und Connie wußte, daß sie die einzige Erbin ihres kleinen Anwesens war. Sie freute sich, daß sie ihr zur Hand gehen konnte, jetzt, wo sie gebraucht wurde. Sicherlich hätte niemand netter und dankbarer sein können als ihre exzentrische Tante, und was in der Umgebung als »Dottys kleine Eigenarten« bekannt waren, störte Connie nicht weiter. Sie war einigermaßen daran gewöhnt und verspürte eine Zuneigung zu ihrer kauzigen Verwandten, die jedwede Furcht besiegte.

Flossie beschleunigte den Schritt, als sie Thrush Green erreichten, und Connie mußte direkt laufen, wenn sie mithalten wollte. Glücklicherweise paßte der Deckel der altmodischen Milchkanne gut, doch sie konnte hören, wie die Flüssigkeit innen herumschwappte.

Die Kinder spielten auf dem Pausenhof, und Connie konnte sie singen hören: Der Plumpsack geht rum, während die kleine Miss Fogerty außerhalb des Kreises gut aufpaßte, daß die Spielregeln genau befolgt wurden.

Der Weg zu Ellas Haustür war von samtigem Goldlack in Weindunkel, Gold und Hellgelb gesäumt. Er duftete so lieblich, daß selbst Flossie mit witternder Nase stehenblieb, so, als ob sie den Duft genösse.

Es war niemand zu Hause. Connie ging in den Garten, vielleicht war Ella ja dort, doch sowohl Haustür wie Hintertür waren verschlossen und die Fenster fest zu. Offensichtlich wollte Ella längere Zeit fortbleiben, und nach einigem Nachdenken fiel Connie wieder ein, daß sie etwas über ein hervorragendes Handarbeitsgeschäft in der Ship Street in Oxford gesagt hatte, wo sie Wolle zum Sticken kaufen wollte.

»Na schön, Floss«, sagte Connie, »dann müssen wir die Milch eben in die Veranda stellen. Das heißt, heute kein Keks für dich, meine Alte. Aber wir suchen dir daheim einen.«

Flossie wollte Ellas Heim nicht gern verlassen. Es verging kaum ein Besuch, bei dem sie nicht einen von Ellas Gesundheitskeksen mit Ballaststoffen verputzt hatte, doch sie trug es mit Fassung und ließ sich schließlich von Connie heimwärts führen.

Sie überquerten erneut den Dorfplatz, und jetzt spielten die Kinder im Kreis Ringel, Ringelreihe und das noch immer unter dem nachsichtigen Blick der kleinen Agnes Fogerty.

Connie und Flossie erreichten schon bald den schmalen Fußweg neben Albert Piggotts Häuschen. Auch seine Fenster waren geschlossen, und Connie fragte sich, wie es ihm wohl auf der Reise ergehen mochte.

Als sie auf die Wiese kamen, die sich bis zu Dottys Haus hinzog, merkte Connie, daß hinter ihr jemand ging. Sie blickte sich um und sah einen hochgewachsenen, unbekannten Mann mit silbrigem Haar, der zielstrebig ausschritt.

Connie ging schneller. Der Weg war schmal, also konnte sie nur zur Seite treten und ihn vorbeilassen, denn sie hatte keine Lust, sich mit einem völlig Fremden zu unterhalten, nur, weil sie nebeneinandergingen.

Zu ihrer Überraschung beschleunigte auch der Fremde den Schritt und rief hinter ihr her.

»Bitte, laufen Sie nicht weg! Sind Sie nicht Miss Harmer? Miss Connie Harmer?«

Connie drehte sich um. Der Fremde konnte für einen Mann seines Alters tüchtig laufen, trug ein bemerkenswert gut geschnittenes Tweedjackett und blank gewienerte Halbschuhe.

»Ehrlich, Sie haben vielleicht einen Schritt am Leib«, sagte er mit einem Lächeln. »Ich bin Kit Armitage. Ich wollte mal vorbeischauen und meine alte Freundin Dotty besuchen. Das heißt, falls sie mich zu sehen wünscht. Wie geht es ihr?«

»Gut, und nach einem Besuch von Ihnen sicher noch besser«, sagte Connie und streckte ihm die Hand hin.

8. Albert Piggott macht eine Reise

Am Vormittag erreichte Albert Piggott den Busbahnhof in London und steuerte sofort ein Lokal an.

Es kam ihm vor, als hätte er vor ewigen Zeiten gefrühstückt. Er setzte sich an einen Tisch und wartete darauf, daß er bedient wurde.

Er mochte London nicht. Ehrlich gesagt, hatte er die Hauptstadt ungefähr fünf oder sechs Mal in seinem Leben besucht und hatte sie immer laut und dreckig gefunden. Falls überhaupt möglich, war sie noch lauter und dreckiger geworden.

»Selbstbedienung, mein Bester«, sagte eine große Frau und stellte ein Tablett auf seinem Tisch ab.

Albert blickte ratlos.

»Man muß sich alles selber holen. Schnappen Sie sich ein Tablett und suchen Sie sich aus, was Sie von den Sachen haben wollen. Am Schluß kriegt man was zu trinken.«

»Danke«, sagte Albert und griff zu seinem Koffer.

»Den können Sie ruhig hierlassen, mein Bester. Ich klau ihn schon nicht.«

Albert schlurfte davon, holte sich das Tablett, ahmte die übrigen in der Schlange nach und wählte ein Rosinenbrötchen und Kaffee in einer Plastiktasse.

»Mit Zucker«, sagte er zu der jungen Frau hinter der zischenden Maschine.

»Auf dem Tisch«, sagte sie ungeduldig. Albert verzog sich.

Die Frau an seinem Tisch hatte sich ein großes Stück Schokoladenkuchen und eine Tasse Tee vorgenommen.

Sie begrüßte ihn mit einem Nicken, doch zu seiner Erleichterung stellte sich heraus, daß sie es zufrieden war, stumm vor sich hinzuessen. Sein Koffer stand noch genau da, wo er ihn abgestellt hatte.

Er mußte über eine Stunde warten und schlug die Zeit mit Kaffee und einer Zeitung tot, die jemand auf dem Nebentisch liegengelassen hatte. Die Frau ging, ohne noch einmal den Mund aufgemacht zu haben, lange ehe Albert die Sportseite durchhatte. Komisch, daß man an einem Tisch sitzen und trotzdem kein einziges freundliches Wort wechseln konnte. Nicht wie in Thrush Green, dachte er, und das gab ihm einen Stich!

Er betrachtete die vielen Menschen ringsum. Für die hätte er genausogut eine Fliege an der Decke sein können, so wenig beachteten sie ihn – übrigens auch sonst niemanden. Wer mochte wohl so leben!

Endlich griff er sich seinen Koffer und machte sich auf den Weg zu dem Bus, der ihn zum Ziel bringen würde. Er war jetzt schon müde und freute sich auf ein Nickerchen, sowie er den Koffer im Gepäcknetz verstaut und seinen Platz gefunden hatte.

Es war bereits fast vier Uhr, als Albert endlich im Krankenhaus eintraf. Der Bus hatte von Anfang an Verspätung gehabt und hatte sich aufgrund verschiedener Straßenbauarbeiten noch mehr verspätet. Das Krankenhaus lag außerhalb des Zentrums, und das bedeutete eine weitere langwierige Busfahrt. Albert wurde immer bänglicher zumute, und er fragte sich, wie Nelly wohl auf seine Ankunft reagieren würde.

Man schickte ihn viele Steintreppen hoch und meilenweit die Flure entlang, bis er endlich Nellys Station erreichte. Andere Besucher, die um ihn herumwimmelten, hatten Blumensträuße, Schachteln mit Eiern und saubere Nachthemden dabei, und Albert überlegte bereits, ob er ihr nicht doch den kleinen Veilchenstrauß hätte spendieren sollen, der am Eingang angeboten wurde, doch jetzt war es zu spät.

Er sah Nelly, kaum daß er das langgestreckte Krankenzimmer betreten hatte. Sie war bei weitestem die gewaltigste und farbenfreudigste der anwesenden Frauen, und ihr Haar war noch strahlender, als er es in Erinnerung hatte.

Ihr Lächeln jedoch konnte es nicht mit ihrem Haar aufnehmen. Ihre Miene war ausnehmend feindselig, und sie begrüßte ihn mit Worten, die nichts Gutes verhießen.

»Wer hat dir denn gesagt, daß du herkommen sollst?«

Albert stellte seinen Koffer neben dem Nachtisch ab und setzte sich auf einen harten Stuhl.

»Dein Kerl«, sagte er, noch immer außer Atem von den Treppen und Fluren.

»Was, mein Charlie?«

»Stimmt. Hat gesagt, daß du kurz vorm Abnippeln bist und daß ich kommen soll.«

»Meinetwegen kannst du gleich wieder nach Haus fahren«, sagte Nelly und zog sich das leuchtend rosa Bettjäckchen auf dem üppigen Busen zurecht. »Ich hab dir doch gesagt, daß ich dich nie mehr wiedersehen will.«

Albert schwieg. Zum einen fiel ihm zu ihrer Äußerung nichts ein, zum anderen war er hundemüde.

»Wo du nun mal da bist, kannst du mir ja was von diesem Kaff der Scheintoten, diesem Thrush Green erzählen.«

»Es hat sich nichts verändert«, sagte Albert.

»Und die alten Lovelocks? Diese vertrockneten Schrumpelliesen. Die wissen auch nicht, was Liebe ist, und viel Haar haben sie auch nicht mehr.«

»Von den Leuten aus Lulling krieg ich nicht viel zu sehen.«

Eine erneute Pause. Am Bett der Nachbarin reichten überschwengliche Pakistani Fotos von einer Familienhochzeit herum. Sie schienen sich viel zu sagen zu haben.

»Und wieso biste hier drin?« fragte Albert und machte damit als erster den Mund wieder auf. »Mußte noch lange hierbleiben?«

»Noch ein paar Tage. Hat was mit meiner Gallenblase zu tun gehabt, sagen sie, aber ich glaub, die haben keine Ahnung. Ich weiß nur eins. Von dem Essen hier wird man erst richtig krank. Das würd ich nicht mal einem Hund vorsetzen.«

»So, so«, sagte Albert und schwieg sich erneut aus.

»Du willst doch heute abend nicht den ganzen Weg zurück, was?«

»Hab noch nicht drüber nachgedacht.«

»Dann solltest du das jetzt lieber tun. Heute kriegst du von London keinen Bus oder Zug mehr nach Thrush Green. Wenn ich du wär, ich würd über Nacht bleiben.«

»Und wo, wenn man fragen darf? Doch wohl nicht bei Charlie im Doppelbett!« Albert wurde richtiggehend sarkastisch bei dem Gedanken, daß er sein gutes Geld für eine Übernachtung verpulvern sollte. Darüber hatte er trotz des Schlafanzugs und Waschlappens, die ihm Molly für alle Fälle vorausschauend eingepackt hatte, nicht nachgedacht.

Nelly stellte die Stacheln auf.

»Charlie will dich auch nicht, das kannst du mir glauben. Er kommt übrigens nach der Arbeit vorbei, wenn du ihn also nicht sehen willst, muß du einen Zahn zulegen.«

Albert bückte sich nach seinem Koffer.

»Hast du mir eine Schachtel Pralinen mitgebracht?« fragte Nelly, und ihre Augen strahlten voller Vorfreude.

Auf einmal hatte Albert einen Geistesblitz.

»Ich hab gedacht, das ist hier nicht erlaubt, aber ich hab eine Zeitung von heute.«

Er holte das Exemplar heraus, das er beim Victoria Bahnhof abgestaubt hatte.

»Na ja, besser als gar nichts«, sagte Nelly. »Red mal mit der Schwester, wenn du gehst. Die weiß sicher, wo du bleiben kannst. Davon gehst du schon nicht pleite.«

Albert stand auf.

»Hoffentlich kommste wieder auf die Beine.«

»Ich sollte wohl sagen ›danke, daß du gekommen bist‹, aber ehrlich, Albert, ich hab keinen Schimmer, warum du das getan hast. Na ja, wer weiß, vielleicht komm ich zur Erholung ein bißchen nach Thrush Green. Wie findest du das? Ab und an war's schließlich ganz schön mit uns beiden, was?«

Sie kicherte, als sie nach der Zeitung griff.

Albert überlegte, ob er ihr zum Abschied einen Kuß geben sollte, hielt das aber unter den gegebenen Umständen für nicht ratsam. Er winkte zum Abschied und verließ das Krankenzimmer.

Ehe er den Raum verließ, blickte er sich noch einmal um. Nelly war bereits in die Zeitung vertieft.

»Mrs. Desmond nimmt manchmal jemanden«, hatte die Krankenschwester gesagt und ihm eine Adresse eine viertel Meile vom Krankenhaus entfernt gegeben.

Der Himmel hatte sich allmählich bezogen, und dadurch wirkte das hohe viktorianische Haus noch finsterer.

Er stieg die Stufen hoch und läutete. Eine dralle Frau mit grauem Lockenhaar öffnete die Tür.

»Die Leute im Krankenhaus –« setzte Albert an.

»Ach! Sie suchen ein Bett für eine Nacht. Kommen Sie rein!«

Albert folgte ihr in eine düstere Diele, deren Fußboden schwarz und weiß gefliest war. Ein mächtiger Farn im Messingtopf beherrschte alles.

Mrs. Desmond stieg die Treppe hoch und Albert immer hinter ihr her. Der Teppich war dick, und das Geländer schimmerte. Überall roch es nach Möbelpolitur. Anscheinend war die Besitzerin stolz auf ihr Haus.

»Ich habe immer zwei Schlafzimmer für Leute wie Sie«, sagte Mrs. Desmond. »Das Krankenhaus arbeitet mit mir zusammen. Essen kann man bei mir nicht, nur frühstücken, aber kontinentales Frühstück.«

Albert überlegte, ob damit Froschschenkel oder anderer französischer Mumpitz gemeint waren.

»Aber ein Stück die Straße runter kriegen Sie Fisch und Chips, oder wenn Sie's ein bißchen vornehmer haben wollen, können Sie abends im *Little Chef* dicht beim Wasser essen. Hier ist das Zimmer.«

Sie machte eine Tür auf und trat einen Schritt zurück, damit Albert eintreten konnte. Der Raum war kärglich möbliert, doch das Linoleum auf dem Fußboden und die Messinggriffe am Frisiertisch glänzten, weil sie täglich poliert wurden.

Im Kamin stand ein Gasofen, dessen aufgereihte Schädelchen darauf warteten, angezündet zu werden. Mrs. Desmond zeigte darauf.

»Sie brauchen ein Zehnpenny-Stück, falls Sie Heizung haben wollen.«

Wetten daß, dachte Albert grimmig. Doch das Bett sah bequem aus, und er fiel fast um vor Müdigkeit.

»Wieviel?« fragte er kurzangebunden.

»Sieben Pfund für Übernachtung und Frühstück. Kontinental, wie ich schon gesagt habe.«

»Was heißt das?«

»Tee-oder-Kaffee-Brötchen-Butter-und-Marmelade«, rezitierte Mrs. Desmond. »Und wenn Sie mich jetzt bitte entschuldigen wollen, ich muß in die Küche, ich habe einen Schinken im Ofen. Bleiben Sie?«

»Ja, gern«, antwortete Albert.

»Es ist einfacher, wenn Sie gleich zahlen«, sagte seine neue Wirtin. »Dann können Sie morgen früh gehen, wann immer Sie wollen.«

Albert zückte eine speckige Brieftasche und holte sieben

Pfundnoten heraus. Für ihn war das eine gewaltige Summe. Mrs. Desmond nahm sie und stopfte sie in die Tasche ihrer Wolljacke.

»Die Haustür wird Punkt halb zwölf abgeschlossen«, sagte sie. »Rufen Sie mich, wenn Sie was brauchen. Das Wasser ist heiß, falls Sie sich waschen wollen.«

Sie verschwand auf dem Flur, und Albert sank in einen Rattansessel und betrachtete das Miniaturgolgatha des Gasofens.

Sieben Pfund! Was für ein Tag! Ihm kam es so vor, als wollte er nie ein Ende nehmen. Und was war dabei herausgekommen? So gut wie gar nichts, soweit er sehen konnte. Die reinste Verschwendung von Zeit und Geld, und dann kam Nelly vielleicht auch noch nach Thrush Green. Ein Knatsch mit Charlie, und schwupp, war sie wieder bei ihrem rechtmäßig angetrauten Ehemann. Der Gedanke war zu entsetzlich, also verdrängte er ihn.

Albert fröstelte. Ein paar Regentropfen klatschten an die Fensterscheibe, im Zimmer war es kalt und dunkel.

Auf dem Kaminsims stand eine Schachtel Streichhölzer. Albert drehte den Gashahn auf, der tröstlich zischte. Flammen sprangen hoch, als er ein Streichholz daran hielt, und die aufgereihten Schädel verströmten eine herrliche Wärme.

Offenbar hatte jemand sein Zehnpenny-Stück nicht ausgenutzt.

Das war das beste an Alberts Tag.

Später machte er sich auf die Suche nach etwas zu essen. In dem Lokal mit Fisch und Chips wimmelte es von jungen Leuten in genieteter Lederkleidung, gelegentlich mit Stirnband oder Ohrring. Der ohrenbetäubende Lärm einer Musikbox schreckte Albert noch mehr ab.

Da war der *Little Chef* viel, viel besser. Auf jedem Tisch standen sogar Blumen, und die Kellnerinnen waren jung und hübsch.

Albert verputzte einen Teller Schinken und Ei mit gebackenen Bohnen und Tomaten und ein knuspriges Brötchen, mit dem er die Soße auftunkte. Dann lehnte er sich zurück und labte sich an einer großen Tasse schwarzen Tees mit vier Teelöffeln Zucker. Das Leben erschien ihm eindeutig rosiger. Seine Börse war zwar leichter geworden, doch dann fiel ihm ein, daß Ben und Molly ihm zwei Fünfer gegeben und außerdem das Reisegeld bezahlt hatten. Das reichte jedenfalls.

Er schlenderte über die Strandpromenade zu Mrs. Desmond zurück, blieb stehen und stützte sich auf die Mauer. Richtig gemocht hatte er das Meer noch nie. Zu naß, zu kalt und zu unruhig. Also zu viel von allem. Lieber ein paar nette Äcker und Wälder ringsum, da nahm einem kein vor- und zurückflutendes Ungeheuer die halbe Sicht.

Er blieb noch ein Weilchen, bis er merkte, daß ihm die Augen zufielen.

Er schüttelte sich, fand tatsächlich zu Mrs. Desmond zurück, machte Katzenwäsche am Waschbecken in der Ecke und zog sich aus.

Er stieg in das makellose Bett. Es knarrte gefährlich, doch Albert war alles egal.

Binnen fünf Minuten schlief er den Schlaf eines völlig Erschöpften.

Nellys Stichelei, daß die Misses Lovelock nie geliebt hätten, war weit gefehlt.

In jungen Jahren waren sie attraktive Frauen gewesen, und die gerade geschnittene Mode der Zwanziger hatte ihnen, schlank wie sie waren, gut gestanden.

Ada und Bertha waren ein paar Jährchen älter als Violet, doch alle hatten zusammen Tennis gespielt vor ihrem Haus in der High Street von Lulling oder bei Freunden und Nachbarn.

Justin Venables und seine Brüder, Dotty Harmer und ihr Bruder hatten zu ihrem Kreis und ihren Tennispartnern gehört. Ada war ein paar Monate mit Justins älterem Bruder verlobt gewesen, doch der war nach Indien gegangen und hatte eine andere Frau kennengelernt. Er brach die Verlobung, und schon bald trat ein anderer Verehrer an seine Stelle, doch auch dieses Mal wurde es nichts mit der Heirat.

Violet war in jungen Jahren bei weitem die Hübscheste der drei Schwestern. Vielleicht beherrschte sie nicht die mörderische Rückhand ihrer Schwester Ada oder den umwerfenden Volley ihrer Schwester Bertha, aber ihre Wimpern waren eindeutig länger, ihr Haar lockiger und ihre Beine wohlgeformter!

Sie war es denn auch, die Kit Armitage heimlich leidenschaftlich liebte, als der noch ledig und auf dem Höhepunkt seiner männlichen Schönheit war. Die beiden älteren Schwestern hatten die Angewohnheit, sich über ihre Verliebtheit zu mokieren.

»Wirf dich ihm nicht so deutlich an den Hals«, sagte Ada prüde. »Kein Mann mag es, wenn man hinter ihm her ist. Du erniedrigst dich doch nur.«

»Er wird dir keinen Dank wissen, wenn du ihn vor anderen lächerlich machst«, setzte Bertha hinzu. »Falls er mehr will als Freundschaft, laß ihn ruhig hinter dir herlaufen.«

Violet äußerte wenig, dachte aber bei sich, daß Ada und Bertha nur aus Neid so redeten, nicht aus schwesterlicher Besorgnis. Kit Armitage war bei weitem der Bestaussehendste in ihrem Kreis, und noch lange, nachdem er England verlassen und im Ausland eine Frau gefunden hatte, bewahrte Violet ihm in ihrem Herzen ein ehrendes Andenken.

Bei seinem neuerlichen Auftauchen regte sich ihre alte Zuneigung. Natürlich waren sie beide jetzt alt, aber wäre es nicht möglich, so dachte Violet, eine Menge Gemeinsamkeiten zu finden? Kit war nun Witwer. Da brauchte er doch sicher eine verständnisvolle Gefährtin seiner eigenen Altersgruppe?

Sie hütete sich, diese vage Hoffnung vor ihren beiden Schwestern preiszugeben, doch die beiden älteren Damen paßten höllisch auf, da sie sich noch gut an deren frühere Verliebtheit erinnerten.

Alle stimmten jedoch darin überein, daß solch ein alter Freund in Lulling begrüßt werden mußte, und sie machten sich viele Gedanken, wie man ihn am besten empfangen könne.

»Eine Teegesellschaft erscheint mir zu feminin«, verkündete Ada, »und eine förmliche Einladung zum Abendessen ist bei uns nicht drin. Das heißt Silberputzen und Mrs. Fox, denn wir müßten sie dazu bekommen, daß sie bei Tisch serviert.«

»Dazu die Ausgabe«, äußerte Bertha.

»Dazu die Ausgabe«, pflichtete ihr Ada bei.

Violet hielt den Mund.

»Also läuft es auf einen Lunch hinaus«, sagte Ada. »Ich schlage vor, daß wir Justin und seine Frau dazubitten, schließlich ist er jetzt im Ruhestand, und dann noch Winnie Bailey.«

»Das sind einfach zu viele Frauen«, protestierte Bertha, »wenn man uns drei noch dazuzählt.«

Ada ließ sich das Problem durch den Kopf gehen.

»Mir fällt einfach kein lediger Mann ein, den wir einladen könnten. Wirklich rücksichtslos von den Männern, daß sie vor ihren armen Frauen sterben. Auf jeden Witwer und Junggesellen in Thrush Green und Lulling dürfte ein halbes Dutzend alleinstehender Frauen kommen. Wirklich ärgerlich!«

Jetzt wagte auch Violet etwas zu sagen.

»Er erwartet von uns sicherlich nicht, daß die Zahl aufgeht. Schließlich kennt er unsere Lebensumstände. Falls Justin und Lily auch kommen, haben wir, glaube ich, eine nette kleine Gesellschaft beisammen. Und ihr wißt ja, daß sechs gut an unseren Eßtisch passen.«

Ihre Schwestern blickten sie beifällig an.

»Du hast ganz recht, Liebes. Belassen wir es bei sechs, und ich schicke heute die Einladungen los. Laßt uns auch gleich über ein einfaches Essen reden. Kalt, was meint ihr?«

»Klar, kalt«, sagte Bertha. »Und Selbstbedienung. Salat natürlich, obwohl der augenblicklich entsetzlich teuer ist.«

»Wir haben doch unseren selbstgemachten Chutney aus grünen Tomaten«, meinte Ada jetzt munterer, »und die Gewürzpfirsiche sind auch noch sehr gut, wenn wir oben den Schimmel abnehmen.«

»Dann sollten wir dazu Ofenkartoffeln reichen«, sagte Violet, die auch mitreden wollte. »Und als ersten Gang Suppe. Die wärmt so richtig durch, und ihr wißt ja, daß unser Eßzimmer ganz schön kalt sein kann.«

»Wie du willst, Liebes«, sagte Ada etwas von oben herab. »Ehrlich gesagt, ich sehe keine Notwendigkeit für ein Festmahl, aber wenn du die Suppe übernimmst und ein Auge auf den zweiten Gang, die Ofenkartoffeln, hast, dann will ich mich nicht dagegen sperren. Männer scheinen mehr zu essen als wir.«

»Und dann sollten wir als Nachtisch eine Obsttorte anbieten«, fuhr Violet, ermutigt von ihrem Erfolg, fort. »Warme Apfeltorte war immer sehr beliebt.«

»Ich hatte eher an einen gestürzten Pudding gedacht«, warf Bertha ein. »Aus unseren eingemachten Stachelbeeren, das dürfte doch annehmbar sein.«

»Den auch«, sagte Violet entschieden. »Wir brauchen Auswahl.«

Die beiden Schwestern wechselten einen Blick. Wurde Violet neuerdings wieder albern? Auf ihre alten Tage?

Violet schlug alle Vorsicht in den Wind und stürzte sich noch einmal in den Kampf.

»Und dazu Sahne«, setzte sie eins drauf. Ada und Bertha schnappten hörbar nach Luft. Was für eine Ausgabe!

»Crème double!« setzte ihre abtrünnige Schwester rosig und waghalsig hinzu.

So weit war es mit ihr gekommen.

9. Dotty Harmer hat Besucher

Die Einwohner von Thrush Green wachten am 1. Mai auf und erlebten einen Morgen von so schimmernder Schönheit, wie kaum einer sich zurückerinnern konnte, und das Herz hüpfte allen, denn der allerschönste Monat hatte begonnen.

Doch es gab auch einige, deren Freude ein wenig getrübt war. Das waren diejenigen, die sich noch allzu gut daran erinnerten, daß der 1. Mai viele, viele Jahre lang den Einzug des berühmten Jahrmarkts der alten Mrs. Curdle bedeutet hatte.

Ben Curdle, ihr Enkel, hatte ganz besonders Grund, daran zu denken, als er auf dem Weg zur Arbeit an diesem funkelnd klaren Morgen am Dorfplatz vorbeiradelte.

Schließlich war er es gewesen, der gezwungen gewesen war, das Geschäft vor ein paar Jahren zu verkaufen und das Nomadenleben aufzugeben, das er nicht anders gekannt hatte, und sich mit Molly und zwei Kindern in Thrush Green niederzulassen.

Er bedauerte den Wechsel nicht. Der Entschluß war unumgänglich gewesen. Nach Mrs. Curdles Tod war es mit dem Jahrmarkt bergab gegangen, da ausgefallenere Vergnügungen wie Fernsehen und Bingo ihm den Rang abgelaufen hatten.

Ben wußte, daß er mit seinem Verkauf damals Glück gehabt hatte. Er hatte einen guten Preis bekommen. Molly ist froh, daß sie in der Nähe ihres Vaters, dieses elenden, alten Miesepeters sein kann, dachte Ben bei sich, und der kleine George Curdle hatte sich in der Dorfschule gut eingelebt. Es gab keine netteren Vermieter als die Youngs, und Ben machte die Arbeit Spaß, die er als Mechaniker in einer heimischen Landmaschinenfirma gefunden hatte.

Trotzdem gab es ihm einen nostalgischen Stich, als er an diesem Maimorgen aufs Fahrrad stieg. Er erinnerte sich an das Klippklapp der Hufe vor dem alten, von Pferden gezogenen Wohnwagen, wenn sie durch die Hohlwege mit den Hekken im Süden von England zogen. Er entsann sich der Freude, wenn er im betauten Gras einen seidigen Pilz gefunden hatte, und an den Duft von brutzelndem Schinkenspeck auf Großmutters kleinem Herd. Er konnte noch die schwachen, vertrauten Laute des frühen Morgens hören, den Gesang der Vögel, das Schnauben des Pferdes in seinem Futtersack, das Klappern der Bratpfanne. Später würde sich der Krach des Jahrmarkts dazugesellen: Männer riefen, Schiffsschaukeln knarrten, Karussells machten schrille Musik, und aufgeregte Kinder kreischten.

Und durch alles zog sich beständig die leise und zuweilen rauhe Stimme seiner Großmutter. Sie war eine Despotin gewesen, nachsichtig Ben gegenüber, doch nicht gegenüber Angestellten, die arbeitsscheu waren.

Und sie war jeden Tag im Dienst und erwartete die gleiche unwandelbare Loyalität von allen, die mit ihr reisten. Es war eine der Eigenschaften, die Curdles Jahrmarkt seinen Ruf für absolute Verläßlichkeit eingetragen hatte. Falls der Jahrmarkt an einem bestimmten Datum kommen sollte, war er garantiert pünktlich zur Stelle. Ben erinnerte sich noch an Überschwemmungen, zusammengebrochene Wagen, plötzliche Krankheiten und einmal, zwischen High Wycombe und Marlow, an ein furchtbares Unwetter, bei dem ein Mann, Jem Murphy, der sein erschrecktes Pferd am Zügel führte, vom Blitz getroffen wurde und mit Schock und Verbrennungen ins Krankenhaus eingeliefert werden mußte.

Trotzdem waren sie pünktlich an ihrem nächsten Ort angekommen, wie sich Ben voller Stolz erinnerte.

Ach! Es war ein gutes Leben gewesen und eine gute Lebensschule für einen Jungen! Seine alte Großmutter hatte ihn gelehrt, Recht von Unrecht zu unterscheiden, und hatte ihm ein Verhalten vorgelebt, das ihm sogar jetzt noch zugute kam. Er konnte nur hoffen, daß er diesen Standard an seine eigenen Kinder weitergeben konnte.

Er sog die frische Morgenluft tief ein und trat energisch in die Pedale, denn er mußte zur Arbeit.

Hat keinen Zweck zurückzublicken, sagte er sich. Die Zeiten sind anders geworden und vielleicht besser. Er würde für Molly auf dem Rückweg eine Schachtel Pralinen kaufen und damit den 1. Mai feiern. Das würde sie verstehen.

Ein, zwei Stunden später erinnerten sich auch Winnie Bailey und Jenny, ihre Freundin und Haushaltshilfe, an Mrs. Curdle und den Jahrmarkt.

»Ehrlich gesagt, Jenny«, meinte Winnie, während sie geschäftig Teig auf dem Küchentisch ausrollte. »Ich wollte schon diese Sträuße aus Kunstblumen wegwerfen, die oben auf dem Flurschrank Staub fangen, aber ich habe es nicht übers Herz gebracht.«

»Das möchte ich auch schwer hoffen«, entgegnete Jenny. »Ja, die hat Mrs. Curdle doch eigenhändig angefertigt! Und wetten, wenn Sie die in die Mülltonne werfen, holt sie George Fry wieder raus und bringt sie Ihnen zurück. Als Müllmann weiß er doch, woher alle Sachen gekommen sind. So leicht werden Sie Mrs. Curdles Blumen nicht los!«

»Vielleicht hätte ich sie verbrennen sollen«, meinte Winnie. »Sie sind nämlich aus feinen Holzspänen. Aber nicht das hat mich davon abgehalten. Es war die Erinnerung an den gütigen Blick der lieben, alten Mrs. Curdle, wenn sie mir jeden 1. Mai einen neuen Strauß überreicht hat. Leider werden sie dort liegenbleiben müssen. Aber ich frage mich doch, ob derjenige, der nach mir mal dieses Haus ausräumt, darüber nachdenkt!«

»Damit sollte man sich nicht verrückt machen«, sagte Jenny entschieden und wischte forsch das Ablaufbrett trocken. »Bis dahin ist noch viele Jahre Zeit.«

»Hoffentlich. Vor allem an einem Morgen wie diesem. Wir machen heute schnell mit unserer Arbeit, Jenny, und dann geht es in die Sonne. Ich will heute nachmittag Miss Harmer ein paar Illustrierte vorbeibringen.«

»An Ihrer Stelle würde ich nicht zum Tee bleiben«, riet ihr Jenny. »Wie ich höre, backt sie jetzt ihr Brot selbst.«

»Danke, daß du mich gewarnt hast«, sagte Winnie.

Winnie Bailey war nicht die einzige, die sich auf den Weg zu Dotty Harmers Haus nach Lulling-Forst aufmachte.

Kit Armitage, der eine Tragetasche in der Hand hielt, ging schnellen Schrittes den Hügel nach Thrush Green hinauf. Er kam ungefähr zehn Minuten später als Doktor Baileys Witwe und bewunderte wie sie das zarte Grün der neuen Blätter in der Allee am Dorfplatz von Thrush Green und die Pyramiden der fest geschlossenen Fliederblüten, die in den Gärten zu sehen waren.

Ein Rotkehlchen begleitete ihn den Weg entlang, der vom Dorfplatz zu dem Feld führte, an das sich Dottys Häuschen so behaglich schmiegte. Der Vogel wippte vor ihm auf der Bruchsteinmauer her, nickte mit dem Kopf und zwitscherte. Will er meine Aufmerksamkeit von einem nahegelegenen Nest ablenken, fragte sich Kit.

Wie nett, einen kleinen Begleiter zu haben. Kit bewunderte sein weiches Gefieder, die flammendrote Brust, die leuchtenden Knopfaugen. Er oder sie, dachte Kit, der sich erinnerte, irgendwo gelesen zu haben, daß Männchen und Weibchen gleich aussahen, ist ein schönes Geschöpf. Und dann überlegte er, ob in der Nähe wohl ein Gelege mit kleinen, rosa getüpfelten Eiern verborgen war. Hoffentlich wurden daraus prächtige Ebenbilder dieses Vogels.

Dottys Haus kam in Sicht. Ein schöner Anblick, wie sich das graue Reetdach in das umliegende, wellige Land einfügte. Dottys Garten war groß, und dahinter kam noch eine Wiese von fast zwei Morgen. Kein Wunder, daß Dotty ihrer Tierliebe freien Lauf hatte lassen können. Ponys, Esel, Ziegen, Schweine und Schafe hatten von Zeit zu Zeit die Wiese als ihre Heimat angesehen, und ein kleiner Teich am Ende des Gartens war Spielplatz für zahllose Generationen von Enten und Gänsen gewesen.

Heute wurde der Teich nur noch von ungefähr zehn Enten benutzt. Dulcie, die Ziege, war Alleinherrscherin über die Wiese und bewohnte auch das stabile Ziegenhaus ganz allein. Nicht etwa, daß sie oft darin zu schlafen geruhte. Dulcie zog selbst bei Schnee das Schuppendach vor. Sie war genauso dickköpfig wie alle anderen Vertreter ihrer Gattung.

Kit hatte einen kleinen Stein im Schuh, er mußte sich also an die Steinmauer lehnen und seinen Schuh aufschnüren. Auf einem Bein stehend, betrachtete er Dottys kleines Anwesen mit bewunderndem Blick.

Gar kein Zweifel, das Haus und die zwei Morgen boten einen sehr hübschen Anblick. Sie waren das, was Makler »ein erstrebenswertes Anwesen« nannten. Und das lag bemerkenswert ruhig, etwas von Thrush Green entfernt, hatte jedoch eine Zufahrt zur Nebenstraße, die nach Lulling und den Dörfern weiter westlich führte.

Dicht neben dem Haus gab es einen kleinen Obstgarten, der die ersten Blätter aufwies. Vermutlich gesellte sich zur allgemeinen Pracht bald ein rosa und weißer Blütenschaum.

Während er so schaute, trat eine Gestalt mit einer leuchtend orangen Plastikschüssel aus der Tür. Kit konnte die Hühner zwar nicht sehen, doch er hörte ihr aufgeregtes Gegacker, als sie zum Fressen tippelten.

In der Gestalt erkannte er seine neue Freundin Connie, und die verteilte offensichtlich ein frühes Abendbrot an ihre Hühner. Vielleicht will sie später noch ausgehen, dachte er, bückte sich und band seinen Schuh wieder zu. Hühner wurden doch um die Abenddämmerung herum gefüttert, oder? Aber zugegeben, darin war er kein Fachmann.

Hoffentlich hatte Connie noch etwas vor. Er verehrte zwar die liebe, verrückte, alte Dotty sehr, dennoch tat ihm ihre tapfere Nichte leid, die anscheinend sehr wenig Spaß hatte, sich aber nie über diesen Mangel beklagte. Die wenigen Male, die er sie gesehen hatte, hatte sie auf ihn vollkommen selbstlos gewirkt und trotzdem erfrischend frei von dem pompösen Gehabe, das solchen Heiligen oft anhaftete.

Er mochte ihr Lachen, ihren ausgeprägten Sinn für Humor. Er mochte ihre Nettigkeit im Umgang mit ihrem Schützling. Er mochte die Art, wie sie die Bücher und Schallplatten schätzte, die er ihr auslieh, und er war sich sicher, daß die in der Tragetüte, die gerade auf einem prächtigen Büschel Huflattich stand, begeistert in Empfang genommen werden würden.

Alles in allem, dachte er, und stampfte auf, weil er sich vergewissern wollte, daß sein Schuh richtig saß, mochte er Connie einfach.

Er ging weiter und freute sich bei dem Gedanken, daß er mindestens die nächste Stunde ihre Gesellschaft genießen konnte.

Albert Piggott hatte oben von seinem Schlafzimmer aus bemerkt, daß Winnie Bailey und Kit Armitage den Weg neben seinem Häuschen entlanggegangen waren.

Er war dabei, ein Stück Pappe vor einem der Fenster zu befestigen. Eines Nachts hatte ein jäher Windstoß das Fenster aus seiner brüchigen Verankerung gelöst, und dabei war eine Scheibe gesprungen.

Albert war, wenn er im Bett lag, das Pfeifen des Windes und die Zugluft leid, und hatte sich endlich dazu durchgerungen, etwas dagegen zu unternehmen. Von Rechts wegen hätte er den Pfarrer benachrichtigen müssen, der dafür zu sorgen hatte, daß ein richtiger Glasermeister die Arbeit ausführte, denn die Kirche würde die Rechnung zahlen, weil Alberts Häuschen im Besitz der Kirche war.

»Aber bis ich den ganzen Kladderadatsch hinter mir hab«, sagte Albert knurrig zu seinen Kumpels in den *Zwei Fasanen*, »lieg ich schon mit Lungenentzündung im Bett und dann im Grab, das ich mir wohl eigenhändig buddeln kann.«

»Kann nicht schaden, wenn du selber ein bißchen anpackst«, sagte der Wirt herzlos. »Dann wäre dem Pfarrer geholfen, bis er einen geeigneten Mann für die Arbeit aufgetrieben hat.«

»Willste damit sagen, daß ich nicht der geeignete Mann bin?« fuhr ihn Albert zornig an. »Ich kann mein Haus genausogut in Schuß halten wie jeder andere auch.«

»Aber wie bei Nelly sieht es nicht mehr aus«, meinte Mr. Jones arglos.

Albert erstickte fast an seinem Bier, als der Name seiner Frau fiel, und verabschiedete sich bald darauf.

»Ganz schön empfindlich, unser alter Albert«, sagte einer zu seinem Kumpel. »Seine Nelly sollte man lieber nicht erwähnen, soviel steht fest.«

Gleich nach dieser Unterhaltung machte sich Albert an die Reparatur. Mit der Pappe in der Hand ging er über den Flur in das hintere Schlafzimmer, das jetzt nicht gebraucht wurde, weil er die Wanderer in Richtung Lulling-Forst verfolgen wollte.

»Aha!« sagte Albert zu der Katze, die ihm nach oben gefolgt war. »Sicher wollen sie zur alten Dotty. Guten Appetit beim Tee, falls sie so lange bleiben.«

Da stand er nun und betrachtete die Landschaft, dann kehrte er in sein eigenes Schlafzimmer zurück, das auf die St.-Andrew's-Kirche ging. Dort waren er und Nelly leider in den Stand der Ehe getreten!

Bei dem gräßlichen Gedanken, daß seine Frau zurückkehren könne, fing er an zu zittern. Wie ist wohl die rechtliche Lage, überlegte er. Falls sie ihn aus freien Stücken verlassen hatte, war er sicherlich nicht verpflichtet, sie wieder aufzunehmen, oder? Rein rechtlich war er wohl noch immer mit der bösen, alten Gewitterhexe verheiratet, denn das ist sie, sagte er sich, während er die Pappe behutsam über das beschädigte Glas legte.

Wenn es nur nicht so viel Geld kosten würde, dann würde er zu so einem Rechtsverdreher wie Justin Venables gehen und sich beraten lassen. Doch der schlug vielleicht Scheidung vor. Wär zwar schön, wieder frei zu sein, aber wie würden sie sich in den *Zwei Fasanen* das Maul zerreißen, und der Pfarrer würde ihn sich vielleicht vorknöpfen und sagen, er müsse vergeben und vergessen, und den ganzen Quatsch.

Frauen sind zickig, dachte Albert mißmutig, und hämmerte fest auf eine heikle Ecke ein. Ein Mann ist besser ohne Frauen dran. Er wollte mit Nelly nichts mehr zu tun haben, und wenn sie es wagte, nach Thrush Green zu kommen, würde er sie aus dem Dorf jagen, o ja!

Ermutigt durch diesen Geistesblitz versetzte er der Pappe einen letzten Schlag. Es knisterte gräßlich, und dann hörte er, wie unten auf dem Pflaster Glas aufsprang und zerbrach. Gleichzeitig wellte sich die Pappe nach innen und fiel auf den dreckigen Schlafzimmerfußboden.

Eine steife Brise blies in das Zimmer und bauschte die Tüllvorhänge.

»Herr, erbarme dich!« rief Albert. »Das kann einen ja glatt verrückt machen!«

Er stolperte zur Treppe, doch vor ihm floh bereits die Katze vor seinem Zorn.

Er riß die Haustür auf und fiel fast über die kleine Gestalt, die gerade eine Nachricht wegen des Flohmarkts in der

Schule durch seinen Briefschlitz stecken wollte. Einer von Miss Fogertys vertrauenswürdigeren Schülern starrte Albert mit aufgerissenen, blauen Augen an.

»Mr. Piggott, Sir! Ihr Fenster oben ist kaputt und rausgefallen«, verkündete der kleine Wichtigtuer.

Alberts Antwort fiel knapp und sachlich aus. Als sie der kleine Junge später für seine Mutter wiederholte, wurde er in die Spülküche geschickt, wo er sich den Mund auswaschen mußte, der Ärmste.

In Dottys Häuschen ließen sich die beiden Besucher dazu überreden, zum Tee zu bleiben.

Kit hatte die Einladung bereitwillig angenommen. Winnie wollte nicht so recht, denn sie hatte noch immer Jennys Ermahnung im Hinterkopf.

Als ob sie Gedanken lesen könnte, sagte Connie: »Ganz schlicht und ergreifend. Nur ein paar Rosinenbrötchen, die ich gerade aus dem Ofen geholt habe, und ein Glas Honig, das mir Dimity geschenkt hat.«

»Warmen Brötchen und Honig kann ich nicht widerstehen«, sagte Winnie und lehnte sich wieder im Sessel zurück.

An Dotty gewandt, fragte sie:

»Ißt du jetzt besser? Connie stopft dich sicherlich mit allen möglichen Leckereien voll.«

»Mein Appetit ist besser geworden, seit ich wieder in den Garten kann«, sagte Dotty. »Auf der Wiese stehen herrliche, junge Nesseln, die würde ich mir kochen, wenn ich nur hinkäme, aber Connie sagt, der Spinat aus der Tiefkühltruhe hat mehr Vitamine, also hat es heute Spinat gegeben.«

»Ist das das Zeug, das Popeye, der Seemann, immer gegessen hat, als wir Kinder waren?« fragte Kit. »Der ist ihm gut bekommen, so wie der ausgesehen hat.«

Connie lachte.

»Er gibt nämlich jede Menge Kraft. Aber nun das Neueste aus Lulling, bitte. Wie geht es Charles und Dimity?«

»Arbeiten zu viel wie üblich, und Charles macht sich noch immer Sorgen wegen der verflixten Kniekissen. Irgendein

Drachen –«, er unterbrach sich plötzlich. »Hoffentlich keine Ihrer Freundinnen? Ich trete noch immer ins Fettnäpfchen, weil ich vergesse, daß in dieser Gegend jeder mit jedem verwandt ist.«

»Falls Sie Frances Thurgood meinen«, entgegnete Connie munter, »so glaube ich nicht, daß sie viele Freundinnen hat. In diesem Haus jedenfalls nicht. Tante Dotty kann sie nicht ausstehen, seit sie sie mal dabei ertappt hat, wie sie neben ihrer Garage Gift ausgelegt hat. Sie hat behauptet, es wäre wegen der Ratten, aber Tante Dotty hat sie angepfiffen, daß auch andere Tiere das Zeug fressen, und dann ist es zu einer richtiggehenden Schlacht gekommen.«

»Und wie ist Dotty ihr über den Weg gelaufen?«

»Soviel ich weiß, war sie zum Lunch eingeladen, aber nachdem sie Frances die Meinung gegeigt hatte, ist sie davongestapft. In mancher Hinsicht kommt Dotty nämlich ganz nach ihrem Vater.«

»Ein sehr starker Charakter«, bestätigte Kit und blickte dabei quer durchs Zimmer zu den beiden Frauen hin, die in eine lebhafte Unterhaltung vertieft waren. »Wird sie Ihnen nicht zuviel?« fragte er beiläufig.

»Ich muß schon sagen, manchmal kann sie sehr dickköpfig sein«, antwortete Connie leise, »aber ich habe sie furchtbar gern, und ich würde sie nie verlassen. Wir kommen gut miteinander aus, und sie hat, glaube ich, gemerkt, daß sie jemand im Haus braucht, und dann lieber mich als jemand anderen. Es ist ein sehr angenehmes Fleckchen zum Leben.«

»Haben Sie mal einen Abend frei, und würden Sie dann mit mir ausgehen? Ich weiß, daß Charles und Dimity Sie auch einladen wollen, aber sie haben mich, ehrlich gesagt, gebeten zu fragen, wie es bei Ihnen mit Dotty-Sittern aussieht.«

»Betty Bell hat mir schon mal den Gefallen getan, wie man so schön sagt, und ich mag sie nicht zu oft darum bitten, aber von Zeit zu Zeit hätte ich schon gern einen Abend frei.«

»Dann werden wir das regeln«, sagte Kit munter und folgte seiner Gastgeberin in die Küche, weil er ihr beim Hereintragen des Teegeschirrs behilflich sein wollte.

In dieser Nacht badeten Lulling-Forst und die umliegenden Felder im silbrigen Schein des Vollmondes.

Connie lag in ihrem Bett und war herrlich müde. Wie schön, daß sie sich auf eine Abwechslung in Begleitung des netten Kit Armitage freuen konnte. Tante Dotty hatte ihre improvisierte Teegesellschaft genossen, und auch sie war bei menschlicher Gesellschaft aufgelebt.

Sie schüttelte ihr Kissen auf, drehte sich auf die Seite und war binnen fünf Minuten eingeschlafen.

Dotty nebenan lag wach, aber auch sie war zufrieden mit ihrem Tag. Merkwürdig, dachte sie, als sie ihre knochigen Hände auf dem mondbeschienenen Quilt betrachtete, wie nett das Leben noch sein konnte, auch wenn man in seiner Bewegungsfreiheit so eingeschränkt ist.

Falls ihr jemand vor einem Jahr gesagt hätte, daß sie kaum noch den Garten durchqueren könne, hätte sie es bis ins Mark getroffen. Doch nun war es so gekommen, und sie hatte trotzdem einen Ausgleich gefunden.

Sie musterte ihr kleines Anwesen und achtete auf gefällige Einzelheiten. Erst diesen Morgen hatte sie die fransigen und glatten Schlüsselblumen unter der Hecke bewundert. Ihr waren die geschlossenen Knospen des Flieders und die steifen, grünen Speere der Irisblätter im Garten aufgefallen.

Das Kommen und Gehen der Gartenvögel bedeutete ihr jetzt mehr als die Scharen von Kiebitzen und Raben, die sie sonst weiter hinten auf den Feldern beobachtet hatte. Die Possen der Hummeln vor dem Fenster beschäftigten sie jetzt genauso wie früher Flossie, wenn die durch Thrush Green getobt war.

Und der überraschende Besuch ihrer beiden alten Freunde hatte ihr genausoviel Freude bereitet wie Dutzende von Menschen, die sie früher bei gesellschaftlichen Anlässen getroffen hatte. Sie hatte viel Grund zur Dankbarkeit, fand Dotty.

Es konnte gar kein Zweifel daran bestehen, daß Gott dem geschorenen Lamm einen milderen Wind schickt, wie ihr alter Vater zu sagen pflegte. Auch wenn uns Mrs. Curdles Jahr-

markt fehlt, so schweiften ihre Gedanken ab, es ist ein guter
1. Mai gewesen.

Sie zog die Bettdecke höher um die knochigen Schultern und schlief zufrieden ein.

10. Mrs. Thurgood schlägt erneut zu

Charles Henstocks Argwohn, daß die furchteinflößende Mrs. Thurgood ihre Attacke hinsichtlich der Kniekissen in der Marienkapelle wiederholen würde, erwies sich als berechtigt.

Er hatte die Dame in den letzten Wochen kaum zu sehen bekommen, hatte aber mit bösen Vorahnungen ihre leere Kirchenbank bemerkt. Hatte sie Anstoß genommen und seine Kirche verlassen? Und war er seiner Verantwortung einem Gemeindeglied gegenüber nicht nachgekommen?

Seine Fragen wurden beantwortet, als er hörte, daß Mrs. Thurgood und ihre künstlerische Tochter eine Rundreise durch Italien machten und sich, wie jemand aus seiner Gemeinde es ausdrückte, »Rom, Florenz und Venedig zu Gemüte führten«. Für Charles hörte sich das recht unverdaulich an, er zog Kultur in Buchform vor, denn dabei konnte er friedlich in seinem Arbeitszimmer sitzen.

Trotzdem atmete er auf, als er hörte, daß die Dame nicht für immer im Groll von St. John's geschieden war. Vielleicht kam sie ja von ihrer Reise mit verfeinertem Kunstsinn zurück und hatte gemerkt, daß sich die Kniekissen in ihrer altehrwürdigen Umgebung sehr gut machten.

Andererseits, dachte Charles, und der Schreck fuhr ihm in die Glieder, mochte ihre Tochter beschlossen haben, Wandbehänge des Dogen oder der Borgias zu kopieren, und kehrte mit einer Mappe voller Skizzen zurück.

Bei diesem Gedanken schalt sich Charles. Er gestattete Mrs. Thurgood, seine Gedanken zu beherrschen, und das führte zu nichts. Es tat nicht gut, wenn er seiner Phantasie gestattete, mit ihm durchzugehen. Zweifellos würde sie gut erholt und in zugänglicherer Gemütsverfassung zurückkehren. Er beschloß, gar nichts zu unternehmen, bis Mrs. Thurgood die Angelegenheit selbst anschnitt. Schließlich hatten er und Dimity dem Problem Zeit und Aufmerksamkeit gewidmet, und er wußte, daß er festen Boden unter den Füßen hatte.

Doch diese freundlichen und rationalen Überlegungen wurden eines schönen, sonnigen Mainachmittags hinweggefegt, als der Pfarrer allein in der Sakristei war und die Kirchenbücher durchsah, weil ein Briefschreiber aus Übersee Einzelheiten über die Eheschließung seiner Großeltern wissen wollte.

Das war eine Aufgabe, die ihm Spaß machte, und er war gerade dabei, die Seiten auf dem Tisch der Sakristei munter durchzublättern, als er Stimmen hörte.

Offensichtlich besuchten zwei Frauen die Kirche und befanden sich jetzt in der Marienkapelle. Charles fand, er müsse ihnen Zeit für ihre Besichtigungstour lassen, während er weiterforschte. Sollte sich ihr Besuch in die Länge ziehen, konnte er noch immer auftauchen und sie begrüßen und ihnen die weniger bekannten Seiten seiner schönen Kirche zeigen.

Doch auf einmal wurden die Stimmen viel deutlicher.

»Dabei belasse ich es nämlich nicht«, sagte die eine Frau überheblich. »Du siehst ja selbst, in welchem Zustand sie sind. Dem lieben Anthony wären sie nie gut genug gewesen.«

Zu seinem Schrecken merkte Charles, daß seine Gegnerin heimgekehrt war. Sollte er sich zeigen, oder konnte er darauf hoffen, daß sie schon bald wieder gehen würden?

Doch noch ehe er zu einem Entschluß gekommen war, sprach die jüngere Frau.

»Du hast ganz recht, Mutter. Aber was kann man von einem Typen wie Henstock schon erwarten. Der hat doch keinen blassen Schimmer, wie man so was managt.«

»Stimmt. So gar keine Klasse. Ein ordinärer, kleiner Mann, und eine Frau, die zu ihm paßt. Da, sieh dir das hier an, Liebes. Wirklich schlimm ausgefranst.«

Charles Henstock schloß das Kirchenbuch, hustete laut und ging an der Orgel vorbei zur Marienkapelle. Daß man ihn einen »ordinären, kleinen Mann« genannt hatte, kratzte ihn nicht weiter. Aber daß man so herablassend von seiner angebeteten Dimity gesprochen hatte, war mehr, als er ertragen konnte.

Trotzdem wirkte er äußerlich ruhig, als er die beiden Frauen ansprach.

Abgesehen davon, daß Mrs. Thurgood hörbar die Luft anhielt und sich das Gesicht ihrer Tochter merklich rötete, zeigten die Damen keinerlei Schuldbewußtsein.

»Wir sind gerade aus Italien zurück«, verkündete Mrs. Thurgood, »und wir sehen uns die Kniekissen noch mal an. Arg vernachlässigt, ja, ja! Je eher sie ersetzt werden, desto besser.«

»Dimity und ich haben sie auch eingehend überprüft«, sagte Charles sanft. »Wir haben ein gutes halbes Dutzend aussortiert, von denen wir meinten, daß sie ausgebessert werden müssen.«

»Ausgebessert!« trompetete Mrs. Thurgood. »Da muß mehr getan werden als nur Ausbessern! Diese Kirche ist nicht mehr dieselbe, seit uns der liebe Mr. Bull verlassen hat. Und das habe ich auch dem Bischof geschrieben.«

»Ich weiß«, antwortete Charles. »Ich habe den Brief gesehen.«

Bei diesen Worten geriet sogar Mrs. Thurgoods Selbstsicherheit ins Wanken, doch sie begnügte sich mit einem entrüsteten Naserümpfen.

»Ich habe nicht die Absicht, die Angelegenheit an diesem heiligen Ort zu diskutieren«, sagte Charles, »doch wenn Sie und Miss Thurgood –«

»Mizz«, fiel ihm Janet ins Wort. »Ich ziehe es vor, als Mizz angeredet zu werden, es schreibt sich M-S-Punkt.«

»Wie bitte?«

»Großes M, kleines S«, erläuterte Janet.

»Ach!« sagte der Pfarrer, dem ein Licht aufging, »wie ›Manuskriptseite‹.«

»Nein, ganz und gar nicht wie ›Manuskriptseite‹«, posaunte Mrs. Thurgood. »Aber zurück zur Sache.«

»Ich wollte gerade sagen«, fuhr Charles fort, »daß es keine schlechte Idee wäre, wenn Sie mit mir ins Pfarrhaus kämen, um diese Angelegenheit durchzusprechen. Ich muß in der

Sakristei nur noch ein paar Unterlagen wegräumen, danach kommen Sie hoffentlich mit.«

»Haben wir Zeit, Mutter?« fragte die Manuskriptseite.

»O ja«, sagte Mrs. Thurgood fest entschlossen. »Das hier ist von ausnehmender Wichtigkeit.«

Binnen zehn Minuten saßen die drei hinter verschlossenen Türen in Charles' Arbeitszimmer, und die Schlacht begann.

Charles, diese Seele von Mensch, hatte trotz allem etwas Stählernes. Wenn die Pflicht es erforderte, konnte ihn niemand von seinem Weg abbringen.

Es gab viele Schäflein, die sein sanftes Wesen als Schwäche ausgelegt hatten und sich noch an den Schreck erinnerten, wenn sie merkten, wie kompromißlos Charles gegenüber jeglicher Missetat war. Sein rosiges, pausbäckiges Gesicht und sein freundliches Lächeln verbargen einen ungemein ausgeprägten Sinn für Recht und Unrecht, und wenn es hart auf hart kam, fürchtete sich Charles vor niemandem.

Er saß an seinem Schreibtisch, hinter sich an der Wand ein Kruzifix, ein wunderschönes Geschenk aus Silber und Elfenbein von Harold und Isobel Shoosmith als Ersatz für das im Brand von Thrush Green verlorengegangene. Die Damen Thurgood saßen vor ihm auf hölzernen, geraden Stühlen, die etwas von Büßerstühlen an sich hatten, obwohl sie Charles mit seinem schlichten Geschmack sehr geeignet für sein Arbeitszimmer erschienen.

»Bitte, sagen Sie mir, was Ihnen Sorgen macht, Mrs. Thurgood«, fing Charles an. »Ich habe gedacht, wir hätten die Sache mit den Kniekissen bereits geregelt.«

»Sie wissen sehr genau, daß das nicht der Fall ist«, antwortete Mrs. Thurgood unverblumt. »Für mich ist das eine Beleidigung, eine Ohrfeige –«

»Was?« warf der Pfarrer ein.

»Daß Sie mein Angebot, für den Ersatz der Kniekissen aufzukommen, abgelehnt haben.«

»Wir wissen Ihre Großzügigkeit durchaus zu schätzen«, sagte Charles, »aber meine Frau und ich und auch der Bischof sehen keinen Grund für eine vollständige Erneuerung. Wie ich bereits gesagt habe, müssen ein paar ausgebessert werden, aber die anderen halten noch ein paar Jährchen. Wir wären Ihnen zutiefst verbunden, wenn Sie sich um die Ausbesserungsarbeiten kümmern würden, aber wir möchten nicht, daß Sie sinnlos Geld ausgeben.«

»Hmpf!« schnob die Dame. »Ich bin bereit, die Kosten zu übernehmen, aber für ›sinnlos‹ halte ich sie nun wirklich nicht. Tatsache ist, Mr. Henstock, daß die Kirche allmählich verkommt. Der Gesang läßt viel zu wünschen übrig, die Gewänder sind schäbig, die Blumen sind nicht im entferntesten so elegant gesteckt wie bei Mrs. Bull, und der Gottesdienst ist eindeutig nicht mehr High Church! Ich zittere bei dem Gedanken, was der liebe Anthony Bull davon halten würde, sollte er je zurückkommen.«

»Ich habe meinen Vorgänger stets in höchstem Ansehen gehalten«, entgegnete Charles ungerührt. »Er war ein frommer und gewissenhafter Geistlicher, doch seine Art ist anders als meine. Und ich bin der erste, der das zugibt. Trotzdem bin ich mit Sicherheit ebenso fromm und aufmerksam in meiner seelsorgerlichen Tätigkeit, und, zu meiner Freude kann ich das sagen, der Bischof billigt, was ich mache.«

»Sie werden Ihre Gemeinde noch verlieren, das können Sie mir glauben«, warnte Mrs. Thurgood. »Es gibt viel Klatsch und Unzufriedenheit. Soll ich das so verstehen, daß Sie sich weigern, die Kniekissen zu ersetzen?«

»So ist es. Es ist völlig unnötig.«

Mrs. Thurgood stand auf, und ihre Tochter tat es ihr nach.

»In diesem Fall bleibt uns nichts anderes übrig, als Sie und Ihre Gemeinde zu verlassen.«

Sie rauschte zur Tür, und Charles hatte gerade noch Zeit, sie für sie aufzumachen. Schweigend begleitete er die beiden Damen zur Haustür, komplimentierte sie höflich hinaus und kehrte in sein Arbeitszimmer zurück.

Er ging zum Fenster und holte tief Luft. Tabitha, die Katze, räkelte sich in der Rabatte, drückte genüßlich ein paar Bartnelken zu Boden und wärmte sich den Bauch in der Sonne.

»Man könnte sagen, daß bei diesem Geplänkel die Mächte des Bösen obsiegt haben«, berichtete er der Katze, »aber irgendwie habe ich das Gefühl, daß, aufs Ganze gesehen, das Gute gesiegt hat.«

Die Lunchgesellschaft der Misses Lovelock zu Ehren von Kit Armitage fand ein paar Tage nach Charles Henstocks Gefecht mit den Damen Thurgood statt.

Die Vorbereitungen waren langwierig gewesen und stellten eine Gewissensprüfung dar. Violet war noch immer entschlossen, etwas Besseres als das in diesem Haus übliche Essen aufzutischen, und hatte mit einiger Bangigkeit ein halbes Dutzend Rezepte für Spargelsuppe studiert. Der Spargel machte sich im Schutz der Gartenmauer schon gut, und Violet prüfte ihn jeden Tag.

Da sie so voreilig vorgeschlagen hatte, zu dem gestürzten Pudding, der für ihre Schwestern einfach zu einem Lunch gehörte, auch noch eine Obsttorte zu machen, mußte sie auch die eingemachten Pflaumen aussuchen und den Teig zubereiten. Insgeheim hatte sie überlegt, ob sie vorgefertigten, gefrorenen Teig kaufen und ihn verwenden sollte, wenn ihre Schwestern nicht in der Küche waren, doch selbst Violets festes Herz erzitterte bei dem Gedanken, bei dieser Mogelei ertappt zu werden. Sie mußte nach bestem Wissen und Gewissen vorgehen, sagte sie sich, und wenn der Teig ein wenig klitschig wurde, wie es ihr leicht passierte, würde sie reichlich Streuzucker darüber tun und Adas Schelte über sich ergehen lassen.

Der Hauptgang machte den Damen am meisten Sorgen.

»Schweinefleisch geht nicht«, verkündete Bertha. »Justin verträgt es einfach nicht, das weiß ich ganz sicher.«

»Es ist sowieso nicht die Zeit dafür«, sagte Ada schnippisch. »Völlig ungeeignet für einen sommerlichen Lunch.«

»Wie wäre es mit Huhn?« fragte Violet.

»Heutzutage scheint es bei jedem Lunch Huhn zu geben«, warf Bertha ein.

»Weil das jeder gern ißt«, sagte Violet. »Huhn liegt leicht im Magen und ist nicht schwer verdaulich.«

»Und billig«, setzte Bertha nachdenklich hinzu.
»Ja, wirklich«, sagte Ada jetzt munterer. »Mit Sicherheit billiger als das meiste Fleisch.«
Schweigend dachten die drei Damen über diese löbliche Eigenschaft des Huhns nach. Sie sagte ihnen sehr zu.
»Und auch kalt noch ungemein schmackhaft«, sagte Ada. »Schneiden wir es nun in der Küche auf und die Leute bedienen sich selbst?«
Violet, die es Kit Armitage noch immer recht machen wollte, erkühnte sich zu sagen:
»Wir sollten, glaube ich, zwei Hühnchen oder sonst ein schönes Stück gekochten Schinken dazu haben.«
Ada und Bertha tauschten einen Blick. Kam Violet auf die schiefe Bahn? Es hatte wirklich den Anschein, als wäre sie noch genauso verliebt wie vor vielen, vielen Jahren. Was könnte sie sonst zu so unnötiger Üppigkeit bewegen? Sage und schreibe zwei Hühnchen!
»Die Männer können jeder einen Schenkel haben«, sagte Ada brüsk.
»Sie werden auch Brust haben wollen«, argumentierte Violet hartnäckig. »Und vielleicht möchten sie ein zweites Mal nehmen.«
»Ein zweites Mal«, entsetzte sich Bertha.
»Männer sind immer so hungrig«, sagte Violet, die sich nicht abbringen ließ. »Und den Rest der Woche könnten wir die Überbleibsel essen.«
»Aber zwei Hühner!« sagte Ada entgeistert. »Ich weiß wirklich nicht ...«
»Und aus den Knochen können wir noch eine hervorragende Suppe kochen«, beharrte Violet.
Die erregten Damen verfielen erneut in Schweigen, das schließlich von Ada gebrochen wurde.
»Vielleicht ist ein Stück Schinken gar keine so schlechte Idee«, räumte sie schließlich ein. »Er sieht immer so rosig und hübsch aus, wenn man ihn mit Petersilie garniert. Ja, ein Huhn, nicht über drei Pfund, das sollte reichen, wenn wir dazu noch gekochten Schinken haben.«

»Schulter oder Vorderviertel«, sagte Bertha, »ist nämlich viel billiger.«

»Und aus einem Schinken läßt sich auch viel mehr herausschneiden«, warf Violet rasch ein.

Dabei beließ man es.

Kit Armitage, seine alten Freunde Mr. und Mrs. Venables und die drei Lovelock-Schwestern paßten ausgezeichnet um den wunderschönen Eßtisch der alten Damen.

Irgendwie ist es schade, dachte Justin, der sich mit antiken Möbeln auskannte, daß dieses schöne Stück völlig unter dem wunderschönen gebügelten Damasttischtuch verschwindet, doch seine Gastgeberinnen gehörten noch zu der Generation, die Tischtüchern viel Aufmerksamkeit widmete, und er mußte auch zugeben, daß das jungfräuliche Weiß die funkelnden Gläser und das Familiensilber sehr gut zur Geltung brachte.

Dank Violets Beharrlichkeit war das Mahl, gemessen am Lovelock-Standard, ungewohnt üppig, und alle langten tüchtig zu.

Die Unterhaltung drehte sich um Thrush Green und insbesondere um Kits Schwierigkeiten, ein passendes Anwesen zu finden, das er kaufen konnte.

»Ich möchte lieber etwas höher wohnen«, sagte er. »Die Gegend um Thrush Green würde mir zusagen, denn allmählich habe ich das *Vlies* etwas satt, auch wenn man dort sehr freundlich ist.«

»Du kannst doch zu uns zurückkommen«, sagte Justin.

»Ja, wirklich«, bestätigte seine Frau tapfer, während sie sich bemühte, den unwürdigen, finster aufkommenden Gedanken an Extra-Essenkochen, Bettenmachen und Gastfreundschaft einfach zu unterdrücken.

»Du hast mehr als genug für den armen Wandersmann getan«, sagte Kit, »und ich bin dir sehr dankbar dafür.«

»Wie wäre es mit Mrs. Bassetts Haus?« schlug Ada vor.

»Hat sie sich schon entschieden, ob sie zu Ruth ziehen will?«

»Ich weiß, daß auch Joan und Edward darauf warten«, sagte Violet. »Und die wollen es, glaube ich, den jungen Curdles anbieten.«

»Gut, daß Sie mir das erzählt haben. Ich habe schon überlegt, ob ich es wagen kann, sie danach zu fragen, aber das wäre dann peinlich für sie geworden. Jetzt halte ich lieber den Mund.«

Bei seinem Lächeln machte Violets Herz einen Satz. Wie schön, daß sie ihm hatte helfen können.

»Möchten Sie noch einmal von der Pflaumentorte nehmen?« fragte sie.

»Ja, bitte. Das ist die beste Torte, die ich seit Jahren gegessen habe«, sagte er zu ihr. Und machte Violet damit vollkommen glücklich.

Bertha beugte sich auf ihrer Seite über den Tisch. »Haben Sie es schon bei Mrs. Jenner versucht? Bei der haben die Henstocks gewohnt, als ihr Haus abgebrannt war. Ihr Haus liegt an der Straße nach Nidden. Sehr hell und luftig, aber Sie müßten sich natürlich selbst versorgen.«

»Charles hat es, glaube ich, erwähnt, aber damals war es noch bewohnt. Trotzdem, vielen Dank für den Vorschlag. Ich werde es versuchen.«

»Verwandte von mir«, sagte Justin, »haben weiter oben am Pleshey eine Mühle, doch die hat sechs Schlafzimmer, mehrere Wirtschaftsgebäude und ist schrecklich feucht. Sie wollen sie verkaufen.«

»Kann ich Ihnen nicht verdenken«, entgegnete Kit mit einem Lächeln. »Aber sechs Schlafzimmer sind mehr, als ich brauche.«

»Ich weiß, daß die arme Isobel Shoosmith monatelang landauf, landab nach einem kleinen Anwesen gesucht hat«, warf Ada ein. »Am Ende hat sie den lieben Harold geheiratet und damit ihre Probleme gelöst.«

»Hoffentlich lassen sich meine auch so glücklich lösen«, sagte Kit. »Also, wer weiß etwas über die Seniorenwohnungen, die in Thrush Green gebaut werden sollen? Ich habe gehört, daß Edwards Plan gesiegt hat und daß die Maurer bereits anfangen.«

»Ich würde mich für eine vormerken lassen«, meinte Justin. »Damit kann man gar nicht früh genug anfangen.«

Eine Woche verging, ehe sich Kit dazu durchrang, bei Mrs. Jenner vorbeizuschauen. Connie hatte gesagt, sie sei sich ziemlich sicher, daß die Wohnung dort jetzt frei sei. Ein Offizier mit Ehefrau hatte sie im Urlaub bewohnt, irgendein entfernter Verwandter von Mrs. Jenner, wie Connie gehört hatte.

Charles und Dimity begeisterten sich für die Idee, denn sie entsannen sich noch mit Freuden an ihre glücklichen Monate dort. Auf Umwegen, wie Informationen auf dem Dorf verbreitet werden, war Kit auch zu Ohren gekommen, daß Mrs. Bassett jetzt endgültig bei ihrer jüngeren Tochter Ruth, der Frau von Doktor Lovell, einziehen wollte und daß Molly und Ben Curdle die umgebauten Stallungen bekommen sollten, sobald die neu gestrichen waren.

Während Kit die Straße nach Nidden entlangwanderte, kam es ihm so vor, als sei der Sommer tatsächlich eingezogen. Über dem Tal, in dem Lulling im Nachmittagssonnenschein vor sich hindöste, lag eine Dunstglocke. Er blieb stehen und blickte den Weg entlang, der zu Connies und Dottys Haus führte, und erhaschte einen Blick auf die Wiese voller Butterblumen, die ihren Garten umgab.

Die Rotdornhecke, die den staubigen Weg säumte, zeigte frische, rote Zweige, die sich mit dem Vogelknöterich verflochten, der sich aus dem Graben darunter hochrankte. Ein paar schwarz-weiße Kühe scharten sich an einem Tor und betrachteten ihn sinnend mit schwarzen Augen hinter langen Wimpern. Ihre Kiefer mahlten rhythmisch, während sie wiederkäuten, und Kit dachte, wie einschläfernd ist das doch, die langsamen Bewegungen, die sanfte Wärme auf dem Rücken, der Duft von zertretenem Gras und die fernen Hügel, die im bläulichen Dunst verschwimmen.

Liebend gern hätte er es sich unter der Hecke gemütlich gemacht und gedöst, aber er widerstand der Versuchung und ging pflichtbewußt weiter.

Er fand das Haus, ein gefälliges Geviert im georgianischen Stil, das früher ein Bauernhaus gewesen war, und klopfte an die Tür. Ein roter Admiral klappte auf dem Weg neben ihm die Flügel auf und zu, sonst war es sehr still.

Er fragte sich schon, ob überhaupt jemand zu Hause sei, oder ob er vielleicht zur Hintertür gehen sollte, als er drinnen jemanden hörte. Dann stand auch schon Mrs. Jenner vor ihm und neben ihr ein Mann mittleren Alters.

»Mrs. Jenner? Ich bin Kit Armitage. Der Pfarrer meinte, Sie könnten mir vielleicht helfen.«

»Bitte, kommen Sie doch herein«, sagte Mrs. Jenner.

»Dann will ich mal«, sagte der Mann.

»O bitte, Sie müssen sich nicht beeilen«, sagte Kit.

»Ich wollte sowieso gehen«, sagte der Mann. Er winkte zum Abschied und ging zur Gartenpforte.

»Mein Bruder«, erläuterte Mrs. Jenner. »Er bewirtschaftet den Hof nebenan. Percy Hodge. Vielleicht haben Sie schon von ihm gehört?«

»Der Pfarrer hat, glaube ich, von ihm gesprochen.«

»Er macht im Augenblick eine schlimme Zeit durch«, erläuterte Mrs. Jenner, während sie ihn nach oben führte. »Probleme mit seiner Frau.«

»Tut mir leid, das zu hören«, sagte Kit, der überrascht war, daß ihm eine völlig Fremde so etwas anvertraute.

»Sie ist nämlich die zweite Frau. Kann der ersten nicht das Wasser reichen. Und ganz unter uns, ein bißchen flatterhaft.«

Sie machte die Tür zu dem großen Zimmer oben weit auf, und wie schon die Henstocks vor ihm, hatte auch Kit seine helle Freude daran. Sonnenschein strömte durch die großen Schiebefenster. Die Obstbäume unten hatten Knospen, und das Zimmer war erfüllt vom Duft der letzten Narzissen, die in großen Büscheln im Obstgarten wuchsen.

»Ist das hübsch!« rutschte es Kit heraus.

»Ja, ganz nett«, bestätigte Mrs. Jenner gelassen. »Bekommt die ganze Sonne, die wir haben. Kommen Sie, sehen Sie sich die Schlafzimmer an. Das Zimmer nebenan ist ziemlich groß, das weiter hinten ist klein.«

Sie führte Kit überall herum, machte sogar die Schränke und Schubladen auf. Alles glänzte, und Kit fragte sich schon, wie er es schaffen sollte, das Ganze so tiptop in Schuß zu halten, wie es jetzt war.

»Mit Kochen kenne ich mich leider nicht gut aus, Mrs. Jenner. Ich habe größtenteils im Ausland gelebt und bin in dieser Hinsicht ziemlich verwöhnt«, gestand er.

Mrs. Jenner musterte ihn freundlich, dann lächelte sie.

»Meistens könnte ich Ihnen abends was kochen, falls Sie möchten«, bot sie an. »Nichts Besonderes, verstehen Sie, nur nicht dienstags und donnerstags, da gehe ich zum Singen und zum Bingo, aber das kriegen wir ganz sicher geregelt.«

Kit war gerührt und wollte ihr schon danken, doch sie schnitt ihm das Wort ab.

»Jeder Freund von den Henstocks ist auch mein Freund, Mr. Armitage. Dieser Mann ist ein lebender Heiliger, und ich habe Perce gerade gesagt, er soll zu ihm gehen und mit ihm über seine Eheprobleme reden.«

Armer Charles, dachte Kit. Aber zweifellos war er an solche Probleme gewöhnt.

»Ja«, sagte er zögernd, »wenn Sie mich denn haben wollen, Mrs. Jenner?«

»Mit dem größten Vergnügen«, sagte seine neue Vermieterin.

11. Probleme in Thrush Green

Im Laufe der Wochen, während in Lulling und Thrush Green der Hochsommer einzog, legten sich auch Albert Piggotts Befürchtungen, seine Nelly könnte heimkehren.

Er bedauerte, daß er die Reise gemacht und sie besucht hatte. Seiner Meinung nach die reinste Verschwendung von Zeit und Geld, und es sah ganz danach aus, als ob sich der vermuckte Charlie Wright nicht aus dem unbeständigen Herzen seiner Frau vertreiben ließ.

Sie dürfte nun schon wochenlang aus dem Krankenhaus entlassen sein, sagte er sich, so daß er ihre alberne Drohung, zur Erholung nach Thrush Green zu kommen, getrost vergessen konnte.

In Wirklichkeit lebte Albert im Wolkenkuckucksheim, denn bei Nelly hing der Haussegen schief.

Es stimmte, sie hatte sich bemerkenswert schnell von der Operation erholt, obwohl der Chirurg sich furchtbar über Nellys überschüssiges Fett aufgeregt und angeordnet hatte, sie müsse zehn Kilo abnehmen, sowie sie aus der Narkose erwacht sei. Er gab ihr zu verstehen, daß sie es nur seinen überragenden Fähigkeiten zu verdanken hatte, daß er überhaupt zu den lebenswichtigen Organen durchgedrungen war.

Nelly war noch zu schwach, um sich mit ihm zu streiten, und nahm brav einen Diätplan mit nach Hause, den sie doch nie einhalten würde, und dabei blieb es.

Charlie hatte sie regelmäßig im Krankenhaus besucht, und Nelly hatte sich darauf gefreut, nach Hause entlassen zu werden. Sie konnte es kaum erwarten, wieder in einem Bett ohne Gummimatte auf der Matratze zu liegen, ein paar Fenster aufzureißen und die ganze Nacht offen zu lassen, statt in den Nachtstunden der warmen Stickigkeit der Krankenstation ausgeliefert zu sein.

Charlie brachte sie nach Hause, und sie legte sich sofort ins Bett. In den darauffolgenden Tagen stand sie ein paar Stunden auf und kochte begeistert Charlies Abendessen und machte das Haus wieder sauber.

Sie war so erleichtert, wieder draußen zu sein, daß sie kaum mitbekam, daß Charlie etwas auf der Seele lag.

Er kam später nach Hause als üblich, und eines Abends roch er stark nach Chypre-Parfüm. Das war ein übersüßer Duft, den Nelly noch nie hatte leiden können, denn sie selbst war eine Eau-de-Cologne-Frau, und jetzt merkte sie auf, war jedoch so vernünftig, daß sie nichts sagte.

Als Charlie am nächsten Morgen mit seinem Heizöllaster auf Tour gegangen war, machte sich Nelly an eine systematische Durchsuchung von Charlies Schubladen und seinem kleinen Schreibtisch, in dem er seine Papiere aufbewahrte. Sie fand nichts, aber es duftete schwach nach Chypre, als sie seinen Schrank in Angriff nahm.

In dem hingen nur Charlies Sachen. Nelly hatte bei ihrer Ankunft den Schlafzimmerschrank für sich beansprucht, daher mußte sie Charlies Schrank nicht oft aufmachen. Doch an diesem Tag tat sie es, durchsuchte rasch alle Taschen und fand im Jackett seines Ausgehanzugs einen zerknautschten Zettel. Er lautete:

»Bin wie üblich am 6.30-er. Falls du das nicht
schaffst, ruf das Grand an. 2946.
In Liebe
Gladys«

Nelly wußte auf der Stelle, wer diese Brieffreundin war. Gladys und ihr Mann Norman waren ein Pärchen, das am anderen Ende der Stadt wohnte und mit dem sie sich häufig in verschiedenen Pubs trafen, wo kleine, aber unglaublich laute Bands spielten und wo die Gäste kräftig mitsangen. Spät am Abend wurde es immer lauter und lauter, und die Luft wurde immer blauer von Zigarettenrauch und zweifelhaften Geschichten.

Jetzt fiel Nelly wieder ein, daß Gladys immer stark nach Chypre duftete. Nellys Mund wurde grimmig, als sie den Zettel zusammenfaltete und als Beweismaterial für Charlies Missetaten in ihre Handtasche steckte.

Seltsamerweise erboste sie sein Betrug zwar, aber Norman tat ihr mehr leid als sie sich selbst. Sie hatte ihn immer für einen armen Kerl gehalten, der es mit seiner temperamentvollen Frau mit dem dick aufgetragenen Lippenstift und den zu schwarzen Wimpern nicht aufnehmen konnte. Er war zwar ein alter Langweiler, aber er war trotzdem sehr höflich und immer rücksichtsvoll zu seiner Frau. Was für eine Gemeinheit dem alten, armen Norman gegenüber, daß sie es mit Charlie trieb.

Doch dazu gehörten immer zwei. Nelly kannte sich mit den gewinnenden Methoden ihres Charlie nur zu gut aus. Einer nicht besser als der andere, sagte sie zu sich, als sie wütend mit dem Staubtuch durch das Haus wirbelte.

Sie würde es ihm ins Gesicht sagen, sowie er den Teller mit Schinkenspeck und Leber aufgegessen hatte, den sie ihm gebraten hatte. Gutes Essen wurde jedenfalls nicht vergeudet. Essen war für Nelly wichtig. Und sowie er sich angemessen entschuldigt hatte, würde sie ihm zu verstehen geben, daß es nicht noch einmal vorkommen dürfe. Sollte er doch Gladys beibringen, daß die Sache aus war. Und natürlich würde es mit diesem Pärchen keine geselligen Abende mehr im Pub geben. Nein, vergeben und vergessen war die beste Art, mit diesem Problem umzugehen, doch zunächst mußte Charlie ganz klein mit Hut sein.

Auf die Idee, daß Charlie auch ganz anders reagieren könne, kam Nelly seltsamerweise nicht. Um so entsetzter war sie an diesem Abend, als sie den Zettel neben Charlies leerem Teller glättete, die Arme in die Hüften stützte, sich neben ihn stellte und seine Entschuldigungen und Erklärungen erwartete.

»Ach, hast du's endlich geschnallt, was?« sagte Charlie und grinste provozierend. »Also, nun weißt du's. Was tust du jetzt?«

Nelly wurde zornig.

»Es geht darum, was du jetzt tust! Nämlich diesem schamlosen Weib ausrichten, daß sie rucki, zucki verduften soll.«

»Mal angenommen, ich will das nicht?«

»Dann mußt du ohne mich klarkommen.«

»Aber gern«, antwortete Charlie beherzt. »Wenn du mich fragst, hab ich dich genommen, als du dich mit deinem elendigen Albert verkracht hattest, und jetzt wird es Zeit, daß du zurückgehst.«

Nelly war richtiggehend erschlagen. Zwei Minuten lang stand sie da, und ihr überflüssiges Fett, das der Chirurg so schlechtgemacht hatte, bebte vor Zorn und Schreck. Es lief nicht gut. Sie beschloß, ihre Taktik zu ändern.

»Und was ist, wenn ich Norman erzähle, was hinter seinem Rücken los ist?«

»Brauchst du gar nicht erst zu versuchen. Er weiß Bescheid, er will Gladys nicht im Wege stehen.«

»Und was wird aus mir?« jammerte Nelly den Tränen nahe. »Was ist mit allem, was ich für dich getan hab? Hab ich mich nicht um das Haus gekümmert und dich immer bekocht? Hast du denn kein bißchen Anstand?«

»Hör mir mal gut zu«, sagte Charlie, schob sie auf einen

Stuhl und blickte sie über den Tisch hinweg an. »Damit das klar ist, du bist aus freien Stücken gekommen. Na schön, du hast mir leidgetan, und ich hab dich kommen lassen. Jetzt möchte ich was anderes. Gladys kann jeden Tag hier einziehen, du bist gekündigt.«

»Aber wohin soll ich bloß?« rief Nelly, die jetzt laut schluchzte. »Du weißt, daß ich kein Geld hab und niemand kenne, der mich aufnimmt.«

»Paß auf, Mädchen! Du hast Albert. Der ist immer noch dein Mann. Ihr kommt vielleicht nicht gerade blendend miteinander aus, aber ich kann dir nur raten, geh zu ihm zurück und versuch dieses Mal, mit ihm klarzukommen. Ich sag's noch einmal, hier ist kein Platz mehr für dich. Gladys und ich wollen so schnell wie möglich heiraten. Norman kommt uns entgegen, na ja, entgegen ist vielleicht nicht das richtige Wort, aber er sagt, es paßt ihm in den Kram.«

Bei diesen Worten legte Nelly den Kopf auf den Tisch neben die fettigen Leber-und-Schinkenspeck-Teller und heulte los.

Charlie, der im Grunde genommen ein netter Mensch war, klopfte ihr tröstend auf die gewaltigen, bebenden Schultern.

»Na, komm! Reg dich nicht so auf! Du hast doch gewußt, daß es nicht von Dauer ist. Jetzt gehst du los und wäschst dir das Gesicht und gehst früh zu Bett. Dann fühlst du dich gleich besser, und ich bring dir ein Täßchen Tee ans Bett. Wie wär's damit?«

Nach einem Weilchen stand Nelly heftig schniefend auf und ging ins Badezimmer. Sie war sprachlos vor Schreck darüber, wie sich die Dinge entwickelt hatten, und betäubt vor Kummer.

Charlie hielt Wort und brachte ihr eine Tasse Tee. Er trug sein Ausgehjackett. »Ich will zu Gladys. Wir sehen uns morgen früh, eh ich zur Arbeit geh.«

»Oh, Charlie!« jammerte Nelly, und schon wieder liefen die Tränen.

»Laß den Kopf nicht hängen«, sagte ihr treuloser Liebhaber. »Ich helf dir morgen beim Packen.«

Und damit war er verschwunden, noch ehe Nelly Zeit hatte, ihm zu antworten.

Nelly stand mit ihren Eheproblemen nicht allein da. Percy Hodge war gleichermaßen unglücklich. Seine zweite Frau Doris, die ihm bei seiner Brautschau im *Wappen von Lulling* als ideale Gefährtin vorgekommen war, hatte sich als Ehefrau ganz anders gemausert.

Er dachte an seine teure Gertie, die jetzt drei Jahre tot war. Die konnte vielleicht backen! War mit fünf Pfund Haushaltsgeld die Woche klargekommen! Wie sie ihm fehlte.

Wie das Sprichwort sagte: *Schnell gefreit, bald bereut.* Nicht etwa, daß er sich in seine zweite Ehe gestürzt hätte. Erst hatte er lange um Mrs. Baileys Jenny geworben, und nachdem die ihm einen Korb gegeben hatte, hatte er sich Doris zugewandt. Komisch, dachte Percy, und richtete sich auf, denn er harkte gerade zwischen den Erbsen. Man hätte meinen sollen, daß sie die Kellnerei gern gegen eheliches Glück eingetauscht hätte, schließlich war er noch immer ein stattlicher Mann, wie er fand. Warum sonst hatte Doris wohl so schnell zugegriffen?

Frauen waren merkwürdige Wesen. Aus der Hintertür wehte ein Geruch nach verbranntem Kuchen bis zu ihm. Seine Doris konnte nicht gut kochen, soviel stand fest. Wenn er an die Mahlzeiten dachte, die seine Gertie ihm immer gemacht hatte, und dann an den Fraß, den ihm seine jetzige Frau auftischte, wurde ihm schon wieder blümerant zumute. Wenn er doch nur Jenny herumbekommen hätte, seinen heimischen Herd mit ihm zu teilen!

Es konnte kein Zweifel daran bestehen. Die Heirat mit Doris war ein böser Fehler. Ohne die Geselligkeit im *Wappen von Lulling* wurde sie leicht brummig. Gelegentlich ging sie mit seiner Schwester, Mrs. Jenner, zum Bingo, doch nur, wenn diese sie bedrängte.

Sie hatten dauernd Krach, vorwiegend wegen Geld. Wie Percy ihr immer wieder sagte, war Gertie jahrelang mit fünf Pfund in der Woche klargekommen, und er sah nicht ein, warum Doris das nicht auch schaffen könnte. Bauern hätten keinen Dukatenesel im Keller, hatte er erst heute morgen gesagt.

Und was hatte sie geantwortet? Der Schwall an Beschimpfungen hatte ihn entsetzt. Diese Ausdrücke mußte sie im *Wappen von Lulling* aufgeschnappt haben. Nicht von Ted und Bessie Allen, die das Lokal schon seit Jahren betrieben, doch im Lokal verkehrten abends ganz schön rauhe Typen, die mit Worten nicht wählerisch waren. Bei diesem verbalen Angriff hatte Percy die Küche verlassen müssen.

Aber was sollte er nun tun? So ging es mit ihnen nicht weiter. Ehrlich gesagt, er hatte immer wieder versucht, der Frau gut zuzureden, aber ihr machte es einfach Spaß, sich zu sperren. Da hatte sie doch glatt Taschengeld gefordert. Allein schon bei dem Gedanken bekam Percy eine Gänsehaut.

Als er klargestellt hatte, daß so was absolut unmöglich war, hatte sie gesagt, in diesem Fall würde sie sich Arbeit suchen und das so weit weg von Thrush Green wie nur möglich.

In dieser kämpferischen Stimmung hatten sich die beiden getrennt. Percy war in den Garten gegangen, und Doris hatte sich mit solchem Ungestüm ans Backen gemacht, daß Percy ein noch ungenießbareres Mahl befürchtete.

Na schön! seufzte er. Kommt Zeit, kommt Rat. Wenn doch bloß Jenny in seiner Küche stünde!

Jemand hatte einmal gesagt, daß »wenn doch bloß« die drei traurigsten Wörter der Sprache wären.

Dem konnte Percy, auf seine Harke gestützt, nur aus vollem Herzen zustimmen.

Die kleine Agnes Fogerty saß in einem Liegestuhl im Garten des Schulhauses und genoß den Junisonnenschein.

Die Schule war aus, und Dorothy Watson war in der Küche und bereitete ihre schlichte Teemahlzeit zu, die sie im Freien einnehmen wollten.

Miss Fogerty freute sich auf ihre Tasse Tee und den einen Keks, und das mehr als üblich. Sie hielt eine strenge Diät ein und fühlte sich dabei, ehrlich gesagt, noch elender.

Natürlich befolgte sie alles, was der nette Doktor Lovell anordnete, aber es war schlimm, daß er den Kursus ›Der Stellenwert der Diät bei Arthritis und begleitenden Krankheiten‹

absolviert hatte. Seit seiner Rückkehr redete er von nichts anderem mehr, und seine Patienten, die seit Jahren durch Thrush Green geknirscht und gehumpelt waren, machten nun eine ausnehmend schlimme Zeit durch.

Alles Fleisch war verboten, alles Weißbrot und auch Zukker jeglicher Farbe. Alles aus Mehl Gemachte war verboten, desgleichen Molkereiprodukte.

»Da bleibt ja nicht viel«, hatte Miss Fogerty aufbegehrt, wurde jedoch rasch belehrt, wie gut Obst und Gemüse seien, von denen sie anscheinend künftig leben sollte.

»Die ersten beiden Tage nur abgekochtes Wasser«, hatte John Lovell gesagt, und seine Augen hatten dabei fanatisch gefunkelt. »Dann drei Tage lang Zitrusfrüchte und danach vielleicht einen kleinen Apfel. Dann machen wir mit Gemüse weiter, vor allem Hülsenfrüchte. Hülsenfrüchte sind das Wichtigste, sie bekämpfen alle Säuren im Körper.«

»Aber ich platze ja schier vor Säure, wenn ich tagelang nur Zitrusfrüchte esse«, rutschte es Agnes heraus. »In großen Mengen vertrage ich weder Zitronensaft noch Grapefruits. Sogar von Apfelsinen bekomme ich Magenschmerzen.«

Doktor Lovell, der in den Fängen seiner neuesten Obsession war, hörte kaum zu. Folglich hatte die tapfere Agnes zwei Tage lang abgekochtes Wasser getrunken und kämpfte sich jetzt durch die drei Tage mit den Zitrusfrüchten. Ehrlich gesagt, sie war am Verhungern und schwindlig vor Schwäche.

Sie wollte Doktor Lovell vergessen, eine Tasse Tee trinken und dazu noch die verbotene Milch, und den Verdauungskeks essen, auf den Dorothy bestanden hatte.

»Ich würde Doktor Lovells Diät nicht so tierisch ernst nehmen«, sagte sie, als sie mit dem Teetablett kam.

»Alles vom Tier ist verboten«, sagte Agnes.

»Was ist eigentlich nicht verboten?« meinte Dorothy bissig.

»Wie herrlich das duftet«, sagte die kleine Miss Fogerty. Ihr kleiner Magen knurrte gräßlich, als sie nach der Tasse und dem verlockenden Keks griff.

»Es dürfte noch besser schmecken als duften«, versicherte Dorothy ihr lächelnd.

»›Verbotene Früchte schmecken immer am süßesten‹«, zitierte Agnes.

»Wetten«, sagte Dorothy, »daß John Lovell genau in diesem Augenblick gebutterten Toast und Schmalzgebäck ißt.«

»Bitte, hör auf!« bat Agnes gequält.

Und Dorothy entschuldigte sich.

Charles Henstock war an diesem warmen Junitag auch im Garten.

Das Grundstück des Pfarrhauses in Lulling war sehr groß, und es war eine alte Tradition, daß es für Gemeindeaktivitäten zur Verfügung gestellt wurde.

Heutzutage war es nicht mehr so tadellos gepflegt wie zu der Zeit Anthony Bulls und seiner Frau, die ganztags einen Gärtner beschäftigt hatten, der für farbenprächtige Blumen und samtige Rasenflächen gesorgt hatte.

Derselbe Mann kam auch jetzt noch, doch Caleb wurde allmählich alt und kümmerte sich nur noch einmal die Woche um den Garten.

Neben dieser Arbeit versah er auch noch den Dienst als Küster von St. John's und kam seiner Arbeit im großen und ganzen sehr gut nach, wenn auch recht langsam. Charles und er mochten sich, und Caleb fand seinen neuen Arbeitgeber nicht im entferntesten so anspruchsvoll wie den alten.

Sie bearbeiteten gemeinsam eine lange Rabatte, als Charles die schmiedeeiserne Pforte klappen hörte und seinen alten Freund Harold Shoosmith aus Thrush Green kommen sah.

»Harold!« rief der Pfarrer und wischte sich die Hände an der Hose ab. »Schön, dich zu sehen! Komm, setz dich in den Schatten.«

Sie zogen sich auf eine Bank unter der uralten Zeder zurück.

Harold grüßte den fernen Caleb mit einem Winken.

»Störe ich?«

»Nein, nein. Wir schaffen nur Ordnung. Caleb will heute abend auf dem Friedhof ein Feuer machen, und da haben wir uns gedacht, unser Kleinkram kann auch gleich mitbrennen.«

»Himmlisch ist es hier«, sagte Harold und lehnte sich zurück. »Wenn doch meine Neuigkeiten auch so wären.«

»Oje«, sagte Charles. »Ärger in Thrush Green?«

Betrübt dachte er, daß er ausreichend Ärger in Lulling hatte, ganz zu schweigen von seinen anderen Gemeinden. Mrs. Thurgood und ihre Tochter waren nie wieder in seiner Kirche aufgetaucht, und ein, zwei andere Damen hatten anscheinend ihre Partei ergriffen und kamen auch nicht mehr zum Gottesdienst. Vernachlässigte er seine Pflichten? Das Ganze bedrückte ihn zutiefst.

»Du solltest wissen, daß es bei den Hodges hoch hergeht, und soweit ich sehen kann, ist die Ehe am Scheitern.«

»Hoffentlich nicht«, sagte der Pfarrer besorgt. »Percy reibt seiner jetzigen Frau immer seine erste unter die Nase. Ich habe ihm bereits gesagt, daß er nicht rückwärts, sondern vorwärts blicken soll. Die arme, kleine Doris hat, glaube ich, gar keine Chance gehabt.«

»Deine arme, kleine Doris«, meinte Harold, »hat etwas von einer Xanthippe.« Er war in der Welt weiter herumgekommen als der gute Pfarrer und kannte sich in der Mannigfaltigkeit der menschlichen Natur besser aus.

»Ach wirklich? Ich habe sie immer für ein nettes Mädchen gehalten.«

»Wahrscheinlich ist sie das bei dir auch. Bei Percy nicht.«

»Ich muß mich mit ihnen unterhalten. Aber lieber getrennt.«

»Eine gute Idee. Es müßte doch zu schaffen sein, daß es funktioniert. Sonst sehe ich schon kommen, daß er Jenny erneut zusetzt.«

»Aber er ist doch verheiratet!« rief der Pfarrer.

»Es soll auch schon untreue Ehemänner gegeben haben«, machte ihm sein Freund klar. »Nicht, daß Jenny ihn dazu ermutigt, aber andererseits, warum sollte sie belästigt werden?«

»Richtig. Ich will versuchen, in den nächsten Tagen bei Percy vorbeizuschauen.«

Er sah zu, wie Caleb die Schubkarre zum Friedhof schob.

Unter dem Baum war es sehr friedlich. Eine Biene überprüfte eine Kleeblüte, die dem Rasenmäher entwischt war, und eine Drossel lief über die Rabatte und äugte mit schiefgelegtem Kopf nach vorbeikommenden Würmern.

»›Der Mensch ist böse von Jugend an‹«, sagte der Pfarrer seufzend.

»Sieht mir an solch einem Tag nicht danach aus«, meinte Harold.

»Und wie geht es der lieben Isobel?«

»Die kauft ein. Ich hole sie in einer Viertelstunde vor dem *Fuchsienbusch* ab. Ach, und noch was. Hätte ich fast vergessen.«

»Ja, was?«

»Nelly Piggott ist zurück.«

»O nein! Nicht schon wieder!« rutschte es Charles heraus. »Und was sagt Albert dazu?«

»Ich würde lieber nicht nachfragen«, riet Harold. »Wie ich höre, ist er fuchsteufelswild, doch sie weigert sich zu gehen, und falls es zu Tätlichkeiten kommt, setze ich auf Nelly. Die schafft ihn schon mittels ihrer Fülle.«

Charles schüttelte betrübt den Kopf.

»Noch ein Besuch, oje.«

Die beiden Männer saßen ein paar Minuten schweigend da, doch dann kehrte Caleb zurück und störte ihren Frieden, denn er kam auf sie zugehastet.

»Sir! Kommen Sie schnell, Sir! Jemand hat sich am Opferstock zu schaffen gemacht. Er ist kaputt, und kein Penny mehr zu sehen.«

»Mein Gott«, sagte Harold. »Da holen wir wohl lieber die Polizei. Soll ich für dich anrufen?«

»Ja, bitte«, sagte Charles. »Ich gehe mit Caleb in die Kirche und sehe nach, ob sonst noch was fehlt.«

Und schon eilten die beiden Freunde in unterschiedliche Richtungen davon.

An diesem Abend blickte Dimity zu Charles hinüber, der mit geschlossenen Augen im Sessel ruhte.

»Liebster, weißt du eigentlich, daß heute der längste Tag des Jahres ist?«

»Überrascht mich gar nicht«, sagte Charles.

12. Eine Frage der Unterbringung

Kit Armitage hatte sich zwar gut bei Mrs. Jenner eingelebt, suchte aber noch immer vergebens nach einem eigenen Haus.

Er merkte jedoch, daß er so angenehm untergebracht war, daß er Gefahr lief, die Suche völlig einzustellen. Es gefiel ihm, daß er sich nicht um mehr kümmern mußte als um Haareschneiden, Rechnungen bezahlen und sich Frühstück zu machen.

Er hatte Zeit, durch die sommerliche Landschaft zu wandern und alte Freunde zu besuchen. Seine Nachbarn in Thrush Green empfingen ihn jederzeit herzlich, und oft besuchte er auch Dotty und Connie.

Eines schönen Nachmittags war er auf dem Weg zu ihnen, als er Edward Young sah, der den Fortgang der Arbeiten an den Seniorenwohnungen überprüfen wollte.

Kit ging zu ihm hinüber, weil er mit ihm reden wollte.

»Wie geht's voran?«

»Mit ein bißchen Glück sind sie zu Weihnachten fertig«, antwortete Edward. »Was halten Sie davon?«

Er bedachte das Chaos von Balken und Ziegelsteinen, Zementmischern, Schubkarren, Abflußrohren und dicken Säcken auf dem Grundstück mit einem liebevollen Lächeln.

»Wie viele Wohnungen werden es denn?« fragte Kit, der Zeit gewinnen wollte.

»Acht insgesamt. Fünf gehen in Richtung Süden, und drei stehen im rechten Winkel dazu. Das sieht man doch am Sockel.«

Kit bemühte sich um eine beifällige Miene.

»Später wollen wir natürlich noch drei, vier weitere anfügen, dann wird aus dem L sozusagen ein offenes E.«

»Aha, ja«, antwortete Kit und nickte weise.

»Doch das hängt natürlich alles vom Geld ab. Sieht doch schon prächtig aus, nicht wahr? Viel, viel besser als das gräßliche Pfarrhaus. Bei dessen Anblick ist mein Blutdruck jedes Mal in die Höhe geschossen. Diese einstöckigen Schmuckkästchen werden eine Augenweide.«

Er lächelte liebevoll, und Kit beneidete ihn darum, daß dieser Wirrwarr vor seinem geistigen Auge bereits eine Augenweide war.

»Haben Sie sich schon für eine eingetragen?« fragte Edward munter.

»Ich überlege ernsthaft«, entgegnete Kit. »Mit meinen eigenen Bemühungen komme ich nicht weiter.«

»Warum vergessen Sie das nicht ein bißchen«, riet ihm sein Freund und stieg dabei über einen zerdrückten Eimer, während er Kit auf den Dorfplatz und damit in Sicherheit brachte. »Machen Sie doch erst mal Urlaub.«

»Eigentlich«, so sagte Kit, »habe ich das auch vor. Ein alter Schulfreund hat mich zu einer Angeltour eingeladen, und ich bin arg in Versuchung.«

»Eine ausgezeichnete Idee! Dieses Wetter ist zu schön zum Arbeiten.«

Er winkte ihm zum Abschied zu, und Kit fiel auf, daß er mit der größten Begeisterung an seine eigene Arbeit zurückkehrte.

Connie war einer Meinung mit Edward, als Kit ihr später davon erzählte.

»Es ergibt sich schon noch was, wahrscheinlich, wenn Sie es am wenigsten erwarten«, sagte sie. »Fahren Sie hin und genießen Sie Ihren Urlaub. Hört sich an, als ob Sie genau das brauchen, und Sie wissen ja, daß Sie immer zu Mrs. Jenner zurückkönnen. Soviel ich weiß, sind Sie augenblicklich ihr Lieblingsgast.«

»Und sie ist sicherlich meine Lieblingswirtin«, sagte Kit. »Ich freue mich schon, wenn ich Sie beide nach meiner Rückkehr wieder besuchen kann.«

»Die Armitages waren schon immer charmant«, sagte

Dotty, nachdem sich Kit verabschiedet hatte. »Seine Mutter war eine umwerfende Schönheit. Schade, daß der Junge nicht nach ihr schlägt.«

»Ich finde, Kit sieht auch ohne das sehr gut aus«, verteidigte Connie ihn.

Dotty blickte sie ungewohnt hintergründig an.

»Ja, du wohl, liebe Connie. Man sagt, daß Schönheit vom Betrachter abhängt. Und als junger Mann war er sehr umworben. Die Lovelock-Mädchen waren hinter ihm her wie der Teufel, und Justins Frau hätte ihn auch gerne gehabt, wenn er sie hätte haben wollen, aber er war nicht scharf auf sie, und so hat sie mit Justin vorlieb genommen. Ein netter Kerl, aber leider nur der Zweitbeste, haben wir alle gedacht.«

Connie äußerte sich nicht dazu. Sie konnte sich Dotty und die Lovelocks und die Venables schwerlich als junge Leute vorstellen, alle wirkten so sehr viel älter als der liebe Kit.

Der Begriff »der liebe Kit« ging ihr nach, und sie war so ehrlich, sich einzugestehen, daß er in ihren Augen tatsächlich ganz arg »der liebe Kit« war.

Sie riß sich zusammen. So ging das nicht. Sie mußte an die gute, alte Tante Dotty denken, und damit hatte sie alle Hände voll zu tun.

Zwei, drei Tage später trafen Connie und die getreue Flossie Ella Bembridge auf dem Dorfplatz. Beide Frauen wollten Briefe in den Briefkasten bei Tullivers werfen, und Connie trug außerdem die Milchkanne.

»Gut, daß ich dich sehe«, rief Ella sie an. »Ich hab eine Salatschwemme und wollte euch schon welchen bringen, um dir den Weg abzunehmen. Hast du eine Minute Zeit?«

»Ich habe viele Minuten Zeit«, sagte Connie und lächelte. »Das Leben in Thrush Green geht einen wunderbar langsamen Gang, finde ich.«

Sie gingen zu Ellas heimeligem Cottage, um den Salat zu holen. Eine prächtige Reihe Frühsalat wartete darauf, gepflückt zu werden. Connie verlieh ihrer Bewunderung Ausdruck.

»Die beste Sorte zum Anbauen«, sagte Ella, die an der Reihe entlangging, ächzte und sich tief bückte.

»Wächst schnell und hat kaum Außenblätter. So mag ich ihn, hübsch und knackig. Und nicht zu groß für eine alleinstehende Frau wie mich. Reichen fünf?«

Sie richtete sich auf und hielt in beiden Händen hellgrüne Rosetten.

»Kannst du die alle entbehren?« fragte Connie. »Zwei wären wirklich schon reichlich.«

»Nimm sie! Nimm sie!« antwortete Ella und drängte sie der jungen Frau auf. »Vielleicht kommt ja jemand zum Abendessen. Sagen wir, Kit Armitage.«

Bei der Vermutung, Kit könnte ein regelmäßiger Besucher sein, erschrak Connie, und es verschlug ihr die Sprache.

»Ach, richtig«, fuhr Ella fort, »der ist ja nach Wales und will mit den Olivers angeln. Kennst du die? Sie kommen gelegentlich bei den Lovelocks auf Besuch.«

»Nein. Ich habe sie noch nicht kennengelernt. Kit hat gelegentlich Peter Oliver erwähnt, aber seine Frau kenne ich nicht.«

»Er hat auch keine. Er lebt nämlich mit seiner Schwester zusammen, nein, sie lebt eher mit ihm, seit ihr Mann tot ist. Hübsche Frau. Ist im Nu wieder verheiratet, bestimmt.«

Sie ging mit Connie zur Gartenbank und machte sich daran, eine ihrer nachlässigen Zigaretten zu drehen. Connie saß da und hielt den Salat auf dem Schoß, und Flossie setzte sich aufseufzend in den Schatten.

»Wir haben alle gedacht, sie hätte es auf Kit Armitage abgesehen. Soviel ich weiß, war sie in ihrer Jugend ein wunderschönes Mädchen. Eine richtig umwerfende Schönheit.«

»Nach dem, was Tante Dotty erzählt, war Kits Mutter das auch.«

»Ja, war sie wohl, aber die hab ich natürlich nicht gekannt. Thrush Green scheint eine Menge umwerfender Schönheiten gehabt zu haben. Vielleicht ist Kit hingereist, um nachzusehen, ob sie noch immer so attraktiv ist.«

Ella paffte selig vor sich hin. Connie war auf einmal gereizt und wäre gern allein gewesen.

»Also, ich muß los«, sagte sie und stand rasch auf. »Vielen Dank für den Salat. Tante Dotty wird sicherlich entzückt sein.«

Sie ging zur Gartenpforte, und Ella begleitete sie. Flossie trabte hinter ihnen her, sie war enttäuscht, daß die Rast so kurz ausgefallen war.

»Grüß sie schön von mir«, rief Ella hinter Connie her. Ehrlich, das Mädchen hatte vielleicht einen Schritt am Leib!

Connie ging ungewöhnlich verstört und rasch an Alberts Häuschen vorbei und befand sich dann auf dem tröstlich einsamen Weg.

»Meiner Meinung nach«, sagte sie zu der trödelnden Flossie, »gibt es im Umfeld von Thrush Green viel zu viele umwerfende Schönheiten. Und ich gehöre leider nicht dazu!«

Nelly Piggott schrubbte eifrig Alberts arg verdrecktes Ablaufbrett mit heißer Seifenlauge und sah Connie an ihrem Fenster vorbeigehen.

»Dottys Nichte«, erzählte sie der Katze, »und noch dazu ledig. Manche Frauen haben mehr Glück als Verstand!«

Sie unterbrach ihre Bemühungen für einen Augenblick und setzte sich zum Luftschnappen auf einen Küchenstuhl. Man kann von Ärzten halten, was man will, dachte Nelly, vielleicht reparieren sie ja eine Stelle auch richtig, aber so eine Narkose und Naht und was sonst noch, die können einem ganz schön zu schaffen machen. Letztens kam sie sich so schwach wie ein Säugling vor.

Albert war außer Haus. Er steckte in der Kirche, angeblich um aufzuräumen, aber Nelly erriet ganz richtig, daß er ihr schlicht aus dem Weg ging. Das mußte man ihm lassen, er hatte sich bemerkenswert gut benommen, wenn man bedachte, wie sie ihn mit ihrer Rückkehr erschreckt hatte.

Bei ihrer Ankunft am frühen Abend war das Haus leer gewesen, denn Albert war nebenan in den *Zwei Fasanen*.

Sie hatte rasch ausgepackt, ihre Sachen im Gästezimmer untergebracht und das Bett mit der schäbigen Wäsche aus dem Flurschrank bezogen, ehe Albert zurückkam.

Unten hatte sie Berge von dreckigem Geschirr und Kochtöpfen abgewaschen und ein paar Bratwürste bei niedriger Hitze in der Bratpfanne brutzeln lassen. Wer weiß? Vielleicht milderte der Duft die Wut ihres Mannes. Um die Wahrheit zu sagen, Nelly sah dieser Begegnung mit ziemlichem Bangen entgegen. Falls sich Albert in den Kopf setzte, sie rauszuwerfen, konnte sie nur wenig dagegen machen.

Sie hatte noch ein paar Pfund im Portemonnaie, und das war alles und kaum genug für eine Nacht Unterkunft und mit Sicherheit nicht genug, um eine Woche davon leben zu können. Der Schreck fuhr ihr in die Glieder, als sie Albert an der Tür hörte, doch sie stand auf und blickte ihm in den letzten Strahlen der Abendsonne fest in die Augen.

Man konnte sehen, daß er besäuselt war.

»Was machst du denn hier?« lallte er.

Nelly entschloß sich zur Wahrheit.

»Ich hab Charlie verlassen. Er will mich nicht mehr.«

»Kann ich ihm nicht verdenken«, sagte Albert und tastete nach einem Stuhl. »Ich will dich auch nicht.«

Nelly ging zu den Würstchen und drehte die Flamme hoch. Dann piekste sie die Würstchen mit der Gabel an, daß sie fröhlich zischten.

Fast hätte sie geweint. Es war ein langer Tag gewesen, und sie war erschöpft. Das machten die Reise, die Sorgen und die Nachwirkungen der Operation.

»Ich hab uns Abendessen gemacht«, sagte sie. »Ich weiß doch, wie gern du Würstchen hast, und ich hab den ganzen Tag noch nichts gehabt.«

Sie war überrascht, wie zurückhaltend Albert reagierte. Sie hatte eher eine Flut von Beschimpfungen erwartet und vielleicht Tätlichkeiten. Dieser mürrische Mißmut kam unerwartet. Sie wußte nicht, ob das nun ein gutes oder ein schlechtes Zeichen war.

In Wirklichkeit war Albert zu benommen vom Bier, um die Situation zu erfassen. Und heißhungrig war er auch, merkte er, und der Gedanke an Schweinswürstchen, von Nelly gut durchgebraten, hatte eine besänftigende Wirkung.

Sie aßen am Küchentisch. Unterhaltung fand erst statt, als Albert das Bratenfett auf seinem Teller mit einer Brotkruste aufgetunkt hatte, dann lehnte er sich zurück und musterte seine Frau.

»Hier bleibste nämlich nicht«, sagte er zu ihr. »Würstchen hin, Würstchen her.«

»Nur für heute nacht«, bat Nelly. »Ich bin fertig, und das ist die reine Wahrheit. Laß uns morgen früh reden. Ich hab mir das Bett im Gästezimmer bezogen.«

»Das möcht ich auch gehofft haben«, sagte Albert gemein.

Nelly stellte das schmutzige Geschirr in den Ausguß und füllte ihn mit Wasser.

»Das wasch ich morgen ab«, sagte sie erschöpft. »Ich geh jetzt zu Bett, Albert.«

»Wehe, du schnarchst«, rief Albert hinter ihr her, als sie die Treppe hochstieg.

Seitdem herrschte zwischen ihnen ein wackliger Burgfrieden.

Nelly gab sich weiterhin gefügig, da sie wußte, daß sie in Thrush Green nur geduldet war. Sie putzte das Haus vom Keller bis zum Dachboden, kochte für sie beide und unternahm kleine Spaziergänge in der Umgebung, hauptsächlich, um Albert aus dem Weg zu gehen.

Er für seinen Teil war insgeheim erleichtert, daß er Essen gekocht und das Haus geputzt bekam. Solange wie Nelly sich so zuvorkommend aufführte wie jetzt, konnte sie seinetwegen bleiben.

Natürlich mußte er gute Miene zum bösen Spiel machen, als ihn seine Kumpels in den *Zwei Fasanen* hänselten.

»Soll sie nur einen ihrer alten Tricks abziehen«, sagte er, »schon ist sie draußen. Aber sie ist im Krankenhaus gewesen, und eine Kranke wirft man nicht raus, das wißt ihr genau.«

Seine Zuhörer wußten zumindest über ihn Bescheid und errieten ganz richtig, daß der augenblickliche Zustand Albert gut in den Kram paßte. Niemand in Thrush Green dachte anders darüber, und viele gingen sogar so weit zu sagen, daß er von Glück sagen könne, weil seine Frau zurückgekommen sei.

Betty Bell nahm überhaupt kein Blatt vor den Mund.

»Ich weiß gar nicht, wie diese Nelly Piggott es fertigkriegt, in den Saustall da zurückzugehen! Muß ja echt schlimm dran sein, wenn sie wieder bei Albert unterkriecht. Und er lebt wie die Made im Speck. Hat lecker nach Eintopf gerochen, als ich vorbeigekommen bin. Sie muß ihn wohl bei Laune halten. Wie schafft sie das bloß?«

»Na ja«, sagte Harold Shoosmith und stellte seine Tasse hin. »Vermutlich ist es für beide die beste Lösung. Vielleicht klappt es ja diesmal. Ich habe Nelly Piggott immer recht gern gehabt.«

»Du lieber Himmel!« platzte Isobel heraus. »Wieso?«

»Weil ich mollige Frauen mag«, sagte Harold lächelnd und betrachtete dabei seine schlanke Frau.

»Ich werde mir alle Mühe geben, mindestens fünf Kilo zuzunehmen«, entgegnete diese.

Auf der anderen Seite des Dorfplatzes hechelte Winnie Bailey die Angelegenheit mit Jenny durch.

»Was meinst du, ob das von Dauer ist?«

»Diesmal vielleicht«, antwortete Jenny. »Sie sind etwas älter geworden, und keinem von beiden geht es besonders gut. Wenn Nelly Arbeit kriegt, könnten sie es sich recht gemütlich machen. Aber dafür muß sie einen Teil des Tages aus dem Haus und selber Geld verdienen.«

»Du hast wirklich darüber nachgedacht«, meinte Winnie.

»Um die Wahrheit zu sagen, ich hab über Doris und Percy nachgedacht. Sie ist so aufgebracht, daß sie ihn verlassen will. Ich hab sie gestern in Lulling getroffen, und wir sind zusammen zurückgegangen.«

»Sucht sie auch Arbeit?«

»Nicht wirklich. Ich glaub, wenn Percy ein Mann wäre, der regelmäßig zur Arbeit gehen würde wie Ben Curdle und nicht ein Bauer, der einem den ganzen Tag zwischen den Beinen rumläuft, sie könnte sich mit der Situation anfreunden. Ich hab ihr gesagt, sie soll sich was suchen, dann hat sie Abwechslung, aber im Augenblick gibt es kaum Stellen.«

»Was ist mit Ted und Bessie Allen im *Wappen von Lulling*? Die Arbeit da scheint ihr Freude gemacht zu haben.«

»Mir hat sie gesagt, daß sie nachgefragt hat, aber sie haben genug Personal, und ich glaub, sie haben Angst, daß sie sich damit zwischen Mann und Frau stecken. Es würde doch in ganz Thrush Green und Lulling rumsein, wenn sie Partei ergreifen würden, oder?«

Das konnte Winnie Bailey bestätigen.

Dimity Henstock ging vom Pfarrhaus in Lulling gerade nach St. John's, als Winnie und Jenny so angeregt Doris Hodges Angelegenheiten durchnahmen.

Sie trug einen mit Rosen, Bartnelken und Pfingstrosen gefüllten Korb, denn sie hatte sich angeboten, den Altar zu schmücken, da mehrere Damen vom Blumendienst in Urlaub waren.

Die Sonne schien warm. Die Kirchturmuhr zeigte ihr, daß sie noch reichlich Zeit hatte. Zu Mittag hatten sie heute kalt gegessen, und so erlag sie der stummen Verlockung einer Gartenbank, die nach Süden hin im Schutz der Kirche stand.

Sie stellte den Korb unter die Bank in den Schatten und wollte ihre Einsamkeit genießen.

Nicht etwa, daß man sich auf dem Friedhof einsam fühlen muß, sagte sie bei sich. Sie hatte die Angstgefühle, die so viele Leute auf Friedhöfen befiel, nie ganz verstanden. Schließlich befand man sich unter alten Freunden, die hier unter ihren Grashügeln ruhten.

Sie las die Inschrift neben sich. ›Eulalia Phipps‹ beispielsweise. Wenn das nicht ein bezaubernder Name war! Und es tat gut zu wissen, daß sie eine treusorgende Ehefrau und ihren trauernden Kindern eine liebevolle Mutter gewesen war.

Dicht daneben lag Amos Enderby hinter einem Eisengeländer unter einem etwas schiefen Grabstein. Der war Friedensrichter, städtischer Wohltäter und ein hochangesehener Bürger gewesen. Ihn hatte der Schlag zum großen Kummer seiner Familie und Freunde im Alter von achtundvierzig Jahren dahingerafft.

Der einzige traurige Gedanke, so sinnierte Dimity, war doch, daß unter der Erde von Lulling so viele Begabungen ruhten. Dahinten war das Grab von Lucy Bennet, an die sie sich noch gut erinnerte, weil sie so hervorragend gehandarbeitet und gekocht hatte. Ihre Enkel waren immer wunderschön in selbstgefertigte Kleidchen mit komplizierter Smokarbeit gekleidet gewesen und darüber die von ihrer liebenden Großmutter gestrickten Jäckchen.

Und ganz in ihrer Nähe lag Tom Carter, der für seine Geschicklichkeit im Heckenschneiden berühmt gewesen war, und daneben sein alter Freund Dick, der ein hervorragender Tischler gewesen war. Seine Arbeiten standen in so manchem Haushalt in Lulling und erinnerten an sein handwerkliches Geschick.

Was für ein Reichtum an Talenten liegt hier begraben, dachte Dimity. Sie befürchtete, daß ihre eigenen Fähigkeiten im Vergleich dazu nicht mithalten konnten. So war sie beispielsweise nicht sonderlich gut im Blumenstecken, wenn sie an die Geschicklichkeit der ortsansässigen Blumendamen dachte.

Das erinnerte sie an ihre Pflichten, sie zog also den Korb hervor und machte sich auf den Weg in den kühlen Schatten der Kirche. Vielleicht, so tröstete sie sich, würde man sich an sie, wenn schon nicht als liebende Mutter von neun Kindern, so doch als treusorgende Ehefrau erinnern?

Das machte Mut, und sie begab sich auf die Suche nach passenden Vasen für ihr bescheidenes Blumengesteck.

Am nächsten Sonntag hielt Charles Henstock um acht Uhr das Heilige Abendmahl in seiner alten Kirche in Thrush Green.

Der Besuch war mäßig, doch das war immer so. Die meisten Gottesdienstbesucher besuchten die Andacht um halb elf, und nur wenige Getreue kamen um acht Uhr. Isobel und Harold Shoosmith gehörten dazu, und Charles kam auf eine Tasse Kaffee zu ihnen ins Eckhaus.

»Ich kann euch gar nicht sagen, wie erleichtert ich bin, daß Albert und seine Frau wieder zusammen sind. Wie ihr wißt, mische ich mich äußerst ungern in häusliche Angelegenheiten ein.«

»Man soll den Tag nicht vor dem Abend loben«, meinte Harold, »aber wir klopfen alle auf Holz. Ich glaube nicht, daß Percy Hodge auch soviel Glück hat.«

»O weh«, sagte Charles und stellte seine Tasse ab. »Das tut mir leid. Ich habe ihn nicht besucht. Teilweise, weil ich mich gedrückt habe, und teilweise, weil man keine schlafenden Hunde wecken soll.«

»Gestern haben wir gehört, daß Doris zu einer Schwester gefahren ist. Natürlich kann das auch ein echter Besuch sein, aber die alten Knaben in den *Zwei Fasanen* meinen, daß sie auf und davon ist.«

»Ich würde nichts auf den Klatsch geben«, meinte Isobel. »Und man weiß ja, wie immer übertrieben wird, vor allem nach ein, zwei Bierchen.«

»Vielleicht ist es ganz gut«, überlegte Charles laut, »wenn Doris mal Pause hat. Kann doch sein, sie kommt in besserer Gemütsverfassung zurück.«

»Du bist schon immer ein Optimist gewesen, Charles«, sagte Harold lächelnd. »Möchtest du noch einen Kaffee, solange er heiß ist?«

13. Eine Stelle im *Fuchsienbusch*

Am Mittwoch ging es in Lulling immer hoch her. Es war Markttag, und die Menschen aus den umliegenden Dörfern machten sich zusammen mit den Einheimischen auf Schnäppchenjagd.

Für viele Leute war es der einzige Tag der Woche, an dem der örtliche Bus verkehrte. Und dabei bestand die Gefahr, daß selbst dieser spärliche Liniendienst noch eingestellt wurde, was für Leute ohne Auto eine düstere Aussicht war.

Der Markt von Lulling wird am frühen Mittwochmorgen dicht neben dem alten Butter Cross aufgebaut, wo ein Fleckchen einer Reihe von Standen Platz bietet. Da der Markt im Laufe der Jahrhunderte größer geworden ist, erlaubt man ein paar Ständen, sich in Richtung der St.-John's-Kirche auszudehnen, und die Pferche, in denen die Schafe eingesperrt werden, hat man an einer ruhigeren Stelle, nahe der Getreidebörse untergebracht, so daß mehr Platz für Stände ist.

An Markttagen kommt es leicht zu Verkehrsstaus, und umsichtige Fahrer lassen ihr Auto auf einem der vielen öffentlichen Parkplätze oder auf dem neuen Parkplatz hinter dem *Fuchsienbusch* in der High Street stehen. Wehe dem, der so schlechtberaten ist und sein Auto in der Nähe des Marktplatzes parken will! Joe Higgins, der heimische Verkehrspolizist, hat Augen wie ein Habicht und freut sich diebisch, wenn er in Ausübung seines Amtes Knöllchen an die Windschutzscheibe stecken kann.

Für die Einheimischen hat sich der Besuch des Wochenmarktes immer gelohnt. Das Gemüse ist frisch, und auch sonst findet man alles mögliche, insbesondere am Stand des Landfrauenvereins, wo selbstgebackener Kuchen, selbstgekochte Marmeladen und Honig aus eigener Herstellung neben Paletten mit frischen, braunen Eiern und Körben voller Äpfel und Pflaumen stehen. Ausgefallenere Genüsse wie gelbe Quitten, Wiesenchampignons oder Gewächshausmelonen findet man nur in der Saison neben schlichteren Waren wie Kohl und großen, gestreiften Gartenkürbissen.

Einige der Stände schmücken sich mit bunten Segeltuchdächern in Gelb, Grün und Rot, was noch zur Farbenpracht des Ganzen beiträgt. Manchmal sitzt eine alte Frau auf einem Stuhl an der dem Butter Cross am nächsten gelegenen Ecke und bietet Dutzende von Luftballons feil. Die aufgeblasenen Ballons jeglicher Größe und Farbe hüpfen über ihrem grauen Kopf, zerren an ihren Leinen, wenn der Wind sie packt, und quietschen, wenn sie sich aneinander reiben. Natürlich ist sie der Magnet für Scharen von Kindern, und an Tagen, wenn die Luftballonfrau da ist, freut man sich an dem Anblick von einzelnen Ballons, die die High Street entlangwippen, von kleinen Händen festgehalten werden oder an den Griff von Kinderwagen oder Rädern festgebunden sind.

In den Pubs klingelt an Markttagen die Kasse. Zusätzlich zu Bier und Alkohol stehen mittwochs viel mehr Gerichte auf der

Speisekarte, und der Handel floriert. Alte Freunde tauschen Neuigkeiten aus oder machen Geschäfte, und die meisten Leute kehren nicht nur mit beladenen Körben vom Wochenmarkt in Lulling zurück, sondern, noch viel besser, mit einem Vorrat an Klatsch und Tratsch, der eine Woche lang vorhält.

Seit Charles und Dimity in Lulling lebten, traf sich Ella mit ihrer alten Freundin mittwochs auf eine Tasse Kaffee im *Fuchsienbusch*, nachdem sie ihre Einkäufe getätigt hatten.

Manchmal trafen sie sich auch am Stand der Landfrauen, denn Dimity hatte dort jede Woche ein Dutzend braune Eier bestellt, und Ella ging immer schnurstracks hin, um zu kaufen, was ihr ins Auge stach, ehe der Stand ausverkauft war.

An diesem Mittwoch jedoch war Ella als erste im *Fuchsienbusch*, und es gelang ihr, noch einen Ecktisch dicht bei der Küche zu ergattern.

Es war nicht ihr Lieblingstisch. Sie saß lieber am Fenster, von wo man ganz Lulling vorbeidefilieren sehen konnte. Mittwochs jedoch war das Lokal so voll, daß man sich glücklich preisen konnte, wenn man überhaupt einen Tisch bekam, was sie sehr wohl wußte.

Sie hatte gerade ihre Zigarettenfabrik hervorgekramt, als Dimity beladen mit einem großen Korb und einem Armvoll Sommerchrysanthemen auftauchte.

»Was für ein Gedränge!« sagte sie und stellte ihre Last auf dem Boden ab. »Bei den Chrysanthemen konnte ich nicht widerstehen. Dieses zarte Rosa.«

»Sehr hübsch«, bestätigte Ella und steckte die zerbeulte Tabakdose wieder ein, »aber so früh habe ich noch nie welche gesehen. Dabei muß ich an Herbst denken, und der kommt noch früh genug.«

»Hast du schon bestellt?«

»Nein. Ist noch keine Bedienung vorbeigekommen. Der Service in dieser Spelunke wird auch immer schlechter. Im *Vlies* ist er wahrscheinlich besser.«

»Oh, Ella«, sagte Dimity ziemlich erregt, »ich glaube nicht, daß Charles es gern sieht, wenn ich im *Vlies* verkehre.«

»Warum um Himmels willen nicht? Das ist ein absolut

ehrbares Lokal, und wir würden doch nur Kaffee bestellen, oder?«

»Ja, ich weiß, aber ich bin so altmodisch, daß es mir nicht egal ist, wenn Frauen allein in ein Pub gehen.«

»Aber du wärst doch nicht allein«, stellte ihre Freundin klar. »Ich wär auch noch da.«

Dimity war so entnervt, daß sie tsss, tsss machte.

»Du weißt doch, was ich meine. Ohne einen Mann als Begleitung.«

»Dann könnten wir wahrscheinlich harte Sachen trinken«, meinte Ella. »Ach! Da kommt ja Mrs. Peters.«

Die Eigentümerin des *Fuchsienbusches*, die etwas abgekämpft aussah, kam an ihren Tisch.

»Tut mir leid, daß Sie warten mußten. Wir haben Ärger in der Küche und zu wenig Personal.«

»Ach, wie schade«, sagte Dimity. »Ist jemand krank?«

»Nur Kaffee, bitte, und von Ihrem Mürbegebäck«, sagte Ella.

»Es gibt leider kein Mürbegebäck. Mrs. Jefferson ist nicht da, und sie macht das immer.«

»Dann ist sie also krank?«

»Sie ist bei einer Nachbarin die Treppe runtergefallen und hat sich ein Bein und zwei Rippen gebrochen.«

»Die Ärmste«, sagte Dimity echt bekümmert.

»Sie wollte ihrer Freundin nebenan, die gerade ein Baby bekommen hat, Tee bringen, und wegen des Tabletts hat sie nicht gesehen, wo sie hingetreten ist, und schwups, ist sie auf der Treppe gestürzt.«

Mrs. Peters sagte das, als könnte man von jemandem, der so tollkühn war, seinen Nachbarn unter die Arme zu greifen, auch nichts anderes erwarten. In ihrer Bemerkung war deutlich unterschwellige Kritik zu hören.

»Wir rennen uns noch tot, und ich muß nach einer Köchin annoncieren, solange sie ausfällt. In der Zwischenzeit behelfen wir uns, so gut es eben geht. Tun es auch Ballaststoffe?«

Damit meinte sie die Verdauungskekse, die an Stelle des üblichen, köstlichen Mürbegebäcks im Angebot waren. Die

Damen nahmen damit vorlieb, und Mrs. Peters enteilte in die Küche.

»Ein Bein gebrochen«, sinnierte Dimity.

»Und zwei Rippen«, setzte Ella hinzu. »Gar nicht lustig. Und langwierig, sollte man meinen.«

»Dauert Wochen«, bestätigte Dimity. »Das muß ich Charles sagen. Er möchte sie sicherlich besuchen.«

Ella kramte Zigarettenpapier hervor und machte sich daran, es mit Tabak zu füllen. Sie rollte es gedankenverloren, leckte dann die Kante an und klebte es zusammen. Gottergeben sah ihr Dimity dabei zu.

Ella steckte sich die Zigarette an und sagte dann ihren Lieblingssatz.

»Weißt du was, Dimity? Wie wär's mit Nelly Piggott in der Küche hier? Sie langweilt sich, wie ich höre, zu Tode und ist eine erstklassige Köchin. Ob ich mal mit Mrs. Peters darüber rede?«

Dimity lächelte durch eine blaue Rauchwolke.

»Warum nicht?« sagte sie.

Am selben Abend, kaum daß der *Fuchsienbusch* geschlossen hatte, kletterte eine erschöpfte Mrs. Peters in ihr kleines Auto und lenkte es nach Thrush Green. Sie hatte den Tag damit zugebracht, Ersatz für die fehlende Mrs. Jefferson zu spielen und hatte gleichzeitig ihr lethargisches Personal zu größeren Anstrengungen anzutreiben.

Wirklich, dachte Mrs. Peters, es ist viel einfacher, die Sache selbst zu machen, als Rosa und Gloria zur Mithilfe zu bewegen. Mrs. Jefferson ist noch ganz die alte Schule, die ist pünktlich, packt zu und ist stolz auf ihre Küchenkreationen.

Die beiden Frauen hatten viel miteinander gemein und hegten nach so langer Zeit Bewunderung und Respekt füreinander. Beide waren Witwen und gezwungen gewesen, ihre Kinder mit ihrer Hände Arbeit aufzuziehen. Sie waren gleichermaßen energisch, arbeiteten lange und beklagten die Trägheit der jüngeren Generation.

Mrs. Peters fuhr den steilen Hügel nach Thrush Green

hoch und dachte dabei traurig an der Verlust ihrer alten Kollegin. Nelly Piggott kannte sie nicht, soweit sie sich entsinnen konnte, aber sie lohnte das Ansehen nach dem, was ihr Miss Bembridge und Mrs. Henstock erzählt hatten, auch wenn sich Mrs. Peters keine großen Hoffnungen machte.

Vor Alberts Häuschen hielt sie an, was natürlich die Gäste der *Zwei Fasane* interessierte, die ungeniert zusahen, während sie vor der Haustür nebenan wartete.

Sie bemerkte, daß die Schwelle weiß getüncht war und daß die Fenster blitzten. Ein gutes Vorzeichen, dachte Mrs. Peters.

Die Tür ging auf, und vor ihr stand Nelly mit etwas ratloser Miene. Sowie Mrs. Peters sie sah, wußte sie, daß Nelly die dicke Frau war, die zeitweilig bei den Misses Lovelock im Haushalt ausgeholfen hatte und die sie am *Fuchsienbusch* hatte vorbeigehen sehen. Ihr fiel wieder ein, daß sie putzen ging, aber konnte sie auch kochen? Dafür hatte sie nur das Wort der beiden Damen.

»Ich bin aus dem *Fuchsienbusch*«, setzte die Eigentümerin an. »Ich möchte Sie fragen, ob Sie mir aushelfen können. Miss Bembridge hat Ihren Namen heute morgen erwähnt.«

»Kommen Sie doch rein«, sagte Nelly.

Die Küche glänzte genauso sauber wie die Schwelle, wie Mrs. Peters zu ihrer Freude feststellte. Sie nahm auf dem angebotenen Stuhl Platz und legte Handschuhe und Handtasche auf das karierte Tischtuch. In einem altmodischen, irdenen Honigtopf duftete ein Strauß Bartnelken. Einen solchen Honigtopf hatte Mrs. Peters seit Kinderzeiten nicht mehr gesehen, und beim Anblick der schlichten Vase wurde ihr ganz warm ums Herz.

Albert ging mit seinem jungen Helfer seinen Pflichten in der Kirche nach, und Nelly hatte offensichtlich gerade an einem umfänglichen Pullover gestrickt, der nur für sie gedacht sein konnte. Leckere Brotgerüche vermischten sich mit dem Duft der Bartnelken.

»Sie haben etwas von Aushelfen gesagt«, meinte Nelly und räumte ihr Strickzeug fort.

Mrs. Peters erzählte die traurige Geschichte von Mrs. Jefferson, und Nelly hörte aufmerksam zu. Während die Geschichte ihren Fortgang nahm, wurde Nelly immer fröhlicher, doch sie bemühte sich, ihre Erregung zu verbergen. Das hörte sich zu gut an, um wahr zu sein.

»Ich hab noch nie für viele Leute gekocht, falls Sie wissen, was ich meine«, sagte Nelly, »und ich bin dafür, daß man nur die allerbesten Zutaten nimmt. Keinen Ersatz oder vorgefertigte Produkte, meine ich.«

»Im *Fuchsienbusch* wird nur das Beste verwendet«, sagte ihre künftige Arbeitgeberin etwas von oben herab. »Ich muß an meinen Ruf denken.«

»Oh, ich hab das nur gesagt«, entgegnete Nelly hastig, »weil ich gelegentlich für die Lovelocks gekocht hab, und so ein Essen war ich ganz und gar nicht gewöhnt.«

Mrs. Peters ging das Herz auf. Die Küche der Misses Lovelock war in Lulling verschrien. Nelly gefiel ihr immer besser.

»Ich bin überzeugt, daß Sie das mit den vielen Essen schnell in den Griff bekommen«, versicherte sie ihr, »und ich bin ja auch noch da und helfe Ihnen. Wir führen hauptsächlich Kuchen und Kekse, und mittags bieten wir ein kaltes Buffet oder ein warmes Gericht an, was Einfaches wie Lammcurry mit Reis oder Hackfleischauflauf. Und immer Suppe. Die natürlich aus einer sehr guten Brühe.«

Bei dem Gedanken an eine sehr gute Brühe war Nelly bereits gewonnen. Wie schön, in einer richtig gut ausgestatteten Küche zu kochen, statt in Alberts engem Loch. Und sie wäre ihn für den größten Teil des Tages los, und, was noch besser war, sie würde eigenes Geld verdienen.

»Was zahlen Sie denn so?« fragte sie.

Mrs. Peters erwähnte eine Summe, die Nelly ausnehmend groß und generös vorkam.

»Also, wenn Sie meinen, ich kann das«, meinte Nelly zaghaft, »dann will ich es bei Ihnen probieren.«

Im Herd brutzelte etwas, Nelly entschuldigte sich und öffnete die Herdklappe. Ein köstlicher Duft verbreitete sich und gemahnte Mrs. Peters daran, daß sie halb verhungert war.

Nelly trug eine prächtige Pastete zum anderen Ende des Tisches, wo ein hölzerner Untersatz wartete. Die Kruste war goldbraun und um den Rand herum säuberlich eingefaßt. Vier schöne Blätter zierten sie obendrauf und glänzten, weil sie mit Eigelb bestrichen worden waren. Aus der Mitte, in der sich ein Luftloch befand, quoll eine kleine, duftende Wolke. Die Pastete war eine Augenweide. Und Mrs. Peters, die sich mit Pasteten auskannte, war inzwischen überzeugt, daß sie eine Meisterin ihres Fachs vor sich hatte.

»Steak und Nierchen«, sagte Nelly. »Ich nehm dazu gern Blätterteig. Ist leichter als Mürbeteig, find ich. Mein Mann hat es am Magen, da muß ich aufpassen, was ich ihm vorsetze. Ich für meinen Teil mag lieber Schweinepastete in Hefeteig, aber das ist heutzutage zu üppig für ihn.«

»Schweinepastete in Hefeteig«, wiederholte Mrs. Peters, der bereits ganz schwach vor Hunger war. »Vielleicht könnten Sie, wenn Sie kommen, eine richtig große für das kalte Buffet machen?«

»Mit dem größten Vergnügen«, versicherte ihr Nelly. »Und wann soll ich anfangen, Ma'am?«

Da sie jetzt eingestellt war, fand Nelly, sollte man Mrs. Peters mit dem gebührenden Respekt begegnen. Wer weiß? Vielleicht wurde sie ja auf Dauer eingestellt, wenn sie zufriedenstellend arbeitete.

»Ob Sie vielleicht schon morgen kommen könnten?« fragte Mrs. Peters zögernd und ohne den Blick von dem Meisterwerk vor ihr abzuwenden.

»Aber gern«, sagte Nelly aufrichtig und stand auf, als sich auch ihre Besucherin erhob.

»Ich bin Ihnen ja so dankbar«, sagte Mrs. Peters. »Also, dann bis morgen um neun oder halb neun, falls Sie das schaffen.«

»Halb neun, Ma'am«, versprach Nelly.

Und mit einem letzten sehnsüchtigen Blick auf Nellys Pastete ging Mrs. Peters zu ihrem Wagen, doch ihr Magen knurrte aufmüpfig, da man ihm sein gutes Recht verweigert hatte.

Binnen ein paar Tagen hatte die Kunde von Nellys neuer Stelle die Runde durch Thrush Green gemacht.

Nelly hatte es nur Albert erzählt, der wenig Interesse zeigte. Als er unverblümt von dem Wirt der *Zwei Fasane* darauf angesprochen wurde, hatte er widerwillig zugeben, daß es stimmte.

»So hat sie was zu tun«, setzte Albert hinzu, »und das Geld können wir gebrauchen. Paßt mir gut in den Kram, daß ich ein bißchen Zeit für mich selber hab.«

Eines war sicher, Nellys Glückstreffer hatte nichts an Alberts Leichenbittermiene geändert. In Wahrheit war er es ganz zufrieden, die Dinge so zu belassen, wie sie seit Nellys Rückkehr waren, Hauptsache, sie versorgte ihn mit Essen und beschimpfte ihn nicht.

Dotty Harmer und Connie hörten davon, als sie eines heißen Nachmittags bei Winnie Bailey zum Tee geladen waren.

Connie fuhr ihre Tante nach dem Mittagsschlaf ein wenig durch die nahegelegenen Dörfer spazieren und freute sich an der Blätterpracht der Heckenwege. Es duftete nach Geißblatt, und hier und da waren noch letzte Heckenrosen zu sehen. Die Brombeeren blühten in reicher Fülle hellrosa und malvenfarben und versprachen für später eine reiche Ernte.

Dotty war guter Dinge. Sie genoß ihre Spazierfahrt und freute sich auf Winnie.

Während sie so unzusammenhängend wie üblich vor sich hinplapperte, hing Connie ihren eigenen Gedanken nach und hörte kaum zu, bis sie merkte daß ihre Tante jetzt eifrig über die neuen Seniorenwohnungen redete, das in Thrush Green gebaut wurde.

»Aber«, so schwatzte Dotty, »ich möchte nicht alles ebenerdig haben. Zum Schlafen sollte man immer nach oben gehen, findest du nicht auch? Nicht nur, weil man eine Treppe hochgehen sollte, sondern weil jeder Vorbeikommende zum Fenster hereinsehen kann. Freunde meines lieben Vaters sind im Ruhestand in einen Bungalow gezogen, und sie hat sich furchtbar erschrocken, als sie gemerkt hat, daß der Bäcker sie im Korsett gesehen hat. Sehr störend. Wenn ich mich recht entsinne, hat sie sich danach immer im Badezimmer angezogen, zumindest bis zum Unterrock, und der war immer von Vedonis und aus Strick und daher ganz und gar schicklich.«

»Du überlegst doch wohl nicht, ob du dich für eine der Seniorenwohnungen eintragen lassen willst?« erkundigte sich Connie etwas ratlos. Auf einmal kam ihr ein Gedanke. »Hast du dich schon um eines beworben?« Es wäre Dotty durchaus zuzutrauen, wie Connie sehr wohl wußte.

»O nein, nein, nein!« zwitscherte Dotty. »Ich denke nicht im Traum daran. Wie ich schon gesagt habe, gehe ich zum Schlafen gern nach oben, und ich habe nicht die Absicht, mein eigenes, teures Häuschen zu verlassen.«

»Dem Himmel sei Dank!« sagte Connie. Sie lenkte den Wagen in Richtung Thrush Green. Sie hatten noch reichlich Zeit für Winnies Teegesellschaft.

»Ich weiß überhaupt nicht, wie du auf den Gedanken kommst, daß ich in eine von Edward Youngs kleinen Seniorenwohnungen einziehen möchte«, sagte Dotty jetzt. »Meinst du, ich sollte mich bewerben? Bin ich dir eine zu große Last, Connie? Es wäre mir sehr unlieb, wenn ich dich ausbeuten würde. Oder tue ich das vielleicht? Ach, Liebes, ich hätte merken müssen, daß ich zuviel von dir verlange. Und natürlich ist das Häuschen recht klein. Nur drei Schlafzimmer, und vielleicht ist es dir mit uns beiden darin zu eng? Du weißt doch, daß dir eines Tages alles gehört, aber wenn du jetzt schon das Haus allein bewohnen möchtest, bin ich jederzeit bereit, mich allem zu fügen, was du vielleicht vorhast –«

Dotty war in ihrer Erregung lauter geworden, und sie hörte sich etwas verschnieft an. Connie fand eine passende Einfahrt zu einem Wiesengatter und stellte den Motor ab. Es ging einfach nicht an, daß sich die arme, alte Dotty in die Sache hineinsteigerte. Falls sie nicht aufpaßte, kam sie bei Winnie noch mit roten Augen und schniefender Nase an.

Sie drehte sich zu der alten Dame um und lächelte.

»Das hast du in den falschen Hals bekommen, Tante Dot.

Nie im Leben werfe ich dich aus deinem eigenen Haus. Das weißt du doch. Du bist überhaupt keine Last. Ganz im Gegenteil. Ich habe dich sehr, sehr lieb und lebe gern mit dir zusammen. Und das hoffentlich noch viele Jahre. Na, geht's jetzt besser?«

Dotty holte tief Luft und fand in ihrer Tasche ein schön gefaltetes Taschentuch. Damit tupfte sie sich die Augen und steckte es zurück.

»Dann ist es ja gut. Solange du glücklich bist, Liebes, bin ich es auch. Hast du den angenehmen Duft meines Taschentuches bemerkt? Das hat mir Winnie Bailey letzte Weihnachten geschenkt, und ich habe mir gedacht, heute sollte ich es benutzen. Und ist dir schon mal aufgefallen, daß die Heldinnen in Büchern und Theaterstücken nie ein Taschentuch dabei haben und sich immer erst eines von dem Helden ausborgen müssen? Ich meine, wer um Himmels willen geht ohne Taschentuch aus? Nicht auszudenken. Obwohl ich mal zwei Schwestern kannte, die sich eines geteilt haben. Bei Gesellschaften konnte man eine von beiden ständig sagen hören: ›Hast du das Taschentuch?‹ Wie unhygienisch, haben wir immer gedacht. Die Mädchen waren schon komisch.«

Und nicht nur die, dachte Connie bei sich, während sie den Hügel nach Thrush Green hochfuhr. Die liebe, alte Dotty, sie scheint Tag für Tag mehr Aufmerksamkeit zu erfordern, dachte Connie nachsichtig. Hauptsache, sie bekommt sie auch.

Winnie Bailey entschuldigte sich für das, was sie eine ›Hennenparty‹ nannte. Ella Bembridge und Dimity Henstock waren da und dazu noch Phyllida Hurst von Tullivers nebenan.

»Frank hättest du nicht abhalten können«, sagte letztere, »falls er daheim gewesen wäre. Der Ärmste mußte nach Leamington zu einer Verlegerkonferenz.«

»Und Charles«, sagte jetzt Dimity als zweite verheiratete Frau, »ist auf einer Diözesanenkonferenz. Was meint ihr, mögen Männer Konferenzen, oder sind sie nur ab und an gern fort von Zuhause?«

»Da frage ich lieber nicht nach«, antwortete Phyllida. »Habt ihr das mit Nelly Piggott gehört?«

Eine lebhafte Unterhaltung schloß sich an, und im großen und ganzen fanden alle, daß ihre neue Stelle möglicherweise ihre recht wacklige Ehe retten könne.

»Vielleicht«, so überlegte Dimity laut, »wäre auch Doris Hodge glücklicher, wenn sie eine nette Arbeit hätte.«

»Das Schlimme daran ist«, sagte Ella, »daß nette Arbeit so furchtbar schwer zu kriegen ist. Diese Woche hab ich die gräßliche Frances Thurgood getroffen, und die hat mir erzählt, daß ihre Janet verzweifelt nach irgendeiner Stelle sucht.«

»Was kann sie denn?« fragte Connie.

»Nichts Nützliches wie Nelly Piggott, aber sie hat eine Art Kunstausbildung gemacht, das arme Mädchen. Und Doris? Irgendwelche Aussichten als Kellnerin?«

»Soviel ich weiß, nicht«, sagte Winnie. »Ich finde auch, daß sie zuviel zusammen sind, Percy ist nämlich ein schwieriger Mann. Seine erste Frau hat ihn total verwöhnt, und Doris tut das nicht. So einfach ist das.«

Später, als alle Damen gegangen waren und Winnie und Jennie die Küche in Ordnung brachten, kam das Thema noch einmal zur Sprache.

»Wie steht es eigentlich bei den Hodges?« fragte Winnie mit dem Kuchen in der Hand.

»Haben Sie das denn noch nicht gehört?« fragte Jenny zurück. »Er hat diese Woche einen Brief gekriegt, so hat mir Mrs. Jenner erzählt, in dem steht, daß Doris nicht wiederkommt.«

»Ach, Jenny«, sagte Winnie mit einem Seufzer. »Das tut mir leid.«

»Mir noch mehr«, sagte Jenny grimmig. »Ich kann nur hoffen, daß er seine Masche nicht noch mal bei mir abzieht.«

Und Winnie sah mit Erleichterung, daß ihre tapfere Jenny bestens gerüstet war, jeglichen Überfall auf ihr Territorium abzuschmettern.

14. Gewitterluft

Die Sommerwochen gingen ins Land. Die Geißblattblüten waren abgefallen, statt dessen sah man jetzt die Trauben der roten Johannisbeeren. An den Brombeeren ersetzten kleine, grüne Knubbel die Blüten, und letzte sommerliche Wildblumen, Flockenblumen, Ackermennige und Skabiosen, zierten die Feldraine.

Allmählich sah alles etwas verwildert aus. Das Gras wurde braun. Schon jetzt fielen Blätter von den Bäumen. Die Mähdrescher waren an der Arbeit auf den Feldern, und die Glücklichen, die ein Gewächshaus ihr eigen nannten, konnten sich an einer Tomatenschwemme erfreuen.

Im Pfarrhausgarten in Lulling betätigten sich Charles Henstock und Caleb.

Caleb schob den Rasenmäher in gemächlichem Tempo, und überall duftete es lieblich nach gemähtem Gras. Charles beschnitt eifrig die Einfassung der Blumenbeete, dazu verwendete er seine Blumenschere mit den langen Griffen, die Dimity ihm zum letzten Geburtstag geschenkt hatte. Wie er mit größter Befriedigung feststellte, taugte sie viel besser als die alte Handschere, mit der er diese Arbeit bisher verrichtet hatte. Noch erfreulicher war die Tatsache, daß er keine grünen Flecke mehr an den Knien seiner Hose bekam, weil er diese Arbeit sonst auf den Knien verrichtet hatte.

Die Luft war warm und schwül, und der Himmel war bedeckt. Schwärme von Insekten, von den Einheimischen Gewitterfliegen genannt, schwirrten durch den Garten und kitzelten Caleb und Charles bei der Arbeit. Ab und an hörte man eine Hand klatschen und einen erzürnten Ausruf, der die friedliche Stille störte, wenn die beiden Männer versuchten, ihre allgegenwärtigen Widersacher loszuwerden.

Doch diese Unterbrechungen störten Charles' Gedankenfluß nicht. Er war in philosophischer Stimmung, die zweifellos vom Rhythmus seiner augenblicklichen Arbeit und der einschläfernden Atmosphäre des warmen Augustnachmittags ausgelöst worden war. Seine früheren Sorgen hatte er, so gut es ging, abgeschüttelt. Gegen Mrs. Thurgoods Fehlen beim Gottesdienst war nichts zu machen, auch wenn es betrüblich war. Es stimmte, mehrere Familien besuchten jetzt andere Kirchen, doch auf der anderen Seite konnte Charles auch einige Neuzugänge begrüßen.

Die Person, die den Opferstock geplündert hatte, nein, den Kasten, dessen Beschriftung um Spenden für das Kirchengebäude von St. John bat, war nicht gefunden worden. Die Polizei hatte einen jungen Mann in Verdacht, der in einer der Hütten am Pleshey wohnte, doch der konnte nachweisen, daß er auf dem örtlichen Sportplatz seine Cricket-Technik verbessert hatte, als die Untat geschah, und so war die Polizei gezwungen, anderweitig Ausschau zu halten, doch vergeblich. Charles hatte die Sache schon seit langem ad acta gelegt. Statt dessen war ein stabilerer Kasten aufgestellt worden, und die Spenden wurden nun allabendlich vom Pfarrer höchstpersönlich abgeholt. Mehr konnte man nicht tun.

Alles in allem fühlte er sich im Verlauf der Monate wohler, war sich aber trotzdem seiner Mängel noch immer stark bewußt, wenn er sich mit Anthony Bull verglich. Doch daran war nichts zu ändern. Anthony war Anthony, charmant, etwas überschwenglich und in der Lage, mit jedem und allem zu reden und zu lachen, ein erbaulicher Prediger und schön wie ein Filmstar.

Damit konnte er nicht konkurrieren, doch das hoffte und wollte er auch gar nicht. Er konnte nur darum beten, daß seine Schäflein seine Aufrichtigkeit, seine liebevolle Seelsorge und seinen Wunsch, ihnen gut zu dienen, bemerkten und ihn nicht ständig mit seinem Vorgänger verglichen. Nur die Zeit, so sagte sich Charles innerlich seufzend, während er sich den verspannten Nacken kratzte, konnte das berichtigen.

Er richtete sich auf, sah, daß Dimity mit dem Teetablett kam, und beeilte sich, ihr zu helfen.

»Ich habe gedacht, es wäre netter, ihn hier draußen zu trinken«, sagte Dimity.

»Wunderbar, Liebes. Obwohl es Unmengen dieser gräßlichen, kleinen Gewitterfliegen gibt.«

»Im Haus ist es noch schlimmer«, sagte Dimity und griff zum Milchkrug. »Drinnen scheinen sie stillzustehen. Wie Sirupschleier.«

»Sirupschleier?« wiederholte Charles. »Wie können –«

»Du weißt, was ich meine«, sagte Dimity. »Man muß sich richtig durch sie hindurchschieben. Hier draußen bewegen sie sich wenigstens ein bißchen. Ruf doch bitte Caleb, ja? Sicherlich ist er genauso verdurstet wie wir.«

Während Charles noch immer über die ungewöhnliche Metapher seiner Frau nachdachte, ging er über den frisch gemähten, gestreiften Rasen, um Caleb an die Festtafel zu bitten.

Eine halbe Meile von ihnen entfernt fand Nelly Piggott die Gewitterfliegen in der Küche des *Fuchsienbusches* genauso ärgerlich wie das übrige Lulling.

Sie hatte gerade einen großen, viereckigen Biskuitkuchen sorgsam mit Mokkaguß verziert und belegte die klebrige Oberfläche jetzt in regelmäßigen Abständen mit Walnüssen. Sie wollte den gesamten Kuchen in zwanzig Vierecke aufschneiden, jedes davon eine leckere Portion, die die glücklichen Gäste zum Kaffee oder Tee verspeisen konnten.

Die Gewitterfliegen schienen wild entschlossen, auf Nellys Meisterwerk Selbstmord zu begehen. Sie ging vom Küchentisch zur Speisekammer, doch auch dort gab es anscheinend kein Entkommen vor den lästigen kleinen Viechern.

»Da hilft nichts, ich muß sie mit der Messerspitze herausfischen«, sagte Nelly zu Mrs. Peters, als diese in die Küche kam. »Ich mach für heute nachmittag wohl lieber eine Dose mit selbstgebackenen Keksen auf, Ma'am.«

»Ja, das wäre das beste«, meinte auch ihre Arbeitgeberin, während sie nachdenklich Nellys Guß musterte. »Wenn wir Glück haben, sind die Fliegen weg, sowie das Gewitter ausbricht, und das ist bereits im Anzug.«

Sie verschwand wieder im Lokal, und Nelly mußte allein klarkommen.

So glücklich bin ich seit Jahren nicht gewesen, dachte

Nelly, als sie die Kekse herausstellte. Albert ist zwar kein Sonnenschein, doch vergleichsweise gut gelaunt, und er reibt mir auch nicht mehr mein Durchbrennen mit dem Heizölkutscher unter die Nase, was eigentlich zu erwarten gewesen wäre. Vielleicht wird er mit dem Alter milder? Vielleicht findet er nach meinem Krankenhausaufenthalt, daß es am besten ist, Frieden zu wahren? Niemand kann Alberts Häuschen ein Liebesnest nennen, aber zumindest ist es ein Hafen bei stürmischer See.

Hauptsache war, daß sie bei der Arbeit im siebten Himmel schwebte, und jeden Morgen stand sie pünktlich um halb neun in der Küche des *Fuchsienbusches* und blieb ohne Murren so lange, wie Mrs. Peters sie brauchte. Das Lokal schloß, wenn sie den Nachmittagstee serviert hatten, und eigentlich durfte Nelly gehen, sowie sie die Kuchen und Sandwiches fertig und die Wasserkessel aufgesetzt hatte, und das war manchmal noch vor vier Uhr. Zwei Halbtagsküchenkräfte kamen von eins bis halb sechs, daher mußte Nelly gar nicht länger bleiben, doch es kam immer öfter vor, daß sie erst gegen fünf ging.

Albert schien das auch zuzusagen. Eine der guten Seiten an Nellys neuer Stelle war das übriggebliebene Essen, das Mrs. Peters ihr für zu Hause mitgab. Sehr oft mußte Nelly bei ihrer Rückkehr nicht mehr für Albert kochen, und dafür war sie dankbar, denn eine lange Arbeitszeit in der Küche, auch wenn sie ihr noch so viel Spaß machte, schien selbst an Nellys Kräften zu zehren, und sie merkte, daß sie sich noch nicht vollständig von der Operation erholt hatte.

Sie hatte große Angst, daß Mrs. Jefferson zurückkam, denn dann würde ihre Arbeit zu Ende sein. Bislang brauchten Mrs. Jeffersons Brüche ihre Zeit, um zu heilen. »Des einen Eule, ist des anderen Nachtigall«, sagte Nelly bei sich, als sie hörte, wie langsam sich ihre Vorgängerin erholte. Die gebrochenen Rippen hatten eine Bronchitis nach sich gezogen, und diese wiederum einen lästigen Husten. Es war offensichtlich, daß die Patientin noch nicht an ihre Arbeit zurückkehren konnte, und schwer heben und andere anstrengende Küchenarbeit würde sie längere Zeit auch nicht verrichten können.

Mrs. Peters pries sich ungemein glücklich, daß sie Nelly in der Küche hatte, und war Ella und Dimity unendlich dankbar für ihre Empfehlung.

Denn es konnte kein Zweifel daran bestehen, daß Nelly viel, viel besser war als Mrs. Jefferson, doch Mrs. Peters wollte ihrer alten Freundin auf keinen Fall die Stelle wegnehmen, sie konnte zurückkommen, sowie sie wieder auf dem Damm war.

Wenn ich doch nur, so dachte die Besitzerin des *Fuchsienbusches*, beide beschäftigen könnte. Doch verkraftet das Geschäft die Ausgabe? Und würden die beiden Frauen miteinander auskommen?

Na ja, sie würde sich erst graue Haare wachsen lassen, wenn ihre frühere Köchin zurückkam, beschwichtigte sie sich. Irgend etwas würde sich schon ergeben.

Kit Armitage kehrte von seinem Besuch in Wales bemerkenswert gut erholt zurück.

Mrs. Jenner war froh, daß er wieder da war, und binnen einer halben Stunde hatte sie ihm schon ihr Herz wegen ihrer gemeinen Schwägerin Doris ausgeschüttet.

»Aber die kommt doch gewiß zurück«, sagte Kit. »Ist doch wohl nur ein kleiner Streit.«

»Wenn Sie mich fragen, so ist sie fertig mit Perce. Ich weiß nicht recht, ob er sie überhaupt zurückhaben will oder nicht. Seine Bequemlichkeit geht ihm ab, das weiß ich, und er hat mich gefragt, ob ich ihn aufnehme. Er schätzt meine Küche sehr.«

»Und wollen Sie ihn nehmen?« fragte Kit etwas besorgt.

»Du liebe Zeit, nein! Ich geh auf die siebzig zu und nehm mir doch keinen so dummen Kerl wie Percy ins Haus, Bruder hin, Bruder her. Er ist alt und häßlich genug, sich um seinen eigenen Kram zu kümmern, wie meine Mutter, Gott hab sie selig, immer gesagt hat. Ich hab Perce auch nie mit meinen Sorgen belästigt, und abgesehen von einer Mahlzeit, falls er zur richtigen Zeit auftaucht, hab ich nicht die Absicht, mich für ihn krumm zu legen.«

Kit konnte diese sachliche Einstellung nur begrüßen und äußerte das auch ihr gegenüber.

»Also«, sagte seine Vermieterin, »brauchen Sie sich keine Sorgen zu machen. Hoffentlich bleiben Sie mir noch lange erhalten. Sie sind ein Mieter, wie er im Buche steht, falls ich das so sagen darf.«

»Das ist sehr nett von Ihnen«, antwortete Kit, »und Sie machen es mir so behaglich, daß Sie mich leicht dazu überreden könnten, für immer zu bleiben. Aber ich muß mir wirklich ein Haus suchen. Jeden Monat ziehen die Preise an, und ich bin fest entschlossen, die Karre jetzt endlich in Gang zu bringen und mich richtig niederzulassen.«

»Meinetwegen müssen Sie sich nicht beeilen«, sagte Mrs. Jenner.

An der Hintertür hörte man, wie sich jemand auf dem Fußabtreter die Schuhe abputzte.

»Ich geh wohl lieber. Wahrscheinlich Perce mit Gemüse. Er kommt gerade recht für eine Tasse Kaffee. Der hat, glaube ich, immer ein Auge auf der Uhr.«

Damit ging sie zur Begrüßung des Strohwitwers nach unten.

Kits erste Anlaufstelle waren Connie und Dotty. Er traf die beiden Damen beim Erbsenauspulen im Garten an, zu ihren Füßen Flossie, die eifrig jede verirrte Erbse aufschleckte und sie freudig fraß.

»Komischer Geschmack für einen Hund, nicht wahr?« sagte er, als er die Damen begrüßt hatte und sich auf einem eindeutig wackligen Liegestuhl niederließ.

»Das ist noch gar nichts«, erzählte Dotty. »Wir haben mal ein süßes Kätzchen gehabt, das hat Pfefferminzbonbons gefressen. Nicht die echt kratzigen, die Papa immer gegen seine Magenverstimmung genommen hat, sondern die milde Sorte. Manchmal habe ich ihr als Leckerbissen selber Pfefferminzbonbons gemacht. Ganz einfache, nur Zuckerguß mit ein paar Tropfen Pfefferminzessenz. Sicherlich haben haben Sie sich die als Kind auch gemacht.«

Kit bekannte, daß er sich nie an Pfefferminzbonbons herangetraut hätte.

»Aber ich habe mal Karamellbonbons gemacht«, sagte er, »und den Topf ruiniert. Das Ganze ist vor meinen Augen schwarz geworden.«

»Erzählen Sie doch von Wales«, sagte Connie. Sein Wiederauftauchen hatte sie so gefreut, daß sie direkt rot geworden war, weswegen sie sich natürlich genierte. Wirklich albern in meinem Alter, schalt sie sich, ich benehme mich wie eine Sechzehnjährige. Hoffentlich denkt er, meine rosige Farbe kommt von der Sonne. Mit ein bißchen Glück kriegt er nichts davon mit, aber Männer, die normalerweise schwer von Begriff sind, können oft entnervend scharfsichtig sein, gerade wenn sie es nicht sein sollen.

Kit stürzte sich in einen lebhaften Bericht von seinen Ferien und kramte in seiner Tasche nach einem Leporello mit Fotos.

Das Sieb mit den Erbsen wurde unter die Bank in den Schatten gestellt, während die beiden Damen sie nacheinander betrachteten.

»Das ist der Dovey«, erläuterte er, »und das hier ist einer seiner Zuflüsse, wo wir meistens geangelt haben. Das hier ist das Haus der Olivers. Hier ist die Kirche. Und das hier ist Diana.«

Bildete sich Connie das nur ein, oder klang seine Stimme besonders liebevoll, als er ihr das letzte Foto reichte? Die Fotografierte war in der Tat umwerfend attraktiv. Mit Wehmut bemerkte Connie die ausgezeichnete Figur, das glatte, dunkle Haar und das bezaubernde Lächeln.

»Sie sieht hübsch aus«, meinte Connie.

»Ist sie auch«, bestätigte Kit und steckte die Fotos zurück in den Leporello.

»Und wann wollen Sie wieder hin?«.

»Gar nicht«, versicherte er ihr. »Ich will mich jetzt mit voller Kraft in die Haussuche stürzen. In der Zeitung von dieser Woche stehen zwei, die sich gut anhören, und der Makler hat, glaube ich, noch zwei weitere auf Lager. Und Justin hat von einem Haus südlich von Lulling gehört, also habe ich viel vor.«

Er zögerte kurz.

»Falls es nicht aufdringlich ist, ob Sie mir dabei helfen würden? Sie beide natürlich. Sechs Augen sehen mehr als zwei.«

»Sehr gern«, sagte Connie.

»Na ja, ich verspreche gar nichts«, sagte Dotty. »Ich backe jetzt nämlich unser Brot selbst, und das braucht seine Zeit. Und die frühen Pflaumen müssen auch eingemacht werden. Aber danke für die Einladung. Falls es meine Arbeit erlaubt, komme ich wirklich gern mit.«

»Abgemacht also«, sagte Kit und lehnte sich fröhlich im Liegestuhl zurück. Ein gräßliches Reißen folgte, und unter dem entsetztem Geschrei der Damen ging Kit langsam durch den abgewetzten Stoff zu Boden.

»Haben Sie sich was getan? Dieser elendige Stuhl! Er gehört seit Jahren weggeworfen«, rief Connie und beugte sich dabei über ihren lachenden Besucher, der sich aus den Trümmern hochrappelte.

»Nichts passiert, aber Ihre Erbsen«, sagte Kit und stand auf.

Das Sieb war umgekippt. Mindestens die Hälfte der Erbsen war verschwunden, und von Flossie erblickte man nur noch das Hinterteil, das schwanzwedelnd in der Hecke verschwand.

»Das mußte ja so kommen«, meinte Connie.

»Ein schlauer Beutezug«, sagte Dotty nachsichtig. »Die liebe, kleine Floss! Ein intelligentes Tier!«

Kit klappte den zerfetzten Liegestuhl zusammen.

»Der Rahmen ist noch bestens in Ordnung«, sagte er nach gründlicher Musterung. »Ich besorge Markisenstoff und repariere ihn.«

Die Damen protestierten.

»Aber das mache ich doch gern. Vielleicht bin ich nicht geschickt im Herstellen von Pfefferminzbonbons«, sagte er zu Dotty, »aber Liegestühle kann ich allemal reparieren.«

»Wenn das so ist«, sagte Connie, »hole ich gleich noch drei

weitere für Sie. Die befinden sich alle in diesem Zustand, das können Sie mir glauben.«

Die längere Abwesenheit von Percy Hodges Ehefrau war nicht nur bei Mrs. Jenner, sondern auch an weiter entfernten Orten zu spüren.

Das Sprichwort vom kleinen Stein, der in den Teich geworfen wird und große Wellen schlägt, trifft nirgendwo besser zu als in einem kleinen Gemeinwesen.

Winnie Bailey und insbesondere Jenny waren beide auf der Hut vor unwillkommenen Störungen durch einen unerbetenen Freier.

Die Stammgäste der *Zwei Fasane* hechelten die Angelegenheit genüßlich durch, und Albert als ehemaliger Strohwitwer hatte dazu viel zu sagen.

»Die kommt schon wieder«, erzählte er seinen Zuhörern. »Ist meine ja auch, oder? Ich hab bloß abgewartet. Hab mir nichts anmerken lassen. Bin nie hinter ihr hergelaufen. Sie ist wiedergekommen, und jetzt weiß sie, woher der Wind weht.«

»Du hast doch den weiten Weg zum Krankenhaus gemacht«, warf der Wirt ein. »Wenn ich mich recht erinnere, mußten wir dir gut zureden.«

Albert täuschte Taubheit vor. Das ist das Schlimmste am Dorfleben, dachte er bei sich. Kein einziger kleiner Fehler wird vergessen. Ein Fehltritt vor zwanzig Jahren, und irgendein Naseweis reibt ihn dir unter die Nase.

Eines schönen Tages knöpfte er sich den kläglichen Percy vor und ließ sich über das Thema Umgang mit Frauen aus.

»Das kannste mir glauben, die kommt bald zur Vernunft! Nur nicht weich werden, Perce, mein Junge. Wenn sie erst merkt, daß du es gut ohne sie schaffst, kommt sie wieder angerannt. Frauen sind komische Wesen. Bilden sich gern ein, sie kommen ohne uns klar. Was sie natürlich nicht können.«

»Ich weiß gar nicht, ob ich sie überhaupt wiederhaben will«, sagte Percy. »Sie hat mich ganz schön an der Nase rumgeführt und das Geld zum Fenster rausgeworfen. Mit meiner lieben Gertie hab ich nie solche Probleme gehabt. Und im Kochen kann Doris ihr nicht das Wasser reichen. Die Ehe ist wie Lotto, Albert, das steht fest.«

»Wem sagst du das!« sagte Albert mitfühlend. »Ich hab meinen Teil Sorgen gehabt, und darum hör auf mich. Laß die Sache einfach ein bißchen laufen. Vielleicht denkste ja anders darüber, wenn sie zurückkommt und kleine Brötchen backt. Die Scheidung kannste immer noch einreichen, wenn du sie nicht mehr haben willst.«

Percy zuckte zusammen.

»Scheidung? Was das für Geld kostet!«

»Jaha«, bestätigte Albert verdrießlich. »Doch alles, was sich im Leben lohnt, kostet was, oder?«

Über diese traurige Tatsache sinnierten sie in bedrücktem Schweigen.

»Wie wär's mit einem Gläschen?« fragte der trauernde Strohwitwer zu guter Letzt.

Und zusammen betraten sie die *Zwei Fasane*.

Percy Hodges Eheschwierigkeiten schlugen sogar Wellen bis ins ferne Lulling. Charles Henstock, der aufatmend festgestellt hatte, daß Nelly ins traute Heim zurückkehrt war und Doris' Abwesenheit schlicht als Besuch bei ihrer Schwester gedeutet hatte, mußte zu seinem Kummer wieder einmal seelsorgerlichen Druck ausüben.

»Es ist mir absolut zuwider, mich in diesen kleinen Streit zwischen Eheleuten einzumischen«, sagte er zu Ella, als diese das Thema anschnitt. »Zehn zu eins ist es ein Sturm im Wasserglas, und ich stehe dann da als jemand, der seine Nase in anderer Leute Angelegenheiten steckt.«

»Soviel ich sehe, kann es nicht schaden«, sagte Ella unverblümt, »wenn du Percy sagen würdest, er soll sie zurückholen. Und noch eins, du solltest ihm auch klarmachen, wie dumm es ist, Doris immer Gertie unter die Nase zu reiben. Welche zweite Ehefrau hält das schon lange aus? Ich bitte dich!«

»Das hieße nur Öl ins Feuer gießen«, platzte Dimity heraus und eilte ihrem Mann zu Hilfe. »Merkst du denn nicht, daß sich Charles damit in eine ungemein schwierige Situation manövriert. Falls Percy sich bei ihm Rat holt, ist das eine ganz andere Sache, aber ich bin überzeugt, das hier ist etwas, bei dem ›Reden Silber und Schweigen Gold‹ ist.«

»Also, ich weiß nicht«, wehrte sich Ella. »Wenn du sie schon zusammengegeben hast, so finde ich, kannst du auch ein bißchen Druck ausüben, wenn sie auseinandergehen wollen. Aber sicherlich gibt dir der Bischof bei solchen Sachen Schützenhilfe.«

Charles lachte.

»Klar, wenn es jemals so weit kommt. Doch im Augenblick können wir, glaube ich, nur auf bessere Zeiten hoffen.«

»Bessere Zeiten heißt Rückkehr von Doris, oder? Weißt du was? Die arme Jenny wird mächtig erleichtert sein, falls Doris zurückzukommen geruht.«

Zufällig mußte die arme Jenny ein, zwei Tage nach dieser Unterhaltung ausgerechnet Percy über den Weg laufen.

Sie war quer über den Dorfplatz zum Briefkasten an der Ecke gegangen und hatte sich dann entschlossen, auf der Straße nach Nidden einen kleinen Spaziergang zu machen.

Das kürzliche Unwetter hatte die Luft gereinigt, und in der frischen Brise lag schon ein Hauch von Frühherbst. In den Gärten blühten die Dahlien so groß und struppig wie ein Mop in jeglichem Farbton von Hellgelb bis Dunkelrot, und Dutzende von bunten, kleinen Pompoms, die Sorte, die Jenny am liebsten hatte.

Die bewunderte sie gerade in einem Garten, als sie merkte, daß Percy aus einem Wiesentor auftauchte.

Zur Flucht war es zu spät. Jenny blieb also stehen, als Percy näherkam.

»Schöner Tag, Percy«, sagte sie höflich.

»Ja, wenn die Dinge anders lägen«, war seine melancholische Antwort.

Jenny witterte Gefahr und wich aus.

»Wer hätte wohl nicht gern manches anders, was?« begann

sie forsch. »Na, dann will ich mal, Percy. Muß vor dem Tee noch bügeln.«

Sie drehte sich um und ging flotten Schrittes in Richtung Heimat davon. Zu ihrer Bestürzung heftete sich Percy an ihre Fersen und ließ einen Schwall Selbstmitleid los.

Die abgenudelten Phrasen ›sie-hat-mich-nie-verstanden‹, ›ich-habe-zu-hastig-wiedergeheiratet‹ und ›ich-habe-immer-versucht-ihr-alles-rechtzumachen‹ flossen von Jenny ab wie das Wasser von der Ente, während sie dahineilte.

Doch als Percy so aufdringlich wurde und bei diesem fürchterlichen Tempo noch herauskeuchte: »Ich habe doch immer nur dich gewollt, und das weißt du genau, Jenny«, da blieb sie stehen und das so unversehens, daß Percy beinahe über sie gestolpert wäre.

»Hör auf, Percy Hodge!« rief sie. »Du bist ein verheirateter Mann, und ich will nichts mehr davon hören. Noch mehr von diesem Quatsch, und ich hetze dir die Polizei auf den Hals, das kannst du mir glauben.«

Percy fiel die Kinnlade herunter. Jenny schien das nur noch wütender zu machen.

»Und das bekommst du als Zugabe!« sagte sie noch und versetzte ihrem Freier eine schallende Ohrfeige. Die war so gut gezielt, daß Percy taumelte, und während er noch ums Gleichgewicht rang, marschierte Jenny als Siegerin davon.

15. Unter ärztlicher Aufsicht

Das neue Schuljahr war noch keine drei, vier Wochen alt, da erkrankte die kleine Miss Fogerty.

Sie hatte die vergangenen zwei, drei Monate beflissen ihre Übungen gemacht und versucht, sich an Doktor Lovells strenge Diät zu halten.

»Ich glaube wirklich, daß meine Muskeln kräftiger geworden sind«, sagte sie zu Dorothy Watson. »Nur, daß ich jetzt immer so schnell müde werde und so viel Gewicht verloren habe. Meine Röcke schlottern richtig.«

»Weißt du, was ich finde«, entgegnete ihre Freundin. »Du bist halb verhungert, meine Liebe, und es wird langsam Zeit, daß auch Doktor Lovell das merkt.«

»Aber ich gehe regelmäßig alle sechs Wochen zu ihm«, wehrte sich Agnes, »und er freut sich so über meine Arthritis. Er sagt, mein Blut ist viel sauberer als früher, und ich mache ausgezeichnete Fortschritte.«

»Mit vollem Tempo in Richtung Grab«, bemerkte Dorothy bissig. »Ehrlich, ich finde, du solltest ihn aufsuchen. Agnes, du bist ja nur noch Haut und Knochen und viel zu blaß.«

»In vierzehn Tagen bin ich wieder dran. Dann sehen wir ja, was er dazu meint.«

Doch noch in derselben Woche, einer goldenen mit mildem Septembersonnenschein, stieß die schmächtige Miss Fogerty einen kleinen Schrei, nein, eher ein Kätzchenmiau aus und kippte am Frühstückstisch um.

Dorothy Watson erschrak furchtbar. Sie kniete sich neben ihre bewußtlose Freundin und versuchte sich daran zu erinnern, was man tun mußte, wenn jemand ohnmächtig wurde.

Flüchtig entsann sie sich eines Plakats aus ihrer Kindheit in der Eisenbahn, das anschaulich machte, was mit Opfern von Stromschlägen zu tun war. Es zeigte einen Eisenbahner mit prächtigem Schnurrbart, der wie im Koma dalag, während ein anderer mit goldenen Schnüren – vermutlich der Bahnhofsvorsteher – dem Kranken den Kragen aufknöpfte.

Agnes mußte man nicht den Kragen aufknöpfen, und Dorothy wollte ihr gerade ein Kissen unter den Kopf schieben, als Miss Fogerty die Augen aufschlug und vollkommen klar sagte: »Wir müssen doch in die Schule.«

»Die kann warten«, entgegnete Miss Watson. »Du bleibst schön liegen, liebe Agnes, während ich eine Decke hole.«

»Danke«, sagte Agnes und wehrte sich überhaupt nicht, was Dorothy noch mehr besorgte.

Sie eilte nach oben, um die Reisedecke zu holen und nutzte die Gelegenheit, aus dem Schlafzimmerfenster einen Blick auf John Lovells Praxis zu werfen.

Aufatmend sah sie, daß sein Auto schon dastand, aber das von Miss Pick, seiner Sprechstundenhilfe, noch nicht.

Miss Pick war zwar eine ausgezeichnete Kraft, doch sie schonte ihren Arbeitgeber zu sehr und hielt häufig Patienten davon ab, ihn telefonisch um Rat zu fragen. Das machte sie bei Notfällen nicht gerade beliebt, und vor dem stand Dorothy jetzt.

Bei ihrer Rückkehr schien Agnes zu dösen. Dorothy deckte sie gut mit der Decke zu, schloß sorgsam die Tür und ging zum Telefon auf der Diele. Agnes sollte die Unterhaltung nicht mitbekommen.

John Lovell nahm höchstpersönlich ab.

»Ich spring gleich rüber«, sagte er, »noch vor der Sprechstunde. Ich lasse Miss Pick einen Zettel da, bin aber sicherlich wieder zurück, ehe sie kommt. Sie muß warmgehalten werden und sollte liegenbleiben.«

Nachdem er die Patientin untersucht hatte, war er ungemein tröstlich und half ihr nach oben in ihr Schlafzimmer.

»Bettruhe für den Rest des Tages«, wies er sie an, »und heute abend komme ich noch mal.«

Dorothy folgte ihm nach unten. Sie mochte diesen gewissenhaften Arzt und war dankbar, daß er so schnell gekommen war, doch das würde sie nicht davon abhalten, ein Hühnchen mit ihm zu rupfen.

»Ich muß immer wieder denken, daß es von der von Ihnen verschriebenen Diät kommt. Anscheinend darf sie überhaupt nichts Nahrhaftes mehr essen, und sie hat mehr Gewicht verloren, als bei einer Frau ihrer Größe noch gut ist, und ihr Beruf ist sehr anstrengend. Ich schiebe diesen Zusammenbruch auf Schwäche und Blutarmut.«

John Lovell lächelte nachsichtig.

»Na, wir werden ja sehen. Sie scheint bei meiner Behandlung recht gute Fortschritte gemacht zu haben.«

Miss Watson verkniff sich jede weitere Bemerkung. Das konnte warten, bis er sich Agnes abends noch einmal ansah.

Sie stieg erneut die Treppe hoch und sah nach, ob ihre liebe Freundin alles hatte, was sie für die nächsten Stunden brauchte. Jetzt läutete auch die Schulglocke, und Agnes würde sich sorgen.

Miss Watson erklärte der einzigen anderen Lehrerin, die zum Kollegium der Dorfschule von Thrush Green gehörte, was passiert war.

Das war eine junge, frische Referendarin, die ihrer Schulleiterin besorgt zuhörte.

Sie hatte die kleine Miss Fogerty wirklich lieb und war traurig, als sie von ihrer plötzlichen Erkrankung erfuhr, doch noch besorgter wurde sie bei dem Gedanken, daß sie nun allein mit der ersten Schulklasse fertigwerden mußte.

»Ich unterrichte Ihre und meine Klasse zusammen«, sagte Miss Watson, »bis ich vom Schulamt eine Feuerwehrkraft zugewiesen bekomme. Ich weiß, daß Mrs. Billing augenblicklich frei ist, und vielleicht können wir Mrs. Trent, die morgen ihren halben Tag bei uns hat, dazu bewegen, daß sie bleibt.«

Sie begleitete die junge Referendarin und sorgte dafür, daß sie in dem neuen Klassenzimmer hinter dem Pausenhof zurechtkam, wo üblicherweise Agnes das Regiment führte.

Die Kinder wirkten beeindruckt von der Nachricht, daß Miss Fogerty unwohl sei, freuten sich jedoch sichtlich, daß sie eine neue Lehrerin hatten.

Sie wollten auf ihren Tisch einstürmen und von ihren eigenen Krankheiten berichten, doch dem schob Miss Watson gleich einen Riegel vor.

»Ihr bleibt sitzen, bis Miss Potter euch erlaubt, nach vorn zu kommen«, befahl sie. »Ich möchte bei Schulschluß hören, wie artig ihr gewesen seid.«

»Ich hab letzte Nacht gebrochen«, verkündete ein Sechsjähriger in der ersten Reihe selbstgefällig. »Alles auf die saubere Bettdecke. Da hat meine Mum ein schlimmes Wort gesagt.«

Miss Watson beugte sich zu Miss Potter.

»Sie müssen sie ständig beschäftigen, meine Liebe«, flüsterte sie. »Das ist das ganze Geheimnis.«

Damit entfernte sie sich zu ihrem eigenen Herrschaftsbereich, überprüfte, ob ihre doppelte Klasse auch gehorsam war und mehr oder weniger schweigend las, und ging zum Schultelefon in ihrem klitzekleinen Büro.

Sie rief Isobel Shoosmith, ihre liebe Nachbarin, an und erzählte ihr, was ihrer Internatsfreundin zugestoßen war.

»Ehrlich gesagt, das überrascht mich nicht«, sagte Isobel. »Sie sieht schon seit Wochen ziemlich spitz aus. Wenigstens hat sie jetzt Ruhe. Machen Sie sich keine Sorgen. Ich gehe zu ihr rüber und bleibe, bis Sie Pause haben. Betty Bell ist da und Harold auch irgendwo, also keine Bange, falls Sie aufgehalten werden sollten.«

Dorothy Watson legte recht erleichtert auf und begab sich an ihre Arbeit.

Doktor Lovell hielt Wort, er kam noch am Spätnachmittag und blieb eine Viertelstunde bei seiner Patientin. Auf Agnes' Bitte hin wartete Dorothy unten, bis er fertig war.

»Nun, wie steht es?« fragte sie besorgt, als er ins Wohnzimmer trat.

»Nichts, was Ruhe und gutes Essen nicht kurieren können«, sagte er. »Sie ist sehr herunter und muß zunehmen. Ich glaube, sie hat ihre Diät gewissenhafter durchgeführt als allgemein üblich.«

»Agnes ist immer gewissenhaft«, sagte Dorothy. Ihr lag noch eine ganze Menge mehr auf der Zunge, doch sie war klug genug sich zu zügeln.

»Und ich möchte, daß sie Eisentabletten nimmt. Hier ist das Rezept. Und natürlich mindestens eine Woche keine Arbeit.«

»Was ist mit der Diät? Soll sie die weiter einhalten?«

»Na ja, nein. Sorgen Sie dafür, daß sie reichlich Milch und gute, leichte Kost bekommt – Eier, Fisch und solche Sachen. Ich sehe mal wieder nach ihr.«

Miss Watson beherrschte sich bewundernswert und kommentierte diese völlige Umstellung von Agnes Behandlung mit keinem Wort, sondern begleitete den Arzt mit aufrichtigen Dankesworten für seine Hilfe zur Tür.

»Wie ich mir schon gedacht habe«, sagte sie laut, als sie die Vorhänge im Wohnzimmer ordnete, »halb verhungert und blutarm! Arme, kleine Agnes!«

Die warme Septembersonne schien weiter, und Agnes konnte schon bald im Garten sitzen und die so nötig gebrauchte Ruhe genießen.

Im Laufe dieser schönen Woche wurde Charles Henstock zu seinem Schreck Hundebesitzer.

Alles fing mit dem Milchmann an, der ihnen eine Flasche Jersey-Milch Handelsklasse A und eine dringende Nachricht von Tom Hardy aus dem Haus des Gewässerwirts brachte.

»Er liegt krank zu Bett, Sir«, sagte der Milchmann, »und bittet Sie zu kommen. Er hat was von Krankenhaus und morgen gesagt, aber mehr hab ich nicht verstanden, weil er so leise spricht und der Fluß so laut rauscht. Ich hab versprochen, daß ich Ihnen Bescheid sag. Er ist im Schreiben nicht so gut, und Telefon hat er natürlich auch nicht.«

»Machen Sie sich keine Sorgen«, sagte der Pfarrer. »In einer halben Stunde habe ich einen kurzen Gottesdienst, danach gehe ich gleich zu ihm.«

Der Milchmann verabschiedete sich, und Charles erzählte Dimity von der Sache.

»Wahrscheinlich möchte er morgen ins Krankenhaus gebracht werden«, sagte Dimity. »Hast du Zeit?«

»Irgendwie bekomme ich das schon hin«, antwortete der Pfarrer. »Dem alten Tom helfe ich doch gern.«

Um elf herum war er dann bei dem Häuschen. Das bedeutete, er mußte den Wagen in einiger Entfernung stehenlassen und über das federnde Moos zu Toms Tür gehen.

Dieses Mal machte er sich nicht die Mühe anzuklopfen, sondern trat durch die Hintertür ein und ging die Treppe hoch.

»Sind Sie da, Tom? Ich komme hoch.«

Eine graue Schnauze schob sich durchs Geländer. Polly gab keinen Laut von sich, aber ihr buschiger Schwanz wedelte zur Begrüßung.

»Hier bin ich, Sir«, rief Tom.
Er lehnte in den Kissen und sah ungewöhnlich fahl aus.
»Was ist denn mit Ihnen los?« erkundigte sich Charles, zog einen Stuhl ans Bett und setzte sich. Der Welsh Collie legte ihm den Kopf auf die Knie, und er streichelte automatisch seinen seidigen Hals, während er das Herrchen musterte.
»Der Doktor will, daß sie im Krankenhaus ein paar Untersuchungen machen. Irgendwas mit meinem Magen, sagt er. Das muß wohl raus. Sollte mich jedenfalls nicht wundern.«
»Und Sie möchten hingebracht werden? Ich habe Zeit.«
»Nein, nein. Dafür ist schon gesorgt. Es geht um Polly.«
»Polly?«
Der Hund blickte ihn mit einem leuchtenden und einem milchigen Auge an und wedelte mit dem Schwanz, als er seinen Namen hörte.
»Meine Nachbarin, Mrs. Johnson, hat sich um mich gekümmert, und sie wollte auch Poll nehmen, aber ihre Hündin hat gestern sechs Junge gekriegt, und sie meint, daß Poll die Kleinen stört, und da sind nur Sie mir eingefallen, Herr Pfarrer. Polly hat Sie ins Herz geschlossen, und sie ist ein gutes und gehorsames Tier. Ich wage nicht, sie hier alleinzulassen, sie würde sich schrecklich grämen, auch wenn sie regelmäßig gefüttert werden würde, und von Hundepensionen halte ich nichts. Da geht sie mir ein, soviel steht fest.«
Charles sah mit großem Mitleid, daß dem armen Tom die Tränen über die gefurchten Wangen liefen. Offensichtlich war er sehr schwach und sorgte sich mehr um den Hund als ihm guttat.
Charles tätschelte ihm die Hand.
»Natürlich nehme ich sie«, sagte er herzlich, »und solange, wie Sie wollen. Dimity hat Hunde genauso gern wie ich, und wir werden uns gut um sie kümmern. Es ist mir eine Ehre, daß Sie mich gefragt haben.«
Vor Erleichterung seufzte Tom aus vollem Herzen.
»Jetzt ist es mir auch egal, was sie mit mir machen. Solange Polly in guten Händen ist, bin ich zufrieden. Sir, Sie sind ein wahrer Gottesmann.«

»Ach, das wäre ich gern«, sagte der Pfarrer bescheiden. »Also, ich mache uns beiden jetzt eine Tasse Tee. In Ihrer Küche finde ich mich zurecht, es ist ja alles bestens beschriftet. Und ehe ich mich mit Polly aufmache, sagen Sie mir, was sie fressen darf und wann sie ausgeführt werden muß.«

»Du bleibst hier, Poll«, sagte Tom. Er wirkte jetzt ruhiger. Auf seinem Gesicht glänzten noch immer Tränen, und er versuchte auch gar nicht, sie zu trocknen.

Charles ging nach unten und wartete, daß das Wasser kochte. Wieder einmal bewunderte er die einfachen, rein funktionellen Möbel. Die Teekanne stand neben dem Wasserkessel. Die Behälter auf dem Bord hatten klare Beschriftungen. Ein paar Teller, ein, zwei Becher und eine Tasse mit Untertasse standen in dem Gestell über dem Ausguß. Die Schublade des geschrubbten Küchentisches enthielt ein paar Messer, Gabeln und Löffel. Einfacher kann das Leben nicht sein, dachte Charles. Das Haus strahlte eine wunderbare Ruhe aus.

Die Milch stand noch vor der Tür, und Charles goß sie gleich aus der Flasche in die Becher.

»Zucker?« rief er nach oben.

»Für mich nicht«, kam die Antwort.

Vorsichtig, in jeder Hand einen Becher mit Tee, stieg der Pfarrer die Treppe hoch.

Sie tranken schweigend. Draußen rauschte und gurgelte der Pleshey. Eine Amsel sang, und in der Ferne hörte man den rauhen Schrei eines Fasans.

»Ja, das tut wirklich gut«, sagte Tom und stellte seinen Becher behutsam auf den Hocker neben dem Bett. »Und jetzt sag ich Ihnen, was Poll mag. Vor allem hat sie gern Gesellschaft, und darum laß ich sie auch nicht allein hier, auch wenn Mrs. Johnson sie füttern würde. Sie frißt alles, was Sie haben, Reste und so, und unten im Schrank sind noch ein Sack Hundekekse und ein paar Dosen. Sie täten mir einen Gefallen, wenn Sie die mitnehmen würden, Sir.«

»Aber gern«, sagte Charles. »Und was ist mit Gassi gehen?«

»Braucht sie heutzutage nicht mehr so oft, genau wie ich. Lassen Sie sie ein bißchen im Garten rumlaufen, das kann nicht schaden. Und am besten nehmen Sie sie immer an die Leine. Die hängt an der Küchentür.«

Er kraulte dem Hund die Ohren.

»Hoffentlich ist Sie Ihnen nicht lästig. Wenn ich ihr sag, daß Sie für ein Weilchen das Herrchen sind, versteht sie das.«

»Ich gehe jetzt die Leine holen«, sagte Charles, dem es angebracht erschien, die beiden Freunde für ein paar Minuten alleine zu lassen. »Kann ich Ihnen sonst noch etwas bringen?«

»Nein, aber trotzdem vielen Dank, Sir. In einer Stunde schaut Mrs. Johnson vorbei, und morgen fährt sie mich auch ins Krankenhaus.«

»Und ich komme Sie besuchen, sowie man mich läßt«, versprach Charles und begab sich mit den Bechern zur Spüle.

Dort spülte er sie aus und stellte sie zurück in das Gestell. Nirgendwo war Essen für Tom zu sehen, daher ging er davon aus, daß Mrs. Johnson ihm eine leichte Mahlzeit bringen würde.

Er fand das Hundefutter und die Leine und nahm letztere mit nach oben.

Tom befestigte sie an Pollys Halsband.

»Und du tust jetzt, was ich dir gesagt hab«, befahl er Polly ernst. »Bis ich wieder da bin, bist du Mr. Henstocks Hund.«

Zu Charles großer Erleichterung wirkte Tom ganz ruhig, und so kam auch Polly ohne großes Theater mit.

»Alles Gute, Tom. Ich rufe morgen im Krankenhaus an und erzähle Ihnen, wie sich Polly eingelebt hat.«

»Die ist bei Ihnen schon in guten Händen. Das weiß ich, und vielen, vielen Dank auch, Sir, aus tiefstem Herzen.«

Polly lief vor ihm die Treppe hinunter, über den Rasen und wartete neben der Autotür, während Charles aufmachte.

Ohne weitere Umstände sprang sie hinein und legte sich auf den Rücksitz.

Behutsam setzte Charles das Auto in Gang. Was wohl Dimity sagt, fragte er sich, wenn sie unseren neuen Gast sieht?

Er hätte sich keine Sorgen zu machen brauchen. Dimity war nur zu glücklich über das stille, alte Geschöpf, und die Katze fauchte Polly zwar zunächst an, rang sich dann aber dazu durch, den Störenfried zu ignorieren.

Charles staunte und war sehr gerührt über Pollys Fügsamkeit und steten Gehorsam. Wie Tom gesagt hatte, mochte sie Gesellschaft und schien nur unruhig zu werden, wenn sich eine Tür öffnete. Dann blickte sie eifrig hoch, so als ob sie ihr früheres Herrchen erwartete, und wenn sie feststellte, daß er es nicht war, seufzte sie und ließ ergeben den Kopf sinken.

Das brach Charles fast das Herz.

Das schöne Wetter hatte ein Ende, und eine Woche lang stürmte und regnete es.

Auf Edwards neuer Baustelle kam die Arbeit zum Erliegen. Die Kinder in der Dorfschule konnten sich nicht auf dem Pausenhof austoben, und Miss Watson atmete auf, als ihr vom mitfühlenden Schulamt eine Feuerwehrkraft zugewiesen wurde. Mrs. Trent, die jede Woche kam und Miss Watson bei den Kindern half, die man in ihrer Jugendzeit ›zurückgebliebene Kinder‹ genannt hatte, arbeitete jetzt ganztags mit, während Miss Fogerty auf dem Weg der Genesung war.

»Zu meiner Zeit hat man sie ›minderbemittelte Kinder‹ genannt«, erzählte sie Miss Watson. »Wie heißen sie denn heute?«

»So was wie ›benachteiligte Kinder‹«, entgegnete Dorothy etwas ungeduldig, »aber fragen Sie mich nicht, warum. Ich weiß nur, daß die Schulamtsleiter heute von ›Förderklassen‹ reden, was zu meiner Zeit als ›Sonderklassen‹ bezeichnet wurde. Meiner Meinung nach alles sehr albern.«

Was Mrs. Trent nur bestätigen konnte. Dann fragte sie, ob Miss Fogerty bald wiederkommen würde.

»Oh, hoffentlich bald, aber ich bestehe darauf, daß sie erst wieder richtig auf dem Damm sein muß. Es dauert seine Zeit, bis sie die Behandlung von Doktor Lovell überwunden hat.«

Und dann kam Isobel Shoosmith mit einem Plan, dem Dorothy aus vollem Herzen zustimmte.

»Lassen Sie mich ein paar Tage mit Agnes ans Meer fahren. Es ist mit Harold durchgesprochen, und er ist ganz dafür.«

»Nach Barton-on-Sea?« erkundigte sich Dorothy. Barton war ihre Vorstellung vom Paradies.

»Nein. Harold hat die Ostküste vorgeschlagen. Sie wirkt so belebend. Ich habe ihm jedoch klargemacht, daß es da manchmal scheußlich kalt sein kann und daß Agnes jede Menge warme Seeluft braucht. Winnie Bailey und Jenny sind in einem sehr netten Hotel in Torquay gewesen, das sich für mich ideal anhört.«

Wie zu erwarten, war Agnes unglücklich, daß sich ihre Rückkehr in die Schule noch hinauszögerte, doch Isobel und Dorothy, die obendrein den Segen von Doktor Lovell hatten, blieben fest und konnten sie bald überzeugen.

»Na schön«, sagte sie am Ende und blickte dabei in den strömenden Regen hinaus, der Thrush Green verschleierte. »Wenn ihr alle meint, daß mir Ferien guttun würden.«

»Natürlich tun sie das«, sagten die anderen einstimmig. »Und in Torquay ist das Wetter ganz anders.«

Eine besonders heftige Böe hatte Justin Venables auf der High Street von Lulling den Hut vom Kopf gerissen, und dann trudelte er ihm vor der georgianischen Fassade des Lovelock'schen Hauses davon.

Justin schlängelte sich durch gesenkte Schirme und Gummistiefel, um ihn wieder einzufangen. Es hatte den Anschein, als ob die Götter ihn ärgern wollten, denn je schneller er dem Hut nachsetzte, desto schneller wurde auch der, hüpfte von einer nassen Linde zur nächsten, über Geländer, geriet gelegentlich unter die Räder eines Kinderwagens und benahm sich ganz so, als ob er ein Eigenleben hätte, und noch dazu ein sehr boshaftes.

Glücklicherweise fing ihn der Fischhändler ein, und Justin – von der Jagd außer Atem – bedankte sich aufrichtig.

»Gutgetan hat es ihm nicht gerade«, meinte Justin, während er das nasse Ding hin und herdrehte. »Ich merke schon, ich muß für einen neuen blechen.«

Auf dem Rückweg stemmte er sich wieder gegen den Sturm und hörte ein herrisches Klopfen am Fenster der Lovelocks. Miss Ada winkte ihn ins Haus, und Justin wußte, daß er diesem Befehl gehorchen mußte.

»Wir haben Ihre Bedrängnis gesehen«, sagte Ada an der Haustür. »Jetzt müssen Sie aber hereinkommen und sich trocknen. Was führt Sie bei diesem Wetter nach draußen?«

»Geschäfte«, entgegnete Justin und reichte ihr seinen nassen Mantel und Hut. »Aber die können ein Weilchen warten.«

Jetzt stellten sich auch Violet und Bertha ein.

»Dürfen wir Ihnen einen Kaffee anbieten?« fragte Bertha. Justin lehnte höflich ab. Er kannte das Labsal der Lovelocks von früher. Es dauerte eine halbe Stunde, bis es zubereitet war, und das Ergebnis war nur Blümchenkaffee.

Man führte ihn in einen ungeheizten Salon, und die vier alten Freunde setzten sich und tratschten eine Runde.

»Aber ich halte Sie sicherlich von der Arbeit ab«, wehrte sich Justin.

»Überhaupt nicht. Wir lunchen heute kalt«, sagte Ada.

»Corned beef und ein hartgekochtes Ei«, bestätigte Bertha.

»Und dazu sehr leckeren Salat«, schloß Violet.

»Hört sich ja köstlich an«, log Justin tapfer.

»Und suchen Sie gelegentlich den *Fuchsienbusch* auf? Ist so praktisch gelegen, und wie man hört, soll die neue Köchin ein großer Gewinn sein«, sagte Ada.

Erstaunlicherweise hatte Justin noch nichts von Nelly Piggotts neuer Stelle gehört, und die Damen freuten sich, daß sie sie ihm brühwarm berichten konnten.

»Wir haben sie damals, als sie ein-, zweimal für uns gekocht hat, etwas ungewöhnlich gefunden«, bemerkte Bertha. »Sie hat doch tatsächlich Butter an den Kartoffelbrei getan, und einmal hat sie es auf die Spitze getrieben und auch noch ein geschlagenes Ei daruntergemischt! Natürlich haben wir dem einen Riegel vorgeschoben!«

»Natürlich«, sagte Justin ernst.

»Aber ich muß schon sagen, Mrs. Peters hält große Stücke

auf sie. Wenn man ein Lokal hat, kann man natürlich verschwenderischer sein als ein Privathaushalt.«

Darauf erzählte ihm Bertha von Isobels und Agnes' geplantem Urlaub, von Ella Bembridges scheußlicher Erkältung, Percy Hodges abgängiger Ehefrau und Kit Armitages vergeblicher Suche nach einem Haus.

»Irgend etwas ergibt sich schon, da bin ich mir ganz sicher«, sagte Justin. »Wenn er doch bloß wieder heiraten würde. Ich muß zugeben, daß ich große Hoffnungen auf seine kürzliche Begegnung mit Diana Oliver gesetzt habe, aber Fehlanzeige. Man kann eben nicht für andere planen.«

Zu seiner Überraschung war Miss Violet ungemein rosig angelaufen, und ihre Schwestern wechselten vielsagende Blicke.

»Also, dann will ich mal«, sagte er und stand auf. »Der Regen scheint ein wenig nachgelassen zu haben. Nett von Ihnen, daß Sie sich meiner erbarmt haben.«

Die drei Damen halfen ihm in den Mantel und borgten ihm einen Schirm. Den zerbeulten Hut steckte er in die Tasche.

»Der ist wohl leider hinüber«, sagte er betrübt.

»Wenn er getrocknet ist, legen Sie ihn bitte für unseren nächsten Basar zurück«, bat Ada.

»Ich werde daran denken«, versprach Justin und machte sich mit unbedecktem Kopf wieder auf den Weg.

16. Haussuche

Ella Bembridges Erkältung wollte und wollte nicht besser werden. Sie kümmerte sich genausowenig um sich selbst wie Dotty Harmer, und das machte Dimity große Sorgen.

»Ich bin quietschfidel«, sagte Ella, doch ihre heisere Stimme strafte sie Lügen. »Nur einen Tick belegt. Nichts, weswegen man sich Sorgen machen müßte.«

»Hoffentlich gehst du bei diesem Hundewetter nicht nach draußen. Du weißt doch, daß ich alle Einkäufe für dich erledigen kann.«

»Nur eine Sache«, sagte Ella und putzte sich die Nase, daß es klang wie die Trompete zum Jüngsten Gericht. »Ich habe versprochen, meine Web- und Peddigrohrsachen für eine Ausstellung in Johns Galerie zu bringen. Es ist alles schon in Schachteln verpackt. Ob Charles die hinbringen könnte?«

»Aber natürlich. Die nehme ich jetzt mit.«

»Das ist zuviel für dich, Dim. Weißt du was, bitte Charles, daß er sie abholt, wenn er das nächste Mal vorbeikommt. Das Zeug soll nächste Woche da sein, aber vermutlich macht es nichts, wenn es ein, zwei Tage später kommt. Der junge John Fairbrother, der die Galerie übernommen hat, will meiner Meinung nach alles viel zu früh haben.«

Insgeheim hatte Dimity durchaus Mitleid mit dem besorgten jungen Galeriebesitzer, der es sicherlich mit einer ganzen Reihe von Künstlern und Kunsthandwerkern zu tun hatte, die sich alle Zeit ließen.

»Keine Bange. Wir bringen dir alles hin. Ich mag immer so gern in seinen Sachen herumstöbern. Vielleicht finde ich sogar ein paar Weihnachtsgeschenke.«

»Du liebe Zeit, Dim! Daran wirst du doch nicht jetzt schon denken. Wo wir noch nicht mal Herbst haben.«

»Der kommt schnell genug«, meinte Dimity, während sie sich verabschiedete.

Der Regen hatte aufgehört, als Charles und Dimity sich mit dem Wagen auf den Weg machten, um Ellas kunstgewerbliche Gegenstände abzuholen.

Auf der High Street von Lulling war einiges los, und Dimity winkte mehr als einem Dutzend Freunden zu. Neben dem *Fuchsienbusch* bemerkte sie Janet Thurgood, eine unattraktive Gestalt im langen Schlabberrock und einer Reihe schäbiger Kleidungsstücke, die sie auf der oberen Körperhälfte übereinandergezogen trug. Dazu hatte sie sich einen ziemlich schmuddeligen Schal ums Haar gewunden, die bloßen Füße steckten in ein Paar zerfledderten Sandalen. Insgesamt wirkte sie, wie man sich eine Künstlerin vorstellte. Sie winkte Dimity nicht zu, sondern rümpfte entrüstet die Nase.

»Ist was?« fragte Charles.

»Eben habe ich das schreckliche Thurgood-Mädchen gesehen. Sie könnte ein Bad gebrauchen.«

»Mir tut sie eher leid«, sagte Charles und bremste unversehens, damit ein würdiger Labrador die Straße überqueren konnte. »Bei der Mutter, meine ich, und dann keine Arbeit, soweit ich höre. Das muß die Hölle sein.«

»Da die beiden es so hervorragend schaffen, anderen Menschen das Leben zur Hölle zu machen«, entgegnete Dimity bissig, »können sie ruhig von Zeit zu Zeit eine Dosis ihrer eigenen Medizin schlucken.«

Charles sagte nichts, und Dimity wußte, daß er betrübt war, weil sie eine solche Bemerkung gemacht hatte. Es war schon schwierig, mit einem Heiligen zusammenzuleben! Auf mancherlei Art war das Leben mit Ella viel einfacher gewesen.

Die Schachteln wurden auf dem Rücksitz verstaut, und dann ging es wieder los. Die Galerie, eine umgebaute Scheune, war fünf, sechs Meilen südlich von Lulling gelegen. In einem kleinen Häuschen nebenan wohnte John Fairbrother, ein gewitzter, aber schüchterner junger Mann, der in seiner Galerie äußerst hart arbeitete.

Als sie kamen, war er gerade dabei, Töpferwaren auf niedrigen Regalen aufzubauen, und er freute sich über Ellas Arbeiten.

»Ich habe mich schon gefragt, ob ich sie anrufen und an ihren Termin erinnern sollte. Man schiebt so leicht etwas vor sich her, und leider hatten einige der Teilnehmer die Ausstellung ganz vergessen.«

Er deutete auf die Töpferwaren.

»Sind die nicht hinreißend? Die haben drei junge Männer gerade aufgebaut, und ich glaube, für ihre Arbeiten finde ich viele Kunden.«

Dimity hatte insgeheim ihre Zweifel. Die Sachen waren dickwandig und von trübseliger Haferschleimfarbe. Die Bierkrüge dürften schon schwer zu heben sein, wenn sie leer waren. Voller Bier oder Apfelwein brauchte man sicherlich die Kraft von zehn Männern, um sie vom Tisch hochzustemmen.

Charles war zur Wand gewandert und musterte ein paar hübsche Miniaturen mit Wildblumen. Auf einmal wandte er sich an den Galeriebesitzer.

»Kennen Sie Janet Thurgood?« fragte er.

Die Wirkung seiner Frage war bemerkenswert. Das Gesicht des jungen Mannes erstarrte vor Ehrfurcht.

»Sie meinen die abstrakte Künstlerin?«

»Ja ja. Vermutlich ist sie dafür berühmt. Hat sie hier schon mal ausgestellt?«

»Nein. Leider nicht. Und ich würde es auch nie wagen, sie zu fragen. Sie würde mehr Geld fordern, als sich meine Kunden leisten können. In Kunstkreisen hält man sehr viel von ihr.«

»Möchten Sie Hilfe beim Aufbauen der Ausstellung haben? Oder jemanden, der während der Ausstellung mit aufpaßt? Zufällig weiß ich, daß sie im Augenblick frei ist. Was ist, soll ich sie fragen?«

Bei dem Gedanken wurde der junge Mann ganz blaß.

»Natürlich brauche ich jemanden, und an der Tür ist auch ein Zettel, auf dem ich eine Aushilfe suche, aber ich glaube nicht, daß sich eine so namhafte Künstlerin wie Janet Thurgood dazu herablassen würde. Schließlich ist die Bezahlung sehr niedrig.«

»Soll ich sie fragen? Ich könnte mir denken, daß sie gern aushilft, falls Sie es auch wollen.«

»Ach, ich wäre Ihnen ja so dankbar, ja, es wäre mir eine große Ehre«, gestand der junge Mr. Fairbrother, und dabei beließ man es.

Dimity gelang es, den Töpferwaren zu entrinnen, beruhigte jedoch ihr Gewissen mit dem Kauf von kleinen Strohpuppen, die sich am Weihnachtsbaum gut ausmachen würden, wenn die Zeit dafür gekommen war.

»Willst du dich wirklich mit diesem gräßlichen Mädchen abgeben?« fragte sie, als sie nach Hause fuhren, um Polly zum Tee Hundekuchen und Tabitha Milch in einer Untertasse zu servieren.

»Ja, das will ich«, sagte Charles resolut. »Du nennst sie ein gräßliches Mädchen, Dimity, und ich fürchte nach dem, was ich heute nachmittag von ihr zu sehen bekommen habe, geht es ihr auch so. Ganz einfach gräßlich!«

Während Charles und Dimity in der Galerie zu tun hatten, waren Kit Armitage und Connie zufällig nicht einmal eine halbe Meile entfernt und begutachteten eines der Häuser auf Kits Liste.

Es war in den Dreißigern gebaut worden, daher war der Garten hoch genug gewachsen, wenn auch ein wenig klein. Es hatte drei Schlafzimmer, die auf die wellige Landschaft nach Süden gingen.

Connie gefiel es. Ihre einzige geheime Sorge war, daß es ein gutes Stück von Thrush Green entfernt lag, und das würde bedeuten, daß sie weniger von Kit sehen würde. Sie gestand sich ein, daß sie ihn gern hatte, und die nagende Eifersucht auf die ferne Diana Oliver war ihr so vollkommen fremd gewesen, daß sie endlich einer Tatsache ins Gesicht sehen mußte: Sie gewann diesen Mann immer lieber. Das alles war für eine vernünftige Frau in den Vierzigern zwar wunderschön, aber auch ziemlich beunruhigend, fand sie.

»Das Grundstück ist zu klein«, war Kits Kommentar. »Was meinen Sie?«

»Brauchen Sie denn ein großes? Der Garten ist sehr hübsch und abgeschirmt. Ich könnte mir denken, daß er groß genug ist, um Sie auf Trab zu halten.«

»Aber nicht groß genug für Tiere«, hielt Kit dagegen.

Das war eine völlig neue Idee, und Connie war ratlos.

»Ich habe gar nicht gewußt, daß Sie Tiere halten wollen«, antwortete sie.

»Ach, nur ein paar Hühner und so«, sagte er vage und prüfte jetzt das kleine Gewächshaus, das an einer der Hausseiten angebaut war.

Sie gingen noch einmal durch alle Räume. Connies Ansicht nach schien es das ideale Haus für einen Junggesellen zu sein, massiv gebaut und leicht zu bewirtschaften. Eines der Schlafzimmer war klein. Connie war so altmodisch, daß sie fand, ein Haus sollte auch Abstellräume haben, und hier hätte man Platz für so Sachen wie Koffer, überzählige Stühle, Ofenschirme, Schachteln mit alten Gardinen und dergleichen mehr, alles ließ sich hier hineinquetschen.

Dabei blieben noch immer ein großes Schlafzimmer für Kit und ein ebenso großes als Gästezimmer übrig. Anscheinend hatte er jedoch aus unerfindlichen Gründen eine Abneigung gegen das Haus gefaßt, also behielt Connie ihre Überlegungen für sich.

»Sollen wir gehen? Lassen Sie uns Tee im *Fuchsienbusch* trinken. Oder müssen Sie schnell zurück?«

»Nein. Das wäre wirklich schön. Tante Dotty erwartet mich nicht vor sechs, und Albert melkt Dulcie, also hat sie auch Gesellschaft. Der *Fuchsienbusch* hat dank unserer Nelly neuerdings so leckere Teeküchlein. Ich bin froh, daß sie wieder in Thrush Green ist.«

»Eine vernünftige Frau«, meinte Kit. »Es geht doch nichts über Thrush Green. Dieses Haus liegt für meinen Geschmack zu weit entfernt.«

Er schien seine gute Laune wiedergefunden zu haben, und so fuhren sie munter plaudernd nach Lulling zurück. Die Teemahlzeit war so köstlich wie eh und je, und die beiden kehrten frohgestimmt zu Dotty zurück.

»Kein Glück gehabt?« erkundigte die sich.

»Zu weit entfernt«, sagte Kit.

»Aber ihr zwei beiden seht nach eurem Ausflug trotzdem fröhlicher aus«, sagte Dotty, »und ich habe mit Albert eine höchst interessante Unterhaltung gehabt. Nicht zu fassen, aber seine Mutter hat ihm mal eine gebratene Maus zu essen gegeben, wie er als kleiner Junge Keuchhusten hatte. Und die Zähne hat er sich mit Salbeiblättern geputzt.«

»Kein Wunder, daß sie ihm ausgefallen sind«, war Kits Kommentar.

Tom Hardys Genesung im Lulling-Cottage-Krankenhaus machte gute Fortschritte, und er freute sich immer, wenn Charles ihm bei seinen Besuchen von Polly erzählte.

»Ich möchte Sie um noch einen Gefallen bitten, Sir«, sagte er eines Nachmittags. »Sie würden mich hier wohl entlassen, wenn sich jemand um mich kümmern könnte.«

Charles zerbrach sich den Kopf, ob er eine nette Nachbarin wüßte, die frei und behilflich wäre. Es war ein Trauerspiel, aber jede schien zu arbeiten. Wo waren nur die vielen netten, ledigen Tanten geblieben? In der Kindheit des Pfarrers waren sie die Nothelfer bei Familienkrisen gewesen.

»Ich kann also nicht nach Haus, soviel steht fest«, fuhr der Patient fort. »Aber man kann mich in einer Rehaklinik in Cheltenham unterbringen, bis ich wieder auf den Beinen bin. Das Dumme daran ist natürlich die gute Poll.«

»Ihretwegen müssen Sie sich keine Sorgen machen«, versicherte ihm der Pfarrer. »Wir lieben sie beide, und sie ist der artigste Hund, der mir je untergekommen ist. Wir behalten sie, bis Sie sich soweit erholt haben, daß Sie sie wieder nehmen können.«

Der alte Mann seufzte abgrundtief vor Erleichterung.

»Mir fallen Steine vom Herzen. Ich sag denen hier, daß ich in ein, zwei Wochen soweit bin.«

Als der gute Pfarrer nach Hause fuhr, fragte er sich denn doch, ob der alte Tom je wieder allein zurechtkommen würde.

Und dann fielen ihm Edwards Seniorenwohnungen ein, und er beschloß, sich, falls Not am Mann wäre, mit allen Kräften für seinen alten Freund einzusetzen. Der größte Haken dabei war natürlich Tom selbst. Er liebte sein einfaches, stilles Haus, in dem ihm nur das muntere Rauschen des Flusses Gesellschaft leistete. Wie würde es ihm ergehen, wenn er so dicht mit Nachbarn zusammenleben müßte und in der Nähe Verkehrslärm hätte? Zweifellos ging nichts über das eigene Heim. Er entsann sich einer Unterhaltung mit Isobel Shoosmith, als diese auf Haussuche war, und auch kürzlich einer Bemerkung von Kit Armitage. Alle stimmten darin überein, daß jedes Haus seine eigene Atmosphäre hatte, der man schnell gewahr wurde.

»Einige Häuser begrüßen einen richtiggehend«, hatte Isobel gesagt. »Man spürt, ob die Leute, die dort früher lebten, das Haus geliebt haben und darin glücklich gewesen sind. Das habe ich bei meinem jetzigen Haus sofort gespürt.«

»Und ich im Pfarrhaus von Lulling«, bestätigte der Pfarrer, »obwohl es im Laufe eines Jahrhunderts ganz schön wunderliche Bewohner gehabt haben dürfte.«

»Und ich habe das Cottage, daß ich mir hinter Nidden angesehen habe, überhaupt nicht gemocht«, warf Kit ein. »Ich weiß auch nicht, warum. Eine rosenumrankte Tür, nach Süden gelegen, von einem kleinen Hügel geschützt, alles wie im Bilderbuch, und doch hatte es etwas Düsteres. Ich bin der Letzte, der übersinnlich veranlagt ist, aber es hat mich ganz und gar nicht überrascht, als Mrs. Jenner mir erzählt hat, daß dort um die Jahrhundertwende ein Paar gelebt hat, das seine sechs Kinder so schrecklich vernachlässigt hat, daß zwei davon gestorben sind. Es war eine gruselige Geschichte. Allein schon bei dem Gedanken an die Verwahrlosung konnte einem das Blut in den Adern gerinnen, ganz zu schweigen von der Grausamkeit. Auf dem Lande passiert so allerhand, was sich unter einem hübschem Reetdach und hinter Butzenscheiben verbirgt.«

»Leider dürften Sie recht haben«, bestätigte der Pfarrer.

An dem Abend des Tages, an dem sie die Galerie aufgesucht hatten, rief Charles Mrs. Thurgood an. Seit dem katastrophalen Treffen in der Kirche, das zu ihrem Austritt aus seiner Gemeinde geführt hatte, hatte er mit dieser furchteinflößenden Dame keine Verbindung mehr gehabt.

Ein weniger nobler Mensch hätte sich vor dem Gefallen gedrückt und sich damit zufriedengegeben, Mrs. Thurgood einen Brief zu schreiben. Doch Charles hatte noch nie Feigheit vor dem Feind gezeigt, und er war zuversichtlich, daß er Janet die Sache am Telefon besser erklären und ihr auch alle Fragen besser beantworten könne.

Glücklicherweise nahm sie ab. Als sie hörte, wer am anderen Ende der Leitung war, wurde ihre Stimme etwas frostig, doch Charles ließ sich nicht davon beeindrucken.

Er erzählte von ihrem Besuch, der Anzeige an der Tür und der echten Notlage des jungen Galeriebesitzers, der Hilfe brauchte.

Sie hörte aufmerksam zu, und als sie dann sprach, hörte sie sich nachdenklich an.

»Ich würde ihm gern helfen. Was meinen Sie, sollte ich ihm schreiben?«

Das klang schon freundlicher, und Charles atmete auf.

»Ich muß betonen, daß John Sie nur sehr ungern belästigen möchte. Er hält viel von Ihren Arbeiten und glaubt, Sie sind so beschäftigt mit Ihrer eigenen Malerei, daß Sie sich nicht um die Werke anderer Leute kümmern können. Er ist erfrischend bescheiden, so möchte ich sagen, und hat gemeint, es wäre ihm eine Ehre, wenn Ihnen danach wäre, ihm bei der Ausstellung zu helfen.«

»Wirklich? Wie nett!« platzte Janet heraus, und das hörte sich schon ganz begeistert an. »Ich werde ihn, glaube ich, gleich anrufen und mir nähere Einzelheiten geben lassen.«

»Eine ausgezeichnete Idee«, bestätigte Charles. »Und hoffentlich halten Sie mich nicht für unverschämt, weil ich ihm gegenüber Ihren Namen erwähnt habe.«

»Ganz und gar nicht. Es war außerordentlich nett von Ihnen. Vor allem unter diesen – eh – Umständen.«

»Gern geschehen!«

»Jedenfalls tausend Dank. Ich habe im Augenblick sowieso nichts zu tun, da wäre es nett, wenn ich etwas Nützliches machen könnte. Ich halte Sie auf dem laufenden.«

»Danke«, sagte Charles. »Das würde mich schon interessieren.«

Er legte auf, bückte sich und streichelte Polly.

»Und wie geht es dem gräßlichen Mädchen?« fragte Dimity lächelnd.

»Nicht mehr ganz so gräßlich.«

Der Frühherbst war warm und wolkenlos. Die Traktoren fuhren über die Felder und pflügten die goldenen Stoppeln zu schokoladenbraunen Furchen.

Die Sonne schien noch angenehm warm. Pflaumen und Äpfel wurden reif, und umsichtige Hausfrauen waren eifrig dabei, die letzten Stangenbohnen und Erbsen für den kommenden Winter einzuwecken.

Agnes Fogerty war aus ihrem Kurzurlaub in Torquay gut erholt in die Schule zurückgekehrt, und Mrs. Trent widmete sich wieder ihrer halbtägigen Aushilfsarbeit bei den ›Zurückgebliebenen‹, das heißt ihrer sogenannten ›Förderklasse‹.

Edward Young befand sich jetzt in dem interessanten Baustadium, in dem die besten Farben für das Innere und Äußere seines Meisterwerks ausgesucht werden mußten. Es war noch immer reichlich zu tun, doch, wie üblich im Baugewerbe, hatte es den Anschein, als ob ein Handwerker stets auf den anderen wartete, daß dieser etwas machte, damit der erste anfangen konnte. Die Maurer, die verputzen sollten, warteten auf den Installateur. Der Installateur wartete auf den Elektriker. Der Elektriker wartete, daß die Elektrizitätsgesellschaft die richtigen Pole und Drähte lieferte, und so lief das Karussell immer rundherum.

»Irgendwann«, rief Edward Harold Shoosmith zu, »wird wohl alles fertig. In der Zwischenzeit versuche ich mir vorzustellen, wie sich gelbe Wände in den Küchen machen würden.«

»Hängt ganz von der Stimmung ab«, meinte Harold. »Entweder macht es sonnig oder aber gereizt. Sind eigentlich alle Seniorenwohnungen zugeteilt worden?«

»Das weiß ich nicht, aber wahrscheinlich schon. Darum kümmert sich die Gemeinde, und ich beneide sie nicht um den Job. Ich habe gehört, daß jedes viermal vermietet werden könnte.«

»Dann fangen Sie wohl gleich mit den nächsten an.«

»Na ja«, sagte Edward fröhlich, »diese werden schnell den Besitzer wechseln, ›natürliche Abgänge‹, wie man so schön sagt.«

»Durch Todesfälle, meinen Sie?«

»Richtig. Blicken wir doch den Tatsachen ins Auge, Harold, die meisten stehen mit einem Bein im Grabe, wenn sie hier einziehen. Aber damit haben die auf der Warteliste wiederum Glück, nicht wahr?«

Er schenkte seinem Freund ein strahlendes Lächeln und stieg eine Leiter hoch, um die Regenrinne zu inspizieren.

»Komisch, was?« sagte Harold später zu Isobel, »wie verschieden Menschen das Leben betrachten. Den Tod übrigens auch.«

An diesem Nachmittag saß Dimity in ihrem Wohnzimmer und stopfte ihre und Charles' Unterwäsche.

Es war eine Arbeit, die ihr keinen Spaß machte und die sie schon so lange vor sich hergeschoben hatte, daß der Haufen auf dem Sofa zu einem wahren Berg angewachsen war.

Neben ihr auf dem Fußboden lag Polly und klopfte mit dem buschigen Schwanz, wann immer Dimity mit ihr redete. Dimity fragte sich oft, welche Gedanken sich hinter diesen eigenartigen Augen und in dem seidigen Kopf verbergen mochten. Dachte sie an Tom? Sehnte sie sich insgeheim nach ihm? Oder war sie tatsächlich so zufrieden, wie sie während ihres Aufenthalts im Pfarrhaus wirkte?

Dimity war eine große Tierfreundin und fand insgeheim, daß Menschen, die sich einbildeten, Tiere kämen nicht in den Himmel, ganz und gar falsch lagen. Falls es um ein rechtschaffenes Leben ging, so gab es in ihrem Bekanntenkreis mehr als ein Dutzend Katzen und Hunde, die weitaus edlere Charaktereigenschaften aufwiesen als ihre Besitzer. Charles wagte sie mit dieser Vorstellung nicht zu kommen, doch sie argwöhnte, daß er ebenso empfand.

Sie legte den Unterrock beiseite, den sie gerade stopfte, und blickte sich um. Alles ging irgendwann kaputt, doch jedes Ding zu einer anderen Zeit. Der Lampenschirm beispielsweise, den die liebe Ella ihr zum letzten Geburtstag gebastelt hatte, franste am Saum bereits aus. Aber die Truhe, auf der er stand, die hatte schon ihrer Großmutter gehört und war zwischen 1780 und 1800 angefertigt worden, falls man den Fachleuten trauen konnte. Die würde sicherlich noch weitere hundert Jahre überdauern.

Oder Polly. Sie streichelte den glatten Kopf, und der Hund klopfte erfreut mit dem Schwanz. Sein Ende kam binnen der nächsten zwei, drei Jahre. Die Rosen auf dem Tisch würden in zwei, drei Tagen verwelkt sein. Ein interessanter Gedanke.

In diesem Augenblick läutete das Telefon, und Dimity legte den Unterrock erneut beiseite.

Eine Mädchenstimme.

»Mrs. Henstock, ist Ihr Mann da? Hier spricht Janet.«

»Janet?« fragte Dimity nach. Sie hatte Schwierigkeiten, Stimmen am Telefon zuzuordnen, außerdem kannte sie drei Janets.

»Janet Thurgood«, sagte das Mädchen.

»Nein. Leider nicht, er macht Besuche«, sagte Dimity und bemühte sich dabei, die Frostigkeit in ihrem Ton zu verbergen. »Kann ich ihm etwas ausrichten? Zum Tee ist er zurück.«

»Ach, nur daß ich in der Galerie angefangen habe und es ganz super finde. John Fairbrother ist ein Schatz, ich bin seit Monaten nicht so glücklich gewesen. Und all das verdanke ich Ihrem lieben Mann. Bitte, richten Sie ihm das aus.«

Dimity taute unversehens auf. Charles zu loben war der sicherste Weg zu ihrem Herzen.

»Über die Nachricht wird er sich bestimmt sehr freuen«, sagte sie herzlich. »Und ich auch.«

17. Zukunftspläne

Mittels des effizienten Buschtelefons in Thrush Green und Lulling hörte Nelly Piggott von der wahrscheinlichen Rückkehr von Mrs. Jefferson an ihren Arbeitsplatz in der Küche des *Fuchsienbusches*.

Albert hatte es in den *Zwei Fasanen* gehört. Sein Informant war sein junger Helfer, der Cooke-Junge, und der hatte es von Betty Bell, die es vom Briefträger Willie Bond hatte, welcher ihr Vetter war. Bedauerlicherweise schien niemand zu wissen, wer es Willie erzählt hatte.

Inwieweit die Geschichte ausgeschmückt oder auf ihrer

Rundreise bestätigt worden war, konnte man nicht herausbekommen, aber Nelly wußte, daß ein Gerücht des öfteren mehrere Wochen kursierte, ehe es Tatsache wurde. Das beunruhigte sie sehr, aber sie bemühte sich nach besten Kräften, ihre Sorgen zu verbergen.

»Ich denk mal, Mrs. Peters hätte irgendwas gesagt, wenn es stimmen würde«, sagte sie zu Albert. »Ist immer ehrlich zu mir gewesen. Wetten, die Schnapsidee ist von einem deiner Kumpels von nebenan, als der schon halb hinüber war?«

»Abwarten und Tee trinken«, antwortete Albert, den die Reaktion auf seine Neuigkeit ärgerte.

Lange brauchte Nelly nicht zu warten. Ein paar Tage später sprach Mrs. Peters sie in der Küche des *Fuchsienbusches* gleich darauf an, als sie noch allein waren.

Die Wirtin kam sofort zur Sache. Sie hatte gut über dieses heikle Problem nachgedacht, war jedoch entschlossen, Nelly auf alle Fälle zu halten. Der Verkauf von selbstgebackenem Kuchen, den keiner so gut wie Nelly backen konnte, war sprunghaft angestiegen, seitdem sie in der Küche wirkte.

»Falls Sie bereit sind, sich allein um den Kuchen zu kümmern«, sagte Mrs. Peters, »könnte Mrs. Jefferson sicherlich den Rest besorgen. Sie kommt für ein Weilchen erst um zehn, dann sehen wir ja, wie es läuft. Damit würden wir die Lunchzeit schaffen, und wenn die vorbei ist, würde sie nach Haus gehen. Die neuen Hilfen in der Küche scheinen tüchtig zu sein.«

Nelly stimmte diesen Plänen begeistert zu. Das bedeutete, sie würde die Küche für ungefähr eine Stunde am Tag für sich allein haben, und der Gedanke sagte ihr zu. Und dazu hatte es noch den Anschein, als ob sie die Nachmittagsstunden nach eigenem Gusto gestalten könnte.

»Sie haben zwei freie Nachmittage«, sagte ihre Arbeitgeberin. »Vielleicht schaffen wir für Sie und Mrs. Jefferson ja eine Halbtagsregelung, aber erst einmal müssen wir sehen, wie sich die Dinge entwickeln.«

Als Nelly Albert von dieser vorübergehenden Abmachung erzählte, brüstete er sich.

»Hab ich's dir nicht gesagt! Die Alte kommt wieder, genau

wie man's mir erzählt hat. Zwei freie Nachmittage pro Woche ist auch nicht schlecht. Willste noch eine kleine Stelle annehmen?«

»Nein, will ich nicht«, entgegnete Nelly rundheraus. »Vielleicht geh ich einen Abend zum Bingo. Muß ab und an mal meinen Spaß haben, das hat Mrs. Jenner mir letztens auch angeraten. Sie geht regelmäßig hin. Bringt ein bißchen Leben in die Bude, sagt sie.«

Womit Nelly klarstellte, daß sie wieder die alte war.

»Ich kann nur hoffen, daß du dafür kein Haushaltsgeld nimmst«, antwortete Albert und setzte ihrer guten Laune einen Dämpfer auf.

Ungefähr zur gleichen Zeit hörte Charles Henstock, daß Tom Hardy wieder zu Hause sei und ihn gern sehen wolle. Er sei jetzt wieder so gesund, daß er Polly zurücknehmen könne, und hätte es gern, wenn der Pfarrer sie demnächst nach Hause bringen würde.

Dimity verabschiedete sich mit echtem Bedauern von ihrem Schützling. Sie tätschelte die artige, alte Hundedame, die fügsam auf dem Rücksitz des Wagens saß.

»Nimm das auch mit, mein Lieber«, sagte Dimity und reichte Charles einen Korb. »Es erspart Tom ein, zwei Tage Selbstversorgung.«

Charles fuhr vorsichtig in Richtung Fluß. Die Weiden glänzten hellgolden in der Herbstsonne. Bald würden die ersten Winterstürme sie kahlfegen. Schon jetzt lagen unter der Birke und den Kastanien Berge von knisternden Blättern, und Chrysanthemen und Dahlien verdrängten die Rosen in den Vorgärten von Lulling.

In der Morgen- und Abenddämmerung lag in der Luft bereits ein Hauch von Frost. Dimity hatte kürzlich an mehreren Abenden Feuer im Kamin machen müssen. Viel zu bald würden die Vorhänge zur Teezeit wieder zugezogen werden, und dann kamen die langen, dunklen Abende.

Nicht etwa, daß Charles sich sehr darüber gegrämt hätte. Diese heimelige Seite des Winters gefiel ihm sehr. Er hackte gern Holz, und das hatte Tom Anfang des Jahres geliefert, ehe ihn die Krankheit daniedergeworfen hatte. Charles stapelte es am Kamin, da lag es dann bereit für einen behaglichen Abend. Er genoß die langen Stunden, las oder hörte sich auf ihrem Uralt-Plattenspieler seinen geliebten Mozart an.

Insgeheim war er erleichtert, daß der Garten in den nächsten Monaten keine Arbeit machen würde. Er wußte sehr wohl, daß dieses Riesengrundstück einen ganztags arbeitenden Gärtner erforderte, doch bei seinem Gehalt konnte er sich keinen leisten. Wenn er Glück hatte, half Caleb ihm und beriet ihn, doch es war offensichtlich, daß der Garten nicht mehr so tadellos gepflegt war wie zu Zeiten von Anthony Bull.

Im Winter und bei fest zugezogenen Vorhängen war der Garten nicht mehr zu sehen und somit kein ständiger Vorwurf.

Zwar genoß Charles die Behaglichkeit seines neuen Heims und freute sich, daß Dimity darin glücklich war, doch für andere war der Winter hart. Trotz der Segnungen des Wohlfahrtsstaates, die Charles wirklich anerkannte, gab es an Obdach, Essen und Heizmaterial Mangel. Auch die Tiere mußten leiden, und das betrübte den guten Pfarrer sehr.

Die wilden Vögel, die um sein Vogelhäuschen herumschwirrten, die streunende Katze, die sich jeden Abend von einer Scheune in der Nachbarschaft herüberschlich, sie alle bekamen Fressen und seinen Segen. Doch es gab ein, zwei Hunde, die in ihrer Hundehütte angekettet lagen, und ein paar arme Gehöfte, auf denen Schafe und Rinder nie ausreichend Futter und Obdach zu bekommen schienen, und das schnitt Charles ins weiche Herz. Er sagte den Besitzern offen, was er von ihrem Umgang mit diesen armen Kreaturen hielt, denn bei seiner Arbeit schreckte Charles vor nichts zurück. Manchmal besserte sich die Lage, manchmal nicht, und so wußte Charles, daß der Winter für seine Schäflein, menschliche wie tierische, eine schlimme Jahreszeit sein konnte.

Als er sich Toms Häuschen näherte und die letzte, schwächliche Sonne genoß, zeigte Polly Anzeichen von Erregung. Sie kam auf dem Sitz hoch, drückte die Nase ans Seitenfenster und fing an, eigenartig in der Kehle zu knurren, was Charles noch nie von ihr gehört hatte.

»Fast zu Hause, Poll«, sagte er zu ihr. »Bald sind wir bei deinem Herrchen. Bald siehst du den alten Tom, Poll.«

Er fuhr auf die Grasböschung und leinte Polly an. Der Hund zitterte jetzt vor Aufregung und sprang mit solchem Elan aus dem Wagen, wie Charles es noch nie von ihm gesehen hatte.

Dann zog er so sehr an der Leine, daß er den Pfarrer fast umriß. Er fing an zu bellen, ein begeistertes, schrilles Jaulen, und in diesem Augenblick ging die Tür auf, und Tom streckte ihr die Arme entgegen.

Charles ließ die Leine los, und Polly sauste – noch immer hysterisch jaulend – auf Tom zu.

»Poll! Poll!« rief Tom.

Der alte Hund sprang an ihm hoch und warf ihn dabei fast um. Tom bückte sich, weil er ihn streicheln wollte, und der Hund leckte ihm das Gesicht mit seiner großen, rosa Zunge, japste hingerissen und tanzte auf den Hinterbeinen. Charles war von dieser Wiedervereinigung tief bewegt.

»Tja, Tom, alter Junge, sie kennt ihr echtes Herrchen noch, nicht wahr?«

»O ja! Ich hab gewußt, daß sie mich nicht vergißt. Wie hat sie sich benommen? Hat es Ärger gegeben?«

»Nicht im geringsten«, versicherte Charles, »und wir sind beide traurig, daß wir uns von ihr trennen mußten.«

An der Tür blieb er stehen. Das Häuschen war so tipptopp wie eh und je, und Tom wirkte recht gekräftigt, wenn auch dünner.

»Ich habe den Korb vergessen«, gestand Charles. »Sie gehen aus dem Wind, während ich ihn hole.«

Als er dann zurückkam, saß der alte Mann in seinem hölzernen Lehnsessel und hatte die Beine auf einem Schemel hochgelegt. Polly ruhte auf seinem Schoß und deckte ihn fast zu, ihr Kopf lag auf seiner Schulter.

»Für den Rest des Tages müssen Sie wohl so sitzen bleiben«, sagte Charles. »Es hat den Anschein, als ob sie Sie nicht wieder gehen lassen möchte.«

»Und ich geh auch nicht, Sir, soviel steht fest. Ich komme gut zurecht, und meine liebe Nachbarin macht sauber und kauft für mich ein. Ich komme jetzt klar.«

Charles überlegte, ob er das Thema Seniorenwohnung in Thrush Green anschneiden sollte, fand dann aber doch, daß die Sache Zeit hatte. Statt dessen widmete er sich dem Korb.

Dimity hatte ihm einen selbstgebackenen Kuchen mitgegeben, dazu Eier und Schinkenspeck und gekochten Reis in einem Schraubglas. Dann gab es noch eine Packung Hundekuchen und den Knochen, den Charles als zu dem gestrigen Lammbraten gehörig erkannte.

»Anscheinend Vorrat für alle beide«, sagte er und baute alles Eßbare auf. »Kann ich noch etwas für Sie tun, solange ich hier bin? Möchten Sie Kohle hereingebracht oder sonst etwas geholt haben?«

»Nein, wirklich nicht, Sir. Aber wenn Sie bitte den Kessel aufsetzen würden? Ich würde Ihnen gern eine Tasse Tee machen, falls mich dieser alberne Hund losläßt.«

Und der Pfarrer gehorchte freudig.

Die Äquinoktien setzten ungewohnt stürmisch ein, und die Blätter fielen nur so von den Bäumen. Hausfrauen suchten zusätzliche Decken und warme Unterwäsche heraus, und wer vergessen hatte, im Sommer Kohle und Holz zu bestellen, der traf in aller Eile Absprachen, daß er noch rasch beliefert wurde.

»Gefällt mir gar nicht, daß es schon so früh frisch wird«, meinte Mr. Jones von den *Zwei Fasanen*. »Sieht mir nach Frost aus, und das, wo meine Hängekörbe noch in voller Blüte sind. So früh mag ich sie noch nicht reinholen.«

Nebenan im Schulhaus beklagten auch Miss Watson und ihre zweite Lehrerin die plötzliche Abkühlung.

»Falls das Wetter anhält, müssen wir anfangen zu heizen«, sagte Dorothy. »Ich muß Betty Bescheid sagen.«

»Aber was ist mit dem Schulamt? Du weißt doch, daß man

es da gar nicht gern sieht, wenn wir so früh die Öfen in Gang setzen.«

»Das Schulamt kann mich mal«, sagte Dorothy scharf. »Mein Gott, diese Woche haben wir Oktober, und die Kinder sollen mir nicht frieren. Du übrigens auch nicht, Agnes. Du mußt dich warmhalten. Wir wollen doch nicht, daß du gleich wieder auf der Nase liegst.«

»Oh, mir geht es gut. Meine Arthritis hat sich sehr gebessert, seit ich wieder meine Übungen mache.«

»Seit du wieder anständig ißt«, berichtigte ihre Freundin. »Wobei mir etwas einfällt. Ich muß die Rinderknochen aufsetzen, ehe ich in die Schule gehe, sonst haben wir keine Brühe. Bei diesem Wetter denkt man an Suppe.«

Eine halbe Meile entfernt, bei Dotty Harmer, wollte auch Connie Brühe kochen und schnitt dafür eifrig das Gemüse, das zu Hühnchenknochen in Dottys größten Topf kommen sollte.

Kit hatte sie gebeten, sich mit ihm ein weiteres Haus anzusehen, diesmal ganz in der Nähe von Nidden. Er hatte abgemacht, daß er sie um halb drei abholte. Dotty hatte die Einladung abgelehnt und gesagt, sie würde lieber ein Nickerchen machen und dann mit den beiden Tee trinken.

Während Connie Möhren und Zwiebeln kleinschnitt, war sie bester Laune. Sie schätzte Kits Freundschaft, war sich aber im klaren darüber, daß es bei ihr mehr war. Wie es um Kit stand, wußte sie nicht. Er war fröhlich, liebenswürdig, aufmerksam und einfühlsam. Sie vermutete, hoffte, daß er genauso fühlte wie sie. Weiter als bis zu diesem Stand der Dinge wagte sie sich gedanklich nicht.

Doch eine Sache machte ihr beträchtlich zu schaffen. Warum waren die Häuser, die er sich ansah, für einen Junggesellen immer viel zu groß? Und warum hielt er einen großen Garten für wesentlich? Selbst wenn er wieder heiraten wollte – und hier schob Connie jeden Gedanken an die bezaubernde Diana resolut beiseite –, würde er doch wohl nicht noch Kinder haben wollen? Und er war kein begeisterter Gärtner und auch nicht jemand, der sich Tiere halten mochte. Connie würde das Thema natürlich nicht anschneiden, doch es machte sie stutzig.

Regenschauer verschleierten den Lulling-Forst, als Kit kam, und Dotty kuschelte sich unter ihre Daunendecke und war froh, daß sie den Elementen nicht trotzen mußte.

»Irgend etwas riecht hier gut«, meinte Kit.

»Nur Brühe«, sagte Connie.. »Ich finde immer, sie duftet besser als ein komplettes Menü auf dem Herd.«

»Mrs. Jenner kocht für die Hühner immer in einem großen Topf Reste«, sagte Kit. »Und der leckere Duft zieht bis in meine Wohnung hoch. Dabei werde ich immer richtig hungrig. Sie tut so ein Zeug dazu, das sich ›Karswood‹ nennt. Ich sage immer, sie soll es auch für uns kochen, mir kommt es köstlich vor.«

Er half ihr in den Regenmantel, und dann fuhren sie mit dem Auto hinaus in das stürmische Wetter.

Mr. Jones' Hängekörbe schaukelten vor dem Pub im Wind. Bei Albert Piggott klapperte ein Fenster, und der Pausenhof der Dorfschule von Thrush Green stand voller Pfützen.

»Was für ein Hundewetter! Ich hatte so gehofft, daß ich Ihnen dieses letzte Haus bei Sonnenschein zeigen könnte.«

»Ist es ein großes Haus?«

»Vier Schlafzimmer. Zwei Badezimmer und das Grundstück etwas über einen Morgen. Die Wiese daneben wird auch zum Verkauf angeboten.«

Jetzt hielt es Connie nicht länger.

»Brauchen Sie denn wirklich etwas so Großes?«

Schweigen. Connie überlegte schon, ob sie ihn gekränkt hätte. Sein Gesicht war ernst.

»Nein«, sagte er. »Etwas so Großes brauche ich nicht. Nicht für mich jedenfalls.«

Kurz stand das Bild von Diana Oliver unangenehm vor Connies geistigem Auge und löschte den Anblick der flitzenden Scheibenwischer und der Gegend dahinter aus.

Die Straße verbreiterte sich, und linker Hand ragte eine schöne Birke empor. Darunter wehten Wind und Regenböen braune Blätter zusammen.

Unter der hielt Kit und sah Connie an.

»Ich hätte das alles schon vor langer Zeit sagen sollen. Ich wollte, daß Sie die Häuser ansehen, weil ich gehofft habe – nein, sagen wir, zu hoffen gewagt habe – daß ich Sie dazu überreden könnte, mit mir darin zu wohnen. Und natürlich auch Tante Dotty.«

»Oh, Kit!« sagte Connie und bekam einen vollkommen unromantischen Schluckauf. »Aber was ist mit Diana?«

»Was für eine Diana?« fragte Kit zurück.

»Diana Oliver«, sagte Connie, die jetzt unangenehm regelmäßig hicksen mußte.

»Du liebe Zeit!« entfuhr es Kit. »Die hat überhaupt nichts damit zu tun! Übrigens hat sie vor einem Monat geheiratet. Ich habe vergessen, dir das zu erzählen.«

»Freut mich zu hören«, sagte Connie. Sie holte tief Luft, weil sie den Schluckauf unter Kontrolle bekommen wollte.

»Liebste Connie, ich versuche gerade, dich zu fragen, ob du dir vorstellen kannst, mich zu heiraten. Das mußt du doch wissen. Ich versuche seit Wochen, dir das zu sagen!«

Connie blickte ihn mit hochrotem Gesicht an, da sie den Atem anhielt. Als sie ausatmete, folgte ein Crescendo von Hicksern.

»Ob ich mir das vorstellen kann?« wiederholte Connie. »Ich denke an nichts anderes mehr, seit wir uns kennengelernt haben.«

Ein Schluckauf unterbrach sie.

»Ist das gräßlich unweiblich? Und keine Sorge wegen dieses verflixten Schluckaufs. Den kriege ich immer, wenn ich plötzlich glücklich bin.«

Kit nahm sie in die Arme.

»Nichts gefällt mir besser als eine gräßlich unweibliche Frau. Und außerdem brauchst du ein Zuckerstück. Für den Rest meines Lebens werde ich immer ein paar in der Tasche haben.«

Mrs. Cooke, die auf ihrem Fahrrad gegen den Wind anstrampelte, interessierte sich denn doch sehr für Mrs. Jenners ehrbaren Untermieter, den sie in inniger Umarmung mit Dotty Harmers Nichte antraf.

»Ein schönes Techtelmechtel«, brummelte sie, während sie sich an dem Auto vorbeikämpfte. »Und beide alt genug, daß sie sich benehmen könnten.«

Sie fühlte sich veranlaßt, ihr Mißfallen über die Szene zu äußern, als sie Betty Bell auf dem Weg zur Arbeit in der Schule traf. So überraschte es kaum, daß das berühmte Buschtelefon bereits summte, kaum daß ein paar Stunden vergangen waren.

Das ältliche Liebespaar fuhr ganz benommen zu dem Haus und folgte der Eigentümerin blicklos von einem Zimmer zum anderen. Bei dem Gewächshaus nickte es vage (»sehr groß«), die Speisekammer (»nach Norden immer kühl«), die vier Schlafzimmer (»alle für ein Doppelbett geeignet, falls das Bett nicht zu groß ist«) und die Araukarie im Garten (»ziert das Haus ganz ungemein«).

Die Verkaufswillige war über den Mangel an Interesse überrascht, und noch mehr erstaunte es sie, daß die beiden Händchen hielten.

»Sie dürften verheiratet sein«, sagte sie schließlich.

»Noch nicht«, antwortete Kit und blickte seine Begleiterin, die gelegentlich hickste, dabei so schmachtend an, daß die Hauseigentümerin ganz schockiert war.

Sie versprachen, ihr in ein, zwei Tagen mitzuteilen, wie sie sich entschieden hätten. Sie begleitete die beiden beflissen zur Haustür und sah zu, wie sie sich durch den Regen zum Wagen kämpften.

»Nee!« sagte sie, als sie die Tür zumachte, »da zerreißen sich alle den Mund, wie sich die Jugend aufführt! Aber die da...«

Ehe sie nach Hause kamen, bat Connie Kit anzuhalten. Die Vernunft setzte wieder ein, und der gelang es fast, sie aus ihrem siebten Himmel herunterzuholen.

»Wir müssen reden, ehe wir wieder bei Tante Dotty sind. Es kommt für mich nämlich nicht in Frage, sie zu verlassen.«

»Das weiß ich doch. Darum wollte ich ja auch viel Platz für Tiere haben und ein ausreichend großes Haus, in dem sie ein, zwei eigene Zimmer haben kann.«

»Ja, das ist mir jetzt auch klar, und dafür liebe ich dich noch mehr. Aber es geht einfach nicht, Kit.«

»Warum denn nicht?«

»Ich kann ihr nicht zumuten, ihr Haus zu verlassen. Das wäre, als würde man einer Schnecke ihr Schneckenhaus abreißen. Sie hat jahrelang darin gelebt. Man kann sie nicht mehr verpflanzen.«

Kit blickte seiner Verlobten ins besorgte Gesicht. Wenigstens aber hatte die wieder einsetzende Vernunft, auch wenn sie die Freude dämpfte, den Schluckauf besiegt. Er fand, sie sah noch hübscher aus als sonst.

»Darüber lassen wir uns jetzt noch keine grauen Haare wachsen. Wir fragen sie einfach. Vielleicht freut sie sich ja über einen Umzug. So was weiß man nie im voraus.«

»Das glaube ich nicht. Sie ist nämlich alt und ziemlich verwirrt. Ich muß einfach bei ihr bleiben. Ich würde dich am liebsten schon morgen heiraten, aber möchtest du uns wirklich alle beide am Hals haben?«

»Probier es aus, du wirst schon sehen.«

Betty Bell, die die Waschbecken in der Schule kraftvoll putzte, ließ sich Mrs. Cookes Enthüllung erfreut durch den Kopf gehen.

War doch nett für Miss Connie, daß sie noch einen abkriegte, und dieser Mr. Armitage sah ihr nach einem guten Menschen aus. Kann ein bißchen bemoost und mit eingefahrenen Gewohnheiten sein, aber er ist sehr sauber, und früher hätte er richtig gut ausgesehen, hatte sie gehört. Und wenn man es recht bedachte, so hatte er jede Menge Geld, und damit hatte man beim Heiraten schon halb gewonnen. Mrs. Jenner hatte gesagt, daß er immer im voraus zahlte und ihr mehr gäbe, wenn sie seine Unterwäsche wüsche, und dabei hätte sie das gar nicht erwartet. Ja, wie auch immer, Miss Connie hatte einen Glückstreffer gelandet.

Sie legte eine Pause ein und fischte etwas aus dem Abfluß, was dort nicht hingehörte. Es fühlte sich wie Kaugummi an, und als sie es ans Licht hielt, war es das auch. Diese Kinder! Wie gut, daß Miss Connie keine mehr kriegen kann, dachte Betty und warf das anstoßerregende Kügelchen in ihren Eimer.

In diesem Augenblick schoß ihr ein anderer Gedanke durch den Kopf. Was wird aus Dotty? Miss Connie wird sie doch wohl nicht allein lassen, oder?

Vielleicht würden sie alle in eins der Häuser ziehen, die sich Mr. Armitage angesehen hatte. Aber würde Dotty mitgehen?

Ausgerechnet jetzt tauchte Miss Watson auf und schnitt das Thema Heizung an. Was Betty davon hielte?

»Sie haben recht, Miss. Gleich morgen früh setz ich den Ofen in Gang. Ist hier richtiggehend klamm.«

Miss Watson war ihrer Meinung.

Betty wrang das Scheuertuch aus und hängte es zum Trocknen über den Waschbeckenrand.

»Ich hab gerade eine gute Nachricht gehört«, sagte sie. »Anscheinend läuft da was zwischen Miss Harmer und Mr. Armitage.«

»Miss Dotty Harmer?« fragte Dorothy verblüfft.

»Nein, nein, nein! Die junge Miss Harmer!«

»Oh, wie nett! Das freut mich zu hören. Wer hat es Ihnen denn erzählt?«

»Mrs. Cooke.«

Dorothy Watson blickte bekümmert. Mrs. Cooke war ihr ein Dorn im Auge, sowohl als Mutter von vielen ihrer Schüler wie auch als ehemalige und höchst unzulängliche Putzfrau in der Schule.

»Ach, wirklich!« sagte sie frostig. »Da kann ich Ihnen nur raten, erzählen Sie es auf keinen Fall weiter. Wir wissen doch beide, wie unzuverlässig diese Dame sein kann. Ich werde es auch für mich behalten, selbst wenn ich hoffe, daß es stimmt, bis wir eine Bestätigung haben.«

Betty Bell, die schier platzte, weil sie es überall herumerzählen wollte, sah trotzdem ein, daß Miss Watsons Rat klug war, und seufzte.

»Ich denk, Sie haben recht, Miss. Aber ist das nicht romantisch, wenn's stimmen sollte?«

Und Dorothy Watson ließ sich dazu herab, zuzugestehen, daß es das sicherlich war.

18. Charles ist melancholisch

Als Kit und Connie zurückkamen, trafen sie Dotty beim Brotestreichen an. Das Brot hatte Dotty selbst gebacken, es war oben etwas verbrannt und rissig und sperrte sich erfolgreich gegen das Messer.

Die Scheiben, die Dotty mühevoll abgesäbelt hatte, besaßen Türschwellenformat. Kit überlegte, ob er je im Leben auch nur eine zerkauen könnte.

»Ihr müßt ganz verhungert sein«, sagte Dotty und verstrich eifrig Butter. »Ich habe mir gedacht, obendrauf kommt mein Brombeergelee. Hat alle erforderlichen Vitamine, mit denen man dem Winter trotzen kann.«

Connie machte den Tee, und erst, als sie am Kamin saßen, hatte sie all ihren Mut zusammengerafft, um Dotty ihre Neuigkeit mitzuteilen. Doch Dotty kam ihr zuvor.

»Ich hatte einen höchst eigenartigen Traum«, sagte sie, während sie versuchte, das flüssige Gelee zu verstreichen. »Mir war, ich schwimme mit dem lieben Papa, und der war zu weit draußen und am Ertrinken. Und wißt ihr was, ich habe doch tatsächlich überlegt, ob ich ihn retten soll!«

Freud läßt grüßen, dachte Kit bei sich. So, wie er sich an Dottys furchteinflößenden Vater erinnerte, erschien ihm Ertrinken als relativ schmerzloser Tod für einen Sadisten.

»Ich kann mich nicht erinnern, ob ich ihn gerettet habe oder nicht«, fuhr Dotty fort und lutschte einen klebrigen Finger ab, »aber das Komische daran war, daß das Wasser warm war. Ist das nicht ungewöhnlich? Und wie war das Haus?«

»Ziemlich ungeeignet«, sagte Kit, legte seine Scheibe hin und beschloß, sie nicht mehr anzufassen. »Übrigens haben wir eine wunderbare Neuigkeit für Sie.«

»Sie haben ein besseres Haus gefunden?«

»Nein, das nicht. Aber ich habe Connie dazu überreden können, daß sie mich heiratet.«

Falls das glückliche Pärchen angesichts dieser phantastischen Nachricht bei Dotty Aufregung erwartet hatte, so wurde es enttäuscht. Sie antwortete sehr sachlich.

»Freut mich zu hören. Ihr macht seit Wochen so verliebte Glupschaugen, daß ich mich schon gefragt habe, wann es passiert. In diesen Dingen habe ich mich noch nie getäuscht. Das habe ich schon oft gesehen, bei Dulcie und Flossie, ganz zu schweigen vom Geflügel, obwohl man bei den vielen Federn den Gesichtsausdruck nicht so gut erkennen kann.«

»Aber ist es dir auch recht, Tante Dotty?« fragte Connie etwas bänglich. Nicht gerade schmeichelhaft, daß sie eine Zeitlang so rollig wie eine Hündin, Ziege oder Henne ausgesehen haben sollte, aber da sie ihre Tante kannte, konnte sie solche Spitzen gut wegstecken.

»Natürlich ist es mir recht«, rief Dotty. »Und wann wird geheiratet?«

»Soweit sind wir noch nicht«, sagte Kit. »Für heute reicht es uns, daß wir verlobt sind. Könnte ich noch etwas Tee haben? Ich merke, daß mich die ganze Aufregung furchtbar durstig gemacht hat.«

»Das ist nur natürlich«, bestätigte Dotty.

»Hat irgendwie mit den Hormonen zu tun. Ich muß es in meiner Tier-Enzyklopädie nachschlagen.«

Dotty schenkte ihm Tee nach, und während sie mit der Teekanne beschäftigt war, schmuggelte Kit seine ekligen Brotreste der wartenden Flossie zu, die sie nahm und mit staunenswerter Klugheit unter dem Sofa versteckte.

Die Einheimischen reagierten vorhersehbar und beglückwünschten das Paar. Harold Shoosmith, der selbst spät geheiratet hatte, war besonders entzückt.

»Warum haben Sie uns das denn nicht erzählt, Betty?« fragte er, als diese mit dem Staubsauger durch die Diele polterte. »Miss Harmer mußte erst anrufen und uns benachrichtigen, aber wetten, daß Sie viel eher Bescheid gewußt haben?«
Betty Bell schaute selbstgefällig drein.
»Ehrlich gesagt, ich hab schon vor ein paar Tagen davon gehört, aber weil es von Mrs. Cooke gekommen ist, hab ich kein Sterbenswörtchen gesagt. Ich bin keine Klatschbase, das müßten Sie doch wissen.«
Falls man Harold gefragt hätte, er hätte genau das Gegenteil behauptet. Was er über die Einheimischen wußte, stammte fast alles von Betty. Sie stellte jedoch klar, daß sie bei dieser Gelegenheit die Früchte einer ungewohnten Zurückhaltung einheimsen wollte, und Harold beeilte sich denn auch, diese löbliche Tugend zu preisen.
»Ob Miss Connie wohl in Weiß heiratet? Würde darin niedlich aussehen, was? Ich meine, selbst wenn man nicht mehr die Jüngste ist, so ein langes, weißes Brautkleid hat doch was Würdevolles.«
Die meisten Damen von Thrush Green interessierten sich für Connies Hochzeitskleid, doch im großen und ganzen votierte man für ein Kostüm oder einen Rock mit Jacke.
»Ist viel vernünftiger«, sagte Jenny zu Winnie Bailey. »Kann man hinterher noch anziehen. Was soll man mit einem Brautkleid sonst machen? Aus den meisten wird schließlich ein Taufkleid geschneidert, und das braucht Miss Connie denn wohl doch nicht mehr.«
Winnie schaffte es, sich um einen Kommentar zu drücken, amüsierte sich aber doch, daß Connies Alter unter ihren Freundinnen für Diskussionsstoff sorgte.
»Kinder, die einem zwischen den Beinen rumlaufen, fallen der sowieso nicht mehr lästig«, war Ella Bembridges Kommentar.
»Obwohl es im Alten Testament eine Frau gibt, die mit achtzig noch ein Kind gekriegt hat. Andererseits hat man das Alter damals anders berechnet. In Ellen oder so ähnlich«, fuhr sie unschlüssig fort.

Isobel Shoosmith, die zum zweiten Mal glücklich verheiratet war, freute sich von ganzem Herzen über das neue Pärchen und erklärte, daß Alter in diesem Fall nicht zähle, während in Lulling Charles und Dimity jubelten und Justin Venables in seinem Büro einen wunderschönen Brief in bester Schönschrift aufsetzte und Muriel eigens damit losschickte, damit er vor der nächsten Leerung noch im Kasten war.

Die drei Misses Lovelock hörten die Neuigkeit am Telefon von Dotty höchstpersönlich. Miss Ada hatte in der Diele den Hörer abgenommen, und Bertha und Violet lauerten in der Nähe, weil sie alles brühwarm hören wollten.

»Du guter Gott!« sagte Ada. »Ja, natürlich bin ich entzückt. Meine Schwestern übrigens auch. Wir schreiben auf der Stelle. Nett von dir, Dotty, daß du uns angerufen hast. Grüße bitte Connie und gratuliere ihr von uns.«

Behutsam legte sie den Hörer auf.

»Wie geht es Dotty?« fragte Bertha.

»Wie der Katze mit den zwei Schwänzen. Connie hat sich verlobt. Und ratet mal, mit wem?«

Violet war kreidebleich, ihr fehlten anscheinend die Worte.

»Kit?« fragte Bertha.

»Ja, Kit Armitage. Hat das Mädchen ein Glück. Ich finde, die beiden passen wunderbar zusammen.«

»Ich sehe mal nach, ob ich mein Schlafzimmerfenster zugemacht habe«, hauchte Violet und ging zur Treppe.

Bertha und Ada wechselten einen Blick. Bertha wollte Violet nachgehen, doch Ada schüttelte wortlos den Kopf.

Violet stieg allein die Treppe hoch.

Als sie im sicheren Hafen ihres Schlafzimmers war, sank sie auf den Hocker vor dem Frisiertisch und starrte ihr Spiegelbild mit ausdruckslosen Augen an.

Das war's dann wohl! Es war natürlich zu erwarten gewesen, aber das machte den Schlag nicht weniger schmerzlich. Sie hatte immer gewußt, daß sie nicht darauf hoffen durfte, Kits Frau zu werden, aber sie hatte in den letzten Monaten voller Freude mit dieser Vorstellung von Liebe gespielt.

Wenn sie Kit erspähte, wie er die High Street entlang

schritt oder ihr aus seinem Wagen zuwinkte, hatte ihr Herz schneller geschlagen, so als wäre sie noch ein junges Mädchen. Bei seinen vielen Artigkeiten war ihr warm ums Herz geworden. Sie erinnerte sich an die kleinen Komplimente, wie er ihre Pflaumentorte gelobt hatte, seine Dankbarkeit, als sie ihm von Mrs. Bassetts Haus erzählt hatte, ja, sie hatte geliebt und war sich geliebt vorgekommen. Jetzt mußte die Tagträumerei ein Ende haben.

Denn es waren nur Tagträume, das wußte sie sehr wohl. Nicht etwa, daß sie Kit verloren hätte, denn im tiefsten Herzensgrund war ihr klar, daß er ihr nie gehört hatte. Es war eine unbestreitbare Tatsache, daß dieses das Ende aller Liebeshoffnungen war und daß sie sich darin fügen mußte, bis ans Ende ihrer Tage eine der drei alten Lovelock-Schwestern zu sein.

Jetzt nahm sie auch ihr Spiegelbild wahr. Ihr Haar war noch immer voll und gewellt, doch ganz und gar silbrig. Ihr Hals war hager, um ihren Mund zogen sich viele Fältchen, und zwei Tränen glänzten auf ihren papiernen Wangen. Die Hand, die sie hob, um sie wegzuwischen, war verkrümmt und knochig, alt und klauenartig. Ja, sie war eine alte Schachtel, die mit jedem Jahr gebrechlicher und vergeßlicher wurde. Es war die traurige Wahrheit, der sie sich zu stellen hatte. Dieses letzte jugendliche Herzflattern hatte für immer aufzuhören und war – wie das einst goldblonde Haar, die runden, rosigen Wangen und der lächelnde, rote Mund – für immer dahin.

Sie stand vom Hocker auf, ging zum Fenster und blickte hinaus. Achtlos floß das Leben von Lulling vorbei. Vor dem *Fuchsienbusch* hob der Müllmann eine Mülltonne hoch. Der Gemüsehändler von gegenüber gab der jungen Mrs. Hurst einen Blumenkohl, damit sie ihn prüfen konnte. Der schwarzweiße Hund, der sich im Frühjahr so über den Schnee gefreut hatte, beschnüffelte jetzt das Geländer vor dem Haus, und in der Ferne schlug die Kirchturmuhr von St. Mary's zehn.

»Na schön«, sagte Violet und stopfte das feuchte Taschentuch in die Tasche, »das alles liegt hinter mir! Und jetzt an die Arbeit!«

Sie ging zur Tür, blieb aber abrupt vor einer schönen Mahagoni-Kommode stehen. Auf ihr stand ein verblichener Schnappschuß im Silberrahmen.

Er zeigte ein halbes Dutzend junge Leute in der Tenniskleidung der späten Zwanziger. Unter ihnen, größer und schöner als alle anderen, lächelte Kit Armitage.

Violet schluckte schwer. Dann legte sie den Schnappschuß in die oberste Schublade und ging resolut nach unten zu ihren Schwestern.

»Ich glaube«, sagte sie, »ich bekomme eine Erkältung.«

»Dann laß es langsam angehen«, sagte Bertha freundlich.

»Warum legst du dich nicht für ein Stündchen hin?« riet ihr Ada. »Und zur Lunchzeit bringen wir dir einen Teller Suppe hoch. Das macht gar keine Umstände, Violet.«

»Du wirst mit Erkältungen doch nicht schon so früh anfangen. Dazu ist nach Weihnachten noch Zeit genug. Wie wäre es mit einem Aspirin?« fragte Bertha besorgt.

»Was mir am meisten helfen würde«, sagte Violet fest, »wäre, mit allem weiterzumachen wie bisher. Ich bin heute mit Puddingmachen dran, glaube ich. Möchtet ihr beide einen Schichtpudding haben?«

»Köstlich, Violet«, sagte Ada.

»Nichts, was mir lieber wäre«, bestätigte Bertha.

Schwestern nerven zwar oft, aber manchmal sind sie auch ein großer Trost, dachte Violet auf dem Weg in die Küche.

Das stürmische Wetter hielt an, und es wurde noch kälter.

»Viel zu kalt für die Jahreszeit«, meinte einer der Stammkunden in den *Zwei Fasanen*.

»Wir kriegen einen harten Winter«, prophezeite Percy Hodge griesgrämig. Seine Frau war noch immer abgängig, und die Hoffnung, daß sie zurückkehrte, wurde von Woche zu Woche geringer. Percy war sehr niedergeschlagen.

»Ist gesünder als so 'n feuchtes Wetter«, sagte Albert. »Doktor Lovell hat mir mal gesagt, daß er lieber einen bitterkalten als einen milden Winter hat. Ist nämlich ungesund. Der Frost murkst die Bazillen ab. Das hat er mir gesagt, als ich wegen meiner letzten Operation bei ihm gewesen bin. Hab ich dir das nicht erzählt, Perce?«

»Andauernd«, knurrte Percy und stellte seinen Bierkrug auf den Tresen. »Über deine Innereien weiß ich mehr als über meine, soviel steht fest.«

»Schon gut, schon gut!« rief Albert. »Immer ruhig Blut. Kein Wunder, daß dich deine Doris verlassen hat.«

Auf einmal herrschte Schweigen. Percy stand langsam und drohend auf. Albert merkte, daß er zu weit gegangen war.

»'tschuldigung, Perce, 'tschuldigung! Vergiß es.«

»Ich weiß nicht, ob ich das will«, sagte Percy bedrohlich.

Aus der anderen Ecke des Lokals eilte Mr. Jones hinzu.

»Aber, aber, meine Herren! Dummes Gerede wollen wir hier doch nicht. Du, Perce, setzt dich wieder hin und trinkst noch ein Kleines. Geht auf Kosten des Hauses.«

»Ach, ja?« sagte Albert grimmig.

»Und du trinkst hoffentlich auch ein Kleines«, sagte Mr. Jones rasch und diplomatisch. »Kommt, Jungs! Setzt euch wieder hin.«

Widerwillig kamen die beiden Männer dem nach. Das Bier wurde vor sie hingestellt, und sie bedankten sich mit einem Nicken bei dem edlen Spender.

Die Krüge waren halb leer, ehe Percy wieder sprach und auch erst, nachdem er sich den Schaum mit dem Handrücken abgewischt hatte.

»Die kommt nämlich nie wieder«, erzählte er Albert schließlich. »Das war mir vielleicht ein Rat, zeig Würde und so, dann kommt sie von allein zurück! Hat aber nicht geklappt, Albert. Ich hab ihr vor einer Woche geschrieben, und heute morgen war ein Brief von ihr da. Sie hat eine Stelle bei Marks & Sparks gefunden. Gefällt ihr auch, und ihre Schwester kann sie unterbringen. In dieser Sache hab ich mich wohl zum Narren gemacht, Albert.«

Das Bier stimmte ihn langsam sentimental.

Albert bemühte sich nach besten Kräften, ihn zu trösten.

»Ich denk mal, ohne sie bist du besser dran, Perce. Die weiß doch gar nicht, was sie an dir gehabt hat. Ein guter Kerl wie du – wer so einen verläßt, hat ja nicht alle Tassen im Schrank. Vergiß sie, mehr kann ich dir nicht raten.«

»Du hast gut reden«, knurrte der verlassene Ehemann. »Du hast ja auch deine Nelly auf Dauer wieder.«

»Ehrlich gesagt, auf lange Sicht ist das auch nicht das Wahre. Jetzt geht sie zweimal die Woche zum Bingo, und ich krieg abends nur kaltes Essen. Und was sie dabei verpulvert, daran wag ich gar nicht zu denken.«

Percy nickte betrübt.

»Frauen machen einem nichts als Ärger«, sagte er seufzend. »Na dann, Albert, ist wohl das beste, wir machen uns wieder an die Arbeit.«

Er hakte Albert unter, und beide gingen auf unsicheren Beinen zur Tür.

Mr. Jones sah sie unendlich erleichtert gehen.

An einem dieser kalten, windigen Abende ging Charles Henstock vom Pfarrhaus zur St.-John's-Kirche hinüber.

Er wollte sich mit dem Organisten treffen und mit ihm die Musik für ein Konzert zugunsten der Kirche aussuchen. Geld locker zu machen war dem guten Pfarrer noch nie leichtgefallen, und jetzt hatte er für vier Kirchen zu sorgen und merkte, daß deren Unterhalt ein riesiges Problem darstellte.

Der Diebstahl des Opferstocks war ein herber Verlust gewesen, obwohl Charles beim täglichen Leeren des neuen Kastens merkte, daß die Spenden wirklich sehr gering gewesen sein mußten.

Das lag nicht an den Menschen. Er wußte zu genau, wie viele Familien heutzutage knapp bei Kasse waren. Er selbst versagte sich auch so manches, und es machte ihm nichts aus, doch manchmal berührte es ihn peinlich, wie die Häuser einiger seiner Gemeindeglieder mit teuren Kinkerlitzchen vollgestopft waren.

Und er merkte auch, daß Anthony Bull und seine wohlhabende und großzügige Frau gern für St. John's gespendet hatten, etwas, was er sich bei seinem bescheidenen Gehalt nicht leisten konnte.

Der Pfarrer dachte noch darüber nach, während er an seinem gewohnten Platz im Chor saß und auf Bill Mitchell wartete.

Die Kirche war höhlenartig und dunkel. Nur im Altarraum brannte Licht, und Charles bedauerte schon, daß er keinen dickeren Mantel angezogen hatte.

Es war ein trauriger Tag gewesen. Die Post hatte den Brief eines Freundes aus Schulzeiten gebracht, der den Tod seines einzigen Sohnes anzeigte, der an Leukämie gestorben war. Charles war der Patenonkel des Jungen gewesen.

Der Schock wirkte noch den ganzen Tag über nach. Den Tod der Elterngeneration konnte man annehmen, auch wenn er traurig stimmte.

Aber wenn man in Charles' Alter kam und immer mehr Gleichaltrige in den Todesanzeigen der Zeitung fand, fuhr einem das jedesmal in die Knochen. Doch wenn man wie heute mitgeteilt bekam, daß die Jungen, die Kinder, die nachfolgende Generation, vor der Zeit ins Grab mußten, war das herzzerbrechend.

Er war seinen Pflichten den ganzen Tag mit einem schrecklichen Verlustgefühl nachgekommen. Normalerweise erfreute er sich einer robusten Gesundheit. Heute ging ihm jäh auf, wie gebrechlich und leer er sich fühlte, so wehrlos wie ein verletzter Vogel oder ein geknickter, junger Baum. Wie rasch wurde man vom Gesunden zum Kranken. Die Lektion, wie gefährdet das Leben war, traf ihn hart.

Das Wetter war auch nicht dazu angetan, seine Laune zu heben. Vom Fluß war Nebel hochgestiegen und hatte die kleine Stadt eingehüllt. Die Menschen bewegten sich wie Gespenster, tauchten aus dem Grau auf und verschwanden gleich wieder. Kein Wunder, daß die Amerikaner den Herbst »fall« wie Fallen nennen, sinnierte Charles in seiner klammen Kirche. Nicht nur die Blätter fallen, sondern auch die Fülle des Lebens ringsum neigt sich dem Ende zu, ein stilles Gleiten von sommerlichen Freuden in den winterlichen Tod.

Er bewegte sich und warf einen Blick auf seine Armbanduhr. Was mochte dem Organisten zugestoßen sein? Bill Mitchell war immer so pünktlich, und jetzt hatte er sich bereits um zehn Minuten verspätet.

Er schritt das lange Kirchenschiff entlang und öffnete das Südportal. Tote Blätter hatten sich dort angesammelt und raschelten, als er durch sie hindurchging. Er strebte dem schmiedeeisernen Tor zu. Durch den Nebel konnte er verschwommen den Umriß seines Pfarrhauses ausmachen.

In der Nähe jedoch, jenseits der Gräber, standen die sechs uralten Armenhäuser. Gedämpftes Licht schien durch den Nebel. Während Charles mit der Hand auf dem klammen Metall wartete, sah er, wie eine der Türen aufging. Bei dem Geklirr von Flaschen mußte er an Milchflaschen denken, die für den nächsten Morgen auf die steinerne Schwelle gestellt wurden.

Das Radio war recht laut angestellt, und eine Geige schluchzte durch den Dunst. Sie klang klagend, und Charles wurde noch melancholischer zumute. Er war froh, als die Tür zugeschlagen wurde und er sie nicht mehr hörte.

Von den Bäumen tropfte es trostlos. Auf dem Weg standen Pfützen. Wirklich, dachte Charles, alle Wege zur Kirche müssen frisch gekiest werden. Es war so viel zu tun, und zuweilen überkam ihn das Gefühl, daß ihm das alles zuviel wurde. Er trauerte dem Verlust seiner Körperkräfte, dem Verlust von Jugend und Kraft, dem Verlust von Gefährten nach. Vielleicht hatten die Abfolge von spitzen Bemerkungen, die Kritik, die kleinlichen Vergleiche mit Anthonys Seelsorge und das Ausscheiden von Leuten wie Mrs. Thurgood aus seiner Herde zu seiner augenblicklichen bedrückten Stimmung beigetragen. Doch das vorherrschende Gefühl war das des Verlustes.

Sogar die liebe alte Polly fiel ihm ein, die jetzt nicht mehr bei ihnen war, und das gab ihm einen Stich. Und sein altes Pfarrhaus war auch nicht mehr. Dort war er glücklich gewesen und hatte beim Anblick der verkohlten Überbleibsel weitaus stärker getrauert als Frau und Freunde. Und noch immer vermißte er geliebte Dinge. Dazu gehörte auch sein altes Kruzifix, dann seine Bibel, ein Konfirmationsgeschenk, ein Brieföffner, den er als Kind gebastelt hatte, und unzählige heißgeliebte Bücher, die unersetzlich waren.

Charles seufzte. Er wollte schon zurückgehen, als ein Auto schlitternd zum Stehen kam, eine Tür zuschlug und Bill Mitchell auf ihn zulief.

»Bitte vielmals um Entschuldigung, Sir«, rief er. »Irgend so ein armer Teufel hat seinen Lastwagen zu Bruch gefahren und die Straße blockiert. Sie war voller Flaschen mit Ketchup, das Ganze hat ausgesehen wie ein Schlachtfeld und dazu noch jede Menge Glasscherben.«

»Hoffentlich keine Verletzten?«

»Nur Constable Darwin, der in der Schweinerei ausgeruscht ist und sich hingesetzt hat. Aber es ist nichts Schlimmes passiert. Er hat uns allesamt um die Häuser rumdirigiert, und darum bin ich so spät dran.«

Sie gingen durch das Südportal, das der Pfarrer hinter ihnen abschloß. Im Licht des Altarraums blickte Bill Mitchell den Pfarrer an.

»Was ist mit Ihnen? Sie sehen aus, als hätten Sie sich verkühlt.«

»Nein, nein«, protestierte Charles, den diese Fürsorge rührte. »Ich finde nur das Wetter etwas deprimierend, das ist alles.«

»Gut! Und jetzt zu der Musik. Das macht uns wieder munter. Tut Musik immer.«

»Sie haben ganz recht, Bill«, bestätigte Charles, während er sich kräftig die kalten Hände rieb. »Das tut Musik immer!«

19. Heiratspläne

Die Verlobung von Kit und Connie sorgte unter ihren Freunden in Lulling und Thrush Green für große Freude, doch den Glückwünschen folgten immer zwei Fragen.

Die erste lautete: »Wo werden sie wohnen?« Die zweite lautete: »Ob Dotty bei ihnen leben will?«

Connie hatte die Fragen als erste gestellt, und sie war es

auch, die darauf bestand, daß sie das Thema unter vier Augen mit Dotty anschneiden müsse.

»Das ist der beste Weg«, sagte sie zu Kit. »Falls sie mit uns in ein neues Haus umziehen will, ist alles in Ordnung. Aber falls sie nicht will, was ich für wahrscheinlicher halte, dann müssen wir ganz von vorn anfangen zu denken.«

Kit willigte ein, und Connie wartete auf eine passende Gelegenheit. Die ergab sich erst zwei, drei Tage nach der Verlobung.

Die beiden Frauen saßen am Kamin, Dotty war damit beschäftigt, Flossie zu bürsten, während Connie mit dem Kreuzworträtsel kämpfte. Kit wollte um halb vier vorbeischauen, und Connie fand, der Augenblick war gekommen, das heiße Thema anzuschneiden.

»Wo ich leben möchte?« wiederholte Dotty und unterbrach vorübergehend ihre Arbeit. »Es geht doch darum, wo ihr leben möchtet, oder?«

»Tante Dotty, wie du weißt, hat Kit noch nichts gefunden. Wir müssen aber wissen, ob du bereit bist, mit uns umzuziehen. Eines steht fest, ich verlasse dich nicht, das weiß auch Kit, und er ist damit einverstanden.«

»Verflixter Hund!« rief Dotty, als Flossie ihr entwischte und sich unters Sofa verkroch.

»Also, liebe Connie«, sagte Dotty jetzt und legte die Bürste beiseite. »Seit Kit aufgetaucht ist, habe ich viel über diese Sache nachgedacht, denn es war ja klar wie Klärchen, daß er ein Auge auf dich geworfen hatte.«

»Bei dir hört sich das nach einem guten Fang an!« protestierte Connie.

»Ist es auch. Also, ich weiß gar nicht, was das ganze Theater mit der Haussuche soll, wo du doch das hier hast. Ja, ja, furchtbar bequem ist es nicht, aber ihr könntet getrost anbauen. Edward Young kann euch sicherlich einen netten, kleinen Anbau entwerfen. Er ist recht intelligent, und seine Seniorenwohnungen sind für Leute, die nicht oben schlafen wollen, wirklich sehr gut geeignet.«

»Aber es ist dein Haus, nicht meins!«

»Ich habe es dir vererbt, wie du weißt, und ich sehe mir sowieso auf dem Friedhof von Thrush Green schon bald die Radieschen von unten an«, sagte Dotty fröhlich. »Hoffentlich weilt Albert Piggott dann nicht mehr unter uns. Leistet nur schlampige Arbeit. Ich bin immer noch der Meinung, sie wären besser beraten gewesen, wenn sie auf dem Friedhof meine Ziegen hätten grasen lassen. Eine Schande, wie er den Rasen mäht.«

Connie ließ sich diese neue Entwicklung durch den Kopf gehen. Dotty hatte ganz recht. Grund und Boden um das Häuschen herum war reichlich vorhanden, so daß man anbauen konnte. Und das würde auch das Problem mit Dottys Zukunft lösen.

Der einzige Haken war: Was würde Kit davon halten, auf Tuchfühlung mit dieser lieben, aber etwas verrückten Verwandten zusammenzuleben?

Als könnte sie Gedanken lesen, plapperte Dotty weiter.

»Schließlich haben wir drei Schlafzimmer, davon könnte jeder eins bekommen. Aber wenn du erst mal verheiratet bist, liebe Connie, ist es natürlich ganz in Ordnung, wenn ihr zusammen eins bezieht.«

»Das war mir auch schon klar«, sagte Connie.

»Und es wäre sehr gut, wenn jemand hier wäre, wenn die Maurer arbeiten. Ein paar von diesen Burschen neigen zu sehr zum Trödeln, und ich habe mit eigenen Augen gesehen, daß die Männer, die Tullivers renoviert haben, sich tatsächlich hingesetzt und Karten gespielt haben!«

Bei Dotty hörte sich das nach einer der sieben Todsünden an.

»Wie oft habe ich ihnen gesagt: ›Das wäre bei meinem Vater nicht vorgekommen. Der hätte sich euch vorgeknöpft, wenn er euch eingestellt hätte!‹ Daraufhin sind sie, wenn ich mich recht entsinne, ziemlich unverschämt geworden.«

Bei dieser Erinnerung wurde Dotty ganz rosig im Gesicht.

»Sehr ungezogen«, meinte auch Connie und wünschte sich insgeheim, sie hätte die Szene miterlebt. »Liebe Tante Dot, das ist ein tolles Angebot, ich werde Kit davon erzählen. Aber hältst du es denn aus, wenn du das Haus mit uns teilen mußt?«

»Es ist doch dein Haus! Und nichts würde mir mehr Freude machen, als euch beide unter diesem Dach zu haben. Dann könnte ich ein wachsames Auge auf euch haben und aufpassen, daß Kit dich auch gut behandelt.«

»Ich glaube kaum, daß er gewalttätig ist«, sagte Connie.

»Man weiß nie«, entgegnete Dotty. »Bück dich, Liebes, und zieh Flossie raus. Sie muß dringend gepflegt werden.«

»Gepflegt?« wiederholte Connie.

»Wenn sie ungepflegt ist, was sie wirklich ist, dann sollte man das Gegenteil herstellen. Wo habe ich nur die Bürste?«

Als Connie an diesem Nachmittag mit Kit nach Lulling ging, erzählte sie ihm von Dottys Plänen.

»Es spricht einiges dafür«, meinte auch er. »Damit wäre Tante Dottys Zukunft geregelt, und ich könnte mir sehr gut vorstellen, daß wir ein schönes Haus bekommen, falls man vernünftig anbaut. Das Grundstück ist einmalig, und Schwierigkeiten mit dem Bauplan dürfte es, glaube ich, nicht geben. Falls dir die Idee zusagt, unterhalte ich mich mal mit Edward. Dann sehen wir ja, was er davon hält.«

»Ich bin ganz dafür«, sagte Connie, »aber bist du wirklich glücklich mit dieser Regelung? Viele Männer würden das – meiner Meinung nach – rundheraus abschlagen, und wer könnte es ihnen verdenken. Tante Dotty entspricht durchaus nicht dem landläufigen Ideal einer Hausgenossin.«

»Mein liebes Kind, ich weiß sehr wohl, daß ich dich nie dazu bewegen könnte, sie zu verlassen, und das flößt mir Achtung ein. Wenn ich dich also bekommen will – und das will ich weiß Gott –, dann bin ich es zufrieden, wenn ich dazu auch die gute, alte Dotty bekomme. Ich finde ihr Angebot ungewöhnlich großzügig. Also, machen wir das Beste draus. Und die Bauplanung dürfte uns viel Spaß machen.«

»Mir fallen Steine vom Herzen«, gestand Connie. »Laß uns zur Feier des Tages eine Tasse Tee im *Fuchsienbusch* trinken.«

Kits Vermieterin, Mrs. Jenner, freute sich mächtig, als ihr Untermieter ihr von der bevorstehenden Hochzeit berichtete, und gestand ehrlich, daß sie wohl kaum noch einmal so ein Prachtexemplar von Mieter bekommen würde.

»Unsinn!« sagte Kit. »Abwarten und Tee trinken. Wenn sich herumspricht, daß die Wohnung zu vermieten ist, haben Sie eine Schlange von hier bis nach Nidden. Und dann können Sie wählen und aussuchen und jede Miete fordern, die Sie haben wollen.«

»Ich weiß noch gar nicht, ob ich überhaupt vermiete«, sagte Mrs. Jenner. »Percy liegt mir ständig in den Ohren, ich soll ihn auf Dauer zu mir nehmen. Und ich sag ihm immer wieder: ›Hör zu, Perce! Ich will dich nicht haben, also frag nicht ewig!‹ Aber dem kann man lange mit dem Zaunpfahl winken, der kapiert nichts.«

Mit dem Zaunpfahl winken? dachte Kit bei sich. Für ihn hörte sich das nach einem knappen Ultimatum zwischen Schwester und Bruder an. Hoffentlich wurde Mrs. Jenner nicht weich. Es wurde Zeit, daß sie sich das Leben ein wenig leichter machte, und Percy konnte sich sehr gut allein versorgen, falls er sich irgendwann nicht mehr in Selbstmitleid suhlte.

»Ich sag ihm«, fuhr seine Vermieterin fort, »daß ich das Haus von Zeit zu Zeit für mich haben will. Percy würde Punkt zwölf ein warmes Essen, zwei Sorten Gemüse und einen richtigen Pudding erwarten. Also, damit fang ich gar nicht erst an. Ein gekochtes Ei und eine Scheibe Toast reichen mir, und ich hab im Laufe der Jahre genug gekocht. Außerdem geh ich jetzt gern abends aus. Zum Singen in meinen Chor und zum Bingo.«

»Haben Sie schon mal gewonnen?« fragte Kit.

»Also, einmal achtzig Pence, aber Sie werden es nicht glauben, Nelly Piggott hat letzte Woche glatt fünfzig Pfund gewonnen! Nicht zu fassen! Aber kein Sterbenswörtchen verraten, ja?«

»Natürlich nicht. Obwohl das sicherlich Dutzende von Leuten mitbekommen haben.«

»Kann sein, aber Nelly möchte nicht, daß Albert Wind davon kriegt. Sie legt jeden Pfennig auf die hohe Kante, falls Albert sie doch noch vor die Tür setzt.«

Das war für Kit neu. Er war immer davon ausgegangen, daß Nelly Albert verlassen hatte und nicht anders herum.

»Sie ist in Ordnung«, fuhr Mrs. Jenner fort, »und arbeitet wirklich hart. Man hört, daß im *Fuchsienbusch* die Kasse nur so klingelt, seit sie dort angefangen hat zu kochen. Ich hab sie in den letzten Monaten richtig ins Herz geschlossen, und sie hat wohl schlimme Zeiten hinter sich.«

»Ich schweige wie ein Grab«, versicherte ihr Kit. »Ich erzähle niemandem von ihrem Gewinn. Aber hoffentlich geht ihre Ehe nicht wieder in die Brüche.«

»Na ja, die Ehe ist eine richtige Lotterie, oder? Und wann heiraten Sie?«

»Bald nach Weihnachten. Es ist noch so viel zu regeln. Ich muß Möbel aussortieren, die noch immer auf Lager stehen.«

»Und es dauert sicher auch seine Zeit, bis die Pläne für den Anbau bei Miss Harmer genehmigt sind, oder?« sagte Mrs. Jenner im Plauderton.

Da weder Kit selbst noch Connie ein Sterbenswörtchen von ihren Plänen hatten verlauten lassen, dämmerte ihm, daß diese Frage wieder einmal der beste Beweis für das Funktionieren der einheimischen Buschtrommel war.

»Ganz recht«, bestätigte er gottergeben.

Wie Dimity schon früher zu Ella gesagt hatte, schien sich Weihnachten in Lulling und Thrush Green wie auf leisen Pfoten angeschlichen zu haben, und das war zweifellos auf den gesamten britischen Inseln so.

In der Dorfschule bastelte Miss Fogerty mit ihren Kindern bereits Weihnachtskarten und -kalender. Miss Potters etwas ältere Kinder wurden zu Lesezeichen mit Quasten, gestrickten Schüsseltüchern aus Topflappengarn und Schutzhüllen für die *Radio Times* und *T. V. Times* angehalten, die wiederum aus Stramin waren und mit einfachem Kreuzstich bestickt wurden.

Miss Watsons Klasse beschäftigte sich mit so ehrgeizigen Projekten wie Teewärmern, Taschentuchbehältern, bemalten Schachteln und Teeuntersetzern, wie es den erfahrensten und begabtesten Schülern der Schule zukam.

Zu diesen ganzen kunsthandwerklichen Aktivitäten gesellten sich noch das Weihnachtsliedersingen und die Planung der Weihnachtsfeier. Alle ehrgeizigeren Projekte waren in diesem Jahr nach ernster Diskussion verworfen worden.

»Ich kann einfach kein weiteres Krippenspiel mehr verkraften«, gestand Miss Watson. »Ich weiß, daß die Mütter umwerfend im Anfertigen von Kostümen und beim Make-up sind, aber immer gibt es irgendeine Krise. Weißt du noch, als die drei Weisen aus dem Morgenland diese gräßlichen Gewänder anhatten, deren Farben sich bissen? Und als John Todds Mutter keinen Bart für Joseph beschaffen konnte? Und die Dielen sind wirklich zu splittrig für die ganze Knieerei, und ich kann es einfach nicht leiden, wenn mein Vorleger zum Verdecken des Vorderteils der Krippe verwendet wird. Ich jedenfalls finde, Axminster sieht nicht fromm genug aus.«

»Ein Krippenspiel macht wirklich viel Arbeit«, meinte auch Agnes. »Und die Pantomime, die wir vor Jahren ausprobiert haben, die habe ich ein wenig laienhaft gefunden.«

»Ehrlich gesagt«, meinte Dorothy, »werden wir zu alt für diese ganze Plackerei. Wenn alles seinen richtigen Gang gegangen wäre, wären wir jetzt pensioniert. Ich finde, in unserem Alter müssen wir uns keine Gewissensbisse mehr machen, wenn wir Weihnachten einfacher gestalten.«

»Jedenfalls«, meinte Agnes, »singen wir in diesem Jahr die Weihnachtslieder in der Kirche statt in der Schule. Das dürfte ein sehr eindrucksvoller Nachmittag werden, und den Eltern wird es sicherlich auch gefallen.«

»Mrs. Todd nicht. Die ist strenge Freikirchlerin und weigert sich, einen Fuß in St. Andrew's zu setzen.«

»Manchmal fragt man sich, ob die Einheit der Kirche jemals zustande kommt«, sagte Agnes kopfschüttelnd.

»Und ich plane etwas, das wir hoffentlich in die Tat umsetzen«, sagte Dorothy und wechselte damit das Thema.

»Gleich nach Ferienanfang sollten wir aufbrechen, Weihnachten in Barton verbringen und uns gründlich ausruhen.«

»Das ist eine wunderbare Idee. Aber können wir uns das leisten?«

»Das tun wir einfach«, sagte Dorothy bestimmt. »Du bist noch nicht wieder richtig auf dem Posten, und mein Bein zwickt mich auch hin und wieder. Es würde uns unwahrscheinlich guttun, eine Woche am Meer zu verbringen und uns von anderen bedienen zu lassen. Und es könnte doch sein, daß wir während unseres Aufenthalts von einem kleinen, zum Verkauf stehenden Haus hören.«

»Aber was ist mit den Einladungen, die wir sonst immer angenommen haben? Und mit dem Gottesdienst am Weihnachtstag in St. Andrew's?«

»Die müssen einmal ohne uns auskommen. Nein, Agnes, ich bin fest entschlossen. Kein Getue mit Weihnachtsvorbereitungen, kein Herumstehen auf Partys, auf denen man Zeug trinkt, das einem nicht bekommt, während die Kopfschmerzen immer schlimmer werden, keine Geschenke in letzter Minute, die wir noch abliefern müssen. Wir machen uns eine ganz ruhige, faule Woche und kümmern uns nur um uns selbst. Und das, Agnes, haben wir uns in unserem Alter redlich verdient.«

»Ja, wirklich«, bestätigte die kleine Miss Fogerty.

Auf der anderen Seite des Dorfplatzes war man auch mit Vorbereitungen beschäftigt. Jenny musterte einen herrlich üppigen Früchtekuchen und überlegte, welchen Guß er bekommen sollte. Ella Bembridge sortierte selbstgewebte Schals und Schlipse für die bedauernswerten Empfänger dieser guten Gaben. Joan und Edward Young versuchten, ein passendes Datum für einen Riesen-Weihnachtseinkauf zu finden, und in jedem Haus wurden Botschaften an den Weihnachtsmann im Kamin verbrannt, die meisten mit Bitten um so prächtige und teure Geschenke, daß die Eltern das kalte Grausen überkam.

In Lulling lebte man sogar noch schneller. In den Läden

hatte das Vorweihnachtsfieber eingesetzt, und Gemeindearbeiter schmückten die Linden mit bunten Lichtern.

Der *Fuchsienbusch* bot Weihnachtskuchen und Schachteln mit selbstgefertigten Süßigkeiten und Mürbeteigkeksen an, daß einem das Wasser im Mund zusammenlief, allesamt von Nelly Piggott und ihren Helferinnen gebacken. Mrs. Peters freute sich in diesem Jahr auf ein gutes Geschäft und beglückwünschte sich, daß sie sowohl Nelly als auch Mrs. Jefferson in ihren Diensten hatte halten können.

Nebenan gingen die drei Lovelock-Schwestern schon die kleinen Geschenke durch, die sie im Laufe des Jahres beiseite gelegt hatten. Einige hatten sie auf heimischen Flohmärkten oder Basaren erstanden. Andere waren ihnen selbst geschenkt und nicht verwendet worden. Dieser nützliche Vorrat wurde jetzt auf die verschiedenen Freunde verteilt, und so mancher erkannte sein eigenes wieder, das er früher einmal den Schwestern geschenkt hatte. Aber alles gehörte mit zum Spaß. Das galt besonders für eine häßlich geformte, wacklige Vase, die im Freundeskreis der Lovelocks seit mehr Jahren zirkulierte, als sich jemand zurückerinnern konnte. Die wurde als eine Art Wanderpokal betrachtet. Es sollte sogar Leute geben, die stolzgeschwellt sagten: »Dieses Jahr habe ich die Vase geschenkt bekommen!«

Anfang Dezember hatten Charles und Dimity unerwarteten Besuche.

Es war ein klarer und kalter Morgen, und auf dem Gras glitzerte der Rauhreif. Auf Dimitys Futterplatz zankten sich Grünfinken, Meisen und Buchfinken um die Nüsse und das Fett, und an diesem frostigen Morgen kamen sogar die Krähen von den Bäumen auf dem Friedhof herabgeflogen und erfreuten sich an Dimitys Großzügigkeit.

Charles war im Gewächshaus, zupfte tote Blätter von seinen Geranienschößlingen und goß ein wenig. Für ihn war der strahlende Morgen Balsam auf seine Seele, denn er hatte es nicht geschafft, die ganz ungewohnt melancholische Stimmung abzuschütteln, die ihn einzuhüllen schien.

Dimity gegenüber hatte er nichts davon erwähnt. Das Gefühl ließ sich nicht greifen, und Charles schalt sich wegen dieser ungewollten Anfälle von Schwermut. Sie würden vorübergehen. Er wollte niemanden mit diesem vagen Unbehagen belasten und vor allem nicht seine liebe Frau.

Während er unter seinen Pflanzen arbeitete und sich in der beschaulichen Wärme um ihre Bedürfnisse kümmerte, wurde der Pfarrer ruhiger und kam sich nützlich vor. Er wollte gerade ein paar Bartfadenschößlinge eintopfen und genoß das Gefühl von feuchtem Kompost an den Händen und den Anblick der kleinen, weißen Wurzeln, die sich tapfer der Welt entgegenreckten.

Er hatte seine Sorgen für eine Weile vergessen und war so sehr in seine Arbeit vertieft, daß er überrascht auf seiner Armbanduhr feststellte, daß es bereits elf Uhr war. Dimity würde Kaffee kochen, und so wischte er sich die Hände ab und ging ins Haus.

Auf dem Gras lag noch immer Rauhreif, und die Vogeltränke war überfroren. Doch die Sonne spendete bereits Wärme, und der Himmel strahlte blau.

Als Charles auf die Haustür zustrebte, staunte er über ein großes, glänzendes Auto, das davor stand und Anthony Bull gehören mußte.

Er und seine Frau waren gerade angekommen, und Dimity half ihnen aus dem Mantel. Ihr Gesicht strahlte vor Freude.

»Ist das nicht wunderbar?« sagte sie. »Ich wollte schon eine Suchmannschaft nach dir ausschicken.«

Die Bulls freuten sich genauso.

»Wir sind auf dem Weg nach Cirencester«, sagte Anthony, »und wollen einem betagten Onkel von mir die Weihnachtsgeschenke bringen, da konnten wir nicht widerstehen, wir mußten einfach vorbeischauen. Haben wir dich bei einer wichtigen Sache gestört?«

»Überhaupt nicht!« versicherte Charles.

Die beiden Frauen gingen in die Küche und machten sich ans Kaffeekochen.

»Sieht ja alles hervorragend aus«, sagte Anthony und

blickte über den Garten zu seiner früheren Kirche hinüber. »Und wie geht es sonst so?«

»Ich liebe das Haus«, sagte Charles, »und Dimity auch. Und viele Leute sind außerordentlich nett zu mir.«

»Soweit ich hören kann, alle.«

»Leider nicht alle, Anthony. Du machst es deinem Nachfolger schwer. Mir fehlen so viele der wunderbaren Eigenschaften, die du besitzt, und die fehlen, glaube ich, auch meiner Gemeinde.«

»Quatsch!« sagte Anthony grob. »Du mußt dich nicht schlechtmachen, Charles. Du genießt den besten Ruf in allen vier Gemeinden, und der Bischof hat mir mehrfach versichert, daß er große Stücke auf dich hält.«

Charles blickte seinen Freund erstaunt an.

»Wir sehen ihn des öfteren. Wenn er eine Sitzung in London hat, übernachtet er immer bei uns. Er ist ganz schön schlau und bekommt alles mit. Er hat mir auch von einigen Geschehnissen hier erzählt, bei denen ihm das Herz aufgegangen ist. Mir übrigens auch. Charles, du bist ein viel gewissenhafterer Seelsorger, als ich es je gewesen bin.«

»Das kann ich nicht glauben«, wehrte sich Charles.

»Für mich war hier nämlich auch nicht nur Friede, Freude, Eierkuchen. Jeder Geistliche muß sich auf Gegenwind aus irgendeiner Ecke gefaßt machen. Kann sein, ich habe die zufriedengestellt, die eine gute Predigt und eine schön geschmückte Kirche zu schätzen wissen. Das hoffe ich jedenfalls. Aber den anderen bin ich immer ein bißchen verdächtig vorgekommen. Ich glaube, sie haben es mir verübelt, daß meine Frau wohlhabend ist. Die weniger Großmütigen haben gern meine Show verspottet, wie es jemand mal genannt hat. Ich habe oft an das Kamel und das Nadelöhr denken müssen, Charles, und ich bin zu dem Schluß gekommen, daß man es nicht jederzeit allen Leuten recht machen kann. Also arbeitet man schlicht weiter und bemüht sich nach besten Kräften, mehr kann man nicht tun.«

Diese vernünftige Argumentation tröstete Charles denn doch sehr.

»Ich kann einfach nicht glauben, daß auch du Kränkungen hinnehmen mußtest. Ich habe über dich nur Gutes gehört, Anthony.«

»Du hörst nur etwas von denen, die sich ausdrücken können. In Lulling gibt es viele Menschen, die einem wenig ins Gesicht sagen, sich aber ihren Freunden gegenüber öffnen. Nur keine Bange, Charles! Was macht das am Ende schon? Wir geben beide auf unsere bescheidene Art unser Bestes. Soll der Allmächtige über unsere Bemühungen richten.«

Charles dankte seinem alten Freund mit einem Lächeln.

»Du hast mir unendlich geholfen. Und du hast ganz recht. Ah! Da kommt der Kaffee.«

Und schon eilte er zur Tür, um sie aufzumachen.

20. Drei Weihnachtsbesucher

Die Hochzeit von Kit und Connie war für die erste Januarwoche festgesetzt worden, und in der St.-Andrew's-Kirche wurde das Aufgebot verlesen.

Es sollte eine kleine Hochzeit werden. Abgesehen von ihrer Tante Dotty hatte Connie nur wenige Verwandte, und Kit ging es ganz ähnlich. Ein paar alte Freunde aus Thrush Green und Lulling waren eingeladen worden, und die kirchliche Trauung sollte um elf Uhr sein. Joan und Edward Young bestanden darauf, den Hochzeitslunch in ihrem Haus auszurichten.

»Mit Buffet«, sagte Joan. »Kit und Connie wollen schon vor zwei nach Heathrow aufbrechen, aber wir haben noch Zeit, ihnen alles Gute zu wünschen.«

Die Flitterwochen wollten sie auf Madeira verbringen, und sie wurden erst Ende Januar zurückerwartet. Die Gelegenheit, mehr als drei Wochen in der Sonne zu verbringen, verdankten sie hauptsächlich Winnie Baileys Hartnäckigkeit.

Sowie sie von den Hochzeitsplänen gehört hatte, besuchte sie Connie, während Dotty oben ihren Mittagsschlaf hielt.

»Laß sie bei mir, Connie. Jenny und ich hätten sie gern bei

uns, und Platz haben wir auch genug. Du kannst sie hier nicht allein lassen, selbst wenn noch jemand im Haus wohnt. Du weißt doch, daß sie bei jedem Wind und Wetter gleich in den Garten gehen und sich um die Tiere kümmern würde. Und sie würde sich wieder wie gehabt ernähren, einen Apfel in der Hand, während sie herumläuft, und keine warme Mahlzeit.«

»Ich weiß genau, was du meinst«, sagte Connie. »Ich wollte schon Mrs. Jenner fragen, ob Dotty während unserer Abwesenheit Kits früheres Zimmer haben kann. Ich weiß, sie würde gut für sie sorgen, aber es kommt mir nicht fair vor, ihr die Verantwortung für die liebe, alte Dotty aufzubürden. Sie kann einen ganz schön auf Trab halten.«

Winnie hielt dies für die Untertreibung des Jahres, doch das äußerte sie lieber nicht.

»Ich weiß, daß Mrs. Jenner ein paar Abende in der Woche ausgeht«, sagte Winnie, »und Dotty sollte wirklich nicht allein im Haus sein. Falls sie bei uns ist, können wir zu zweit auf sie aufpassen, und sie käme auch nicht in Versuchung, herumzuspazieren und sich um alles zu kümmern, was sie hier oder bei Mrs. Jenner natürlich machen würde. Überleg es dir, Connie, und sag ja.«

Und so war es denn abgemacht. Albert Piggott hatte die Gelegenheit, sich morgens und abends um die Tiere zu kümmern, freudig beim Schopf ergriffen und würde die Ziege Dulcie, die er abgöttisch liebte, ganz allein versorgen. Betty Bell würde zweimal die Woche saubermachen. Und die Post würde bei Winnie Bailey abgeliefert werden, doch wichtiger als all diese Abmachungen war Dottys begeisterte Zustimmung.

Kit und Connie wandten sich mit ihren Plänen zur Erweiterung von Dottys Häuschen an Edward Young, und die drei verbrachten so manche Stunde zusammen und gingen die Möglichkeiten durch.

Erst einige Tage vor Weihnachten entschlossen sie sich für Edwards letzten Entwurf, den er dann auch gleich beim Bauamt einreichen wollte.

»Meiner Ansicht nach gibt es damit keinerlei Schwierigkeiten«, versicherte er ihnen. »Sie haben ein wunderbares Grundstück, und was immer Sie darauf bauen, wird keinen Nachbar stören. Abwasser, Elektrizität und so weiter sind schon gelegt, und die Maurer haben leicht Zugang, also haben sie auch keine Ausrede, Hecken auszureißen und Bäume zu fällen, wenn niemand hinsieht. Überlaßt alles mir, Kinder, und macht euch ein paar schöne Wochen.«

»Das haben wir auch vor«, sagte Kit. »Aber ohne die Freunde in Thrush Green wäre es nicht möglich gewesen.«

Im Haus der Piggotts herrschte weiterhin eine ungewohnte Harmonie. Nelly war noch immer glücklich mit ihrer Arbeit im *Fuchsienbusch* und noch glücklicher, als sie merkte, daß sie fünf Pfund abgenommen hatte und sich viel wohler fühlte.

Das lag nicht an zu wenig Essen. In der Regel verputzte sie im *Fuchsienbusch* einen umfangreichen Lunch, doch zweifellos verschafften der Weg hügelabwärts nach Lulling im Laufschritt und der beschwerliche Anstieg nach Arbeitsschluß Nelly den dringend benötigten Sport.

Nellys Ansicht nach war allerdings der gesunde Stand ihres Postsparbuchs noch besser. Sie besaß jetzt insgesamt einhundertsiebzig Pfund mit der willkommenen Finanzspritze von fünfzig Pfund Gewinn beim Bingo.

Alles in allem fand Nelly das Leben in Thrush Green viel angenehmer, als sie nach ihrer bänglichen Rückkehr von Charlie, diesem Bösewicht, erhofft hatte. Von dem hatte sie nichts mehr gehört. Sie vermutete, daß er noch immer in den Fängen seiner neuen Liebe war. Sie kann ihn in Gold gerahmt haben, sagte sich Nelly. Sie hatte genug von der Liebe. Gute Gesundheit, eine nette Arbeit und Geld auf dem Konto verschafften ihr eindeutig mehr Befriedigung, und das sagte sie auch zu ihrer neuen Freundin, Mrs. Jenner, als sie, eines Abends vom Bingo kommend, den Hügel hochkeuchten.

»Du hast ganz recht, Nelly«, sagte Mrs. Jenner. »Ich weiß, daß sich Albert im Augenblick sehr gut benimmt und sich auf seine Zeit mit Dulcie freut, da hat er immer gute Laune. Aber sieh dich vor, meine Liebe! Leg so viel zurück, wie du nur irgend kannst. Es geht nichts über ein bißchen Geld auf der hohen Kante. Damit bist du unabhängig. Mir ist es egal, was diese ganzen Bücherschreiber über Liebe und Ehe sagen. Wenn du mich fragst, kann man Männern nicht trauen.«

Dieser Bemerkung konnte Nelly nur aus tiefstem Herzen zustimmen.

Der Besuch von Anthony Bull hatte Charles sehr getröstet. Daß sein Bischof ihn für einen gewissenhaften Seelsorger hielt, stimmte Charles demütig und zugleich stolz.

Anthonys freundliche Bemerkungen bedeuteten ihm sehr viel, hoffentlich hatte er nicht zu sehr übertrieben. Charles staunte, daß auch gegen seinen Vorgänger Kritik geäußert worden war, und dabei wußte er, seit Anthony ihn mit der Nase darauf gestoßen hatte, daß ein Mann der Öffentlichkeit immer zu Kritik herausforderte. Anthonys Worte hatten die Sache für Charles relativiert, und nun schöpfte er neuen Mut.

Dimity atmete auf, als sie merkte, daß seine gute Laune zurückkehrte. Es hatte sie betrübt, ihn während der letzten Wochen so niedergeschlagen zu erleben, und sie hatte auch den Grund dafür erraten. Daran war vor allem Mrs. Thurgood schuld. Charles hatte sich ihre verletzenden Bemerkungen zu sehr zu Herzen genommen, und sie würde es ihr nie verzeihen, daß sie ihren lieben Mann so unglücklich gemacht hatte.

Charles wollte davon natürlich nichts wissen, schob Dimitys Fragen beiseite und bestand darauf, daß er bei bester Gesundheit und Laune wäre. Jetzt hatte es tatsächlich den Anschein, als ob er nicht mehr Trübsal bliese, und Dimity jubelte innerlich.

Ein, zwei Wochen vor Weihnachten verließ sie ihn gleich nach dem Lunch, weil sie in Lulling an einer nachmittäglichen Adventsfeier in einem Seniorenheim teilnehmen wollte.

Es war bitterkalt, und ein fürchterlicher Nordwind fegte die High Street entlang, als sie sich auf den Weg zu dem Saal am anderen Ende der Stadt aufmachte.

Die Läden waren weihnachtlich geschmückt, und auf dem kleinen Platz am Buttermarkt wurde gerade ein schöner Weihnachtsbaum aufgestellt, der dem Wind trotzte und dabei noch bemerkenswert fröhlich wirkte.

Auf der anderen Straßenseite erspähte sie den alten Tom Hardy mit einem großen Paket unter dem Arm. Er führte Polly an der Leine und schritt munter aus, doch obwohl Dimity ihm zuwinkte, bemerkte er sie nicht und lief einfach weiter in Richtung Kirche. Geht der wieder flott, dachte Dimity, und wie schön, daß sich die beiden Freunde wiedergefunden haben.

Ein paar Minuten später ging Charles zur Hintertür. Vor ihr standen Tom und Polly.

»Herein! Immer herein, der Wind weht schrecklich«, rief der Pfarrer und schob sie ins Haus. »Ich freue mich, Sie beide zu sehen.«

Polly wedelte zur Begrüßung mit dem Schwanz, dann lief sie zum Arbeitszimmer, denn sie hatte ganz richtig erraten, daß der Pfarrer dort den Kamin angezündet hatte.

Tom nahm sein Paket mit und machte es sich im Sessel gemütlich.

»Ich habe Ihnen und Mrs. Henstock ein kleines Weihnachtsgeschenk mitgebracht«, sagte er und schob dem Pfarrer das Paket über den Schreibtisch zu. »Nichts Umwerfendes, aber selbstgemacht.«

»Darf ich es öffnen?«

»Natürlich, Sir. Sagen Sie mir, ob Sie es gebrauchen können.«

Charles wickelte es sorgsam aus. Der alte Mann hatte es schön verpackt und das Paket fest mit Bindfaden verschnürt. Es dauerte seine Zeit, bis das Geschenk ausgepackt war, doch endlich war es enthüllt.

Tom hatte einen schönen, stabilen Nistkasten mit einem prächtigen Reetdach gebastelt.

»Wunderbar!« rief der Pfarrer. »Und so hervorragend gearbeitet! Dimity wird begeistert sein.«

»Ich weiß ja, daß sie Vögel mag, und da habe ich mir gedacht, es würde Ihnen beiden Freude machen. Ist nur ein kleiner Dank für Ihre Freundlichkeit gegenüber Polly und mir.«

Als der Hund seinen Namen hörte, klopfte er mit dem Schwanz auf den Kaminvorleger.

»Wenn doch auch meine Frau da wäre, um sich bei Ihnen zu bedanken«, sagte Charles. »Sie bedauert sicherlich, daß sie Sie verpaßt hat. Sie können mir glauben, Sie hätten uns gar kein schöneres Geschenk machen können. Und jetzt hole ich Ihnen was zu trinken.«

»Nein, nein, nichts für ungut, bitte nichts für mich. Ich muß noch einen Besuch machen und will vor Einbruch der Dunkelheit zu Hause sein.«

Er stand behende auf, und Charles freute sich, daß er so viel kräftiger wirkte.

»Dann will ich Sie auch nicht aufhalten, aber noch einmal vielen, vielen Dank für das wunderbare Geschenk.«

Er schritt ihm voran zur Haustür, schüttelte dem alten Mann die Hand und tätschelte Polly.

Dann sah er den beiden nach, wie sie die Zufahrt entlanggingen. Sie hatten gerade die Gartenpforte erreicht, als ein Wagen einbog.

Charles staunte nicht schlecht, denn das Auto gehörte Mrs. Thurgood.

»Bitte, kommen Sie mit in mein Arbeitszimmer. Im Wohnzimmer ist leider der Kamin nicht angezündet. Dimity ist heute nachmittag nicht daheim.«

»Zweifellos in guten Werken unterwegs«, sagte Mrs. Thurgood und nahm hoheitsvoll Platz.

Ihr Blick fiel auf Toms Nistkasten.

»Was für ein reizender Gegenstand!« Charles fand Mrs. Thurgoods Lächeln fast so beunruhigend wie früher ihre spitze Zunge, doch zumindest erweckte sie einen wohlwollenden Eindruck.

»Den hat Tom Hardy gemacht«, sagte er. »Ein verfrühtes Weihnachtsgeschenk. Meine Frau wird Augen machen, wenn ich ihr das zeige.«

»Ja, ich habe von Ihrer Freundlichkeit dem alten Mann gegenüber gehört«, entgegnete Mrs. Thurgood. »Eine Ihrer vielen guten Taten, so möchte ich hinzufügen, und deswegen bin ich auch hier.«

Charles war ratlos. Dieser völlige Wandel in ihrer Einstellung war an sich schon verwirrend genug, aber es wollte ihm partout nicht einfallen, welchen Gefallen er Mrs. Thurgood getan haben sollte. Ihre Wege hatten sich nach ihrer letzten stürmischen Begegnung nicht mehr gekreuzt.

»Ich wollte Ihnen mitteilen, daß Janet in Kürze heiratet, und Sie sind derjenige, der sie mit ihrem Zukünftigen, John Fairbrother, bekannt gemacht hat.«

»Ach, wie schön«, sagte Charles. »Er scheint ein angenehmer, junger Mann zu sein, der die Arbeiten Ihrer Tochter sehr bewundert, wenn ich mich recht entsinne.«

»Ja, er weiß ihre bemerkenswerte künstlerische Begabung wirklich zu würdigen, wie ich zu meiner Freude sagen darf. Natürlich hat er wenig Geld und ist ziemlich schüchtern, aber er kommt aus einem sehr guten Stall, von den Shropshire Fairbrothers.«

»Ach ja«, sagte Charles. Der Begriff »sehr guter Stall« gehörte zu denen, die der Pfarrer des öfteren aus dem Mund seiner gesellschaftlich ambitionierten Gemeindeglieder zu hören bekam. Einmal hatte er sogar mitbekommen, wie jemand sagte: »Ja, ich weiß, er hängt schlimm an der Nadel und hat mehrere Jahre gesessen, aber er kommt aus einem sehr guten Stall.« Das schien alles zu entschuldigen.

»Sie würden gern hier in St. John's getraut werden«, fuhr Mrs. Thurgood fort und kam damit zur Sache, »wahrscheinlich kurz vor Ostern. Eine so hübsche Jahreszeit mit all den Narzissen. Und natürlich hoffen wir, daß Sie die beiden trauen. Wir finden das sehr angebracht, schließlich haben Sie die beiden miteinander bekannt gemacht.«

Mrs. Thurgood schenkte dem Pfarrer ein weiteres, ratlos machendes Lächeln. Er faßte sich ein Herz.

»Es würde mich freuen, wenn ich sie trauen könnte«, versicherte er. »Es ist mir ein Vergnügen und zudem meine

Pflicht. Sie haben so viele gemeinsame Interessen, sicherlich werden sie sehr glücklich miteinander.«

Mrs. Thurgood seufzte ein wenig vor Erleichterung. Der Pfarrer konnte sehen, daß sie für diese Begegnung Mut hatte aufbringen müssen, und sein weiches Herz war gerührt.

Mrs. Thurgood stand auf und verabschiedete sich.

»Ich bin ja so froh, daß Sie die beiden trauen. Ich hatte schon Angst, die Idee würde Ihnen möglicherweise mißfallen. Meine Tochter und ich finden, daß wir manchmal ein bißchen – wie soll ich sagen?«

»Lassen Sie nur«, sagte Charles impulsiv. »Was vorbei ist, ist vorbei. Ich trage Ihnen nichts nach, das können Sie mir glauben, und ich weiß es sehr zu schätzen, daß Sie heute zu mir gekommen sind.«

Er machte seiner Besucherin die Tür des Arbeitszimmers auf und begleitete sie auf die Diele.

»Ach! Einen Augenblick noch«, sagte sie und kramte in ihrer großen Krokodilledertasche. »Machen Sie das auf, wenn Sie allein sind«, befahl sie und drückte ihm einen Briefumschlag in die Hand.

»Danke«, sagte Charles leicht verdutzt und unter dem Eindruck, es handele sich um eine Weihnachtskarte, die sie aus Sparsamkeitsgründen lieber persönlich abgab.

»Es ist doch die Zeit der Liebe und Versöhnung, nicht wahr?« sagte Mrs. Thurgood und stieg ins Auto. »Bin ich froh, daß wir wieder Freunde sind.«

Sie winkte und fuhr fort.

Charles kehrte an seinen Kamin zurück und machte den Umschlag auf. Er enthielt tatsächlich eine schöne Karte mit einer Krippenszene. Doch darin befand sich ein gefalteter Scheck.

Er war auf das Konto zur Erhaltung der St.-John's-Kirche ausgestellt und hatte mehr Nullen, als Charles je auf einem Scheck gesehen hatte.

Er mußte sich hinsetzen, um sich von seinem Schreck zu erholen.

Zu Weihnachten waren die meisten Einwohner von Lulling und Thrush Green ziemlich erschöpft von den vielen Vorbereitungen und freuten sich auf ein paar geruhsame Tage.

Das Wetter war still und milde geworden – wie so oft um diese Jahreszeit – und machte die Darstellungen auf Weihnachtskarten mit Postkutschen in tiefem Schne und Schneemann bauenden Kindern zum Gespött.

In den Gärten von Lulling hingen noch ein paar zerfledderte Rosen an nichtbeschnittenen Büschen, und ein, zwei vorwitzige Krokusse und Schneeglöckchen schoben sich durch die feuchte Erde. Miesepetrigere Einwohner wie Albert Piggott erinnerten sich an das alte Sprichwort, daß eine grüne Weihnacht einen vollen Friedhof bedeutete.

Doch im ganzen gesehen freuten sich die guten Leutchen über das milde Wetter, darunter auch Charles Henstock. Er konnte Hausbesuche machen und an vielen Weihnachtsfeiern teilnehmen, ohne daß er von vereisten Straßen und Schneewehen aufgehalten wurde.

Am Morgen des großen Tages wachte er so früh wie üblich auf. Dimity schlief noch tief und fest, und der Pfarrer dachte voller Freude an die bevorstehende Arbeit.

Es würde ein arbeitsreicher Tag werden. Als erstes mußte er um acht Uhr nach Thrush Green zum Abendmahl in die Kirche, die er so liebte. Um elf Uhr Morgenandacht in St. John's und um halb vier in seiner abgelegensten Kirche in Lulling-Forst zum Abendgottesdienst.

Heute, das wußte er, würden die Kirchen voll sein, und er würde es genießen, daß er die meisten seiner Schäflein zu sehen bekam.

Er freute sich schrecklich auf Weihnachten. Noch war es dunkel, doch das beleuchtete Zifferblatt seiner Uhr auf dem Nachttisch zeigte ihm, daß er aufstehen mußte, wenn er nicht zu spät kommen wollte.

Er lächelte im Dunkeln. Was für ein Glück er doch hatte, daß er eine Arbeit tun durfte, die er gerne tat! Was für ein Glück, daß er aus dem dunklen Tal, durch das er gegangen war, heraus und in sonnigere Gefilde gekommen war!

Vorsichtig schlüpfte er aus dem Bett, weil er seine Frau nicht stören wollte, doch die rührte sich, als er sich bewegte.

»Fröhliche Weihnachten!« murmelte sie mit geschlossenen Augen.

»Wird schon werden«, sagte der Pfarrer mit Nachdruck.